La Mara

La Mara

Rafael Ramírez Heredia

LA MARA
D. R. © Rafael Ramírez Heredia, 2004

ALFAGUARA^{MR}

De esta edición:
D. R. © Santillana Ediciones Generales, S.A. de C.V., 2003
Av. Universidad 767, Col. del Valle
México, 03100, D.F. Teléfono 54207530
www.alfaguara.com.mx

- Distribuidora y Editora Aguilar, Altea,Taurus, Alfaguara, S.A.
  Calle 80 No. 10-23. Santafé de Bogotá, Colombia
  Tel: 6 35 12 00
- Santillana S.A.
  Torrelaguna, 60-28043. Madrid
- Santillana S.A., Avda. San Felipe 731. Lima.
- Editorial Santillana S.A.
  Av. Rómulo Gallegos, Edif. Zulia 1er. piso
  Boleita Nte. Caracas 1071. Venezuela.
- Editorial Santillana Inc.
  P.O. Box 5462 Hato Rey, Puerto Rico, 00919.
- Santillana Publishing Company Inc.
  2043 N. W. 86 th Avenue Miami, Fl., 33172 USA.
- Ediciones Santillana S.A. (ROU)
  Javier de Viana 2350, Montevideo 11200, Uruguay.
- Aguilar, Altea, Taurus, Alfaguara, S.A.
  Beazley 3860, 1437. Buenos Aires.
- Aguilar Chilena de Ediciones Ltda.
  Dr. Aníbal Ariztía 1444.
  Providencia, Santiago de Chile. Tel. 600 731 10 03
- Santillana de Costa Rica, S.A.
  Apdo. Postal 878-150, San José 1671-2050, Costa Rica.

Primera edición: mayo de 2004
Quinta reimpresión: febrero de 2005

ISBN: 968-19-1382-5

D. R. © Diseño de cubierta: Everardo Monteagudo

Impreso en México

Para doña Arminda,
Conchis, Claudia,
Marisa, Regina y Renata.

Y también para
Amaya y Marisol.

*Sorprenderse, extrañarse
es comenzar a comprender.*

ORTEGA Y GASSET

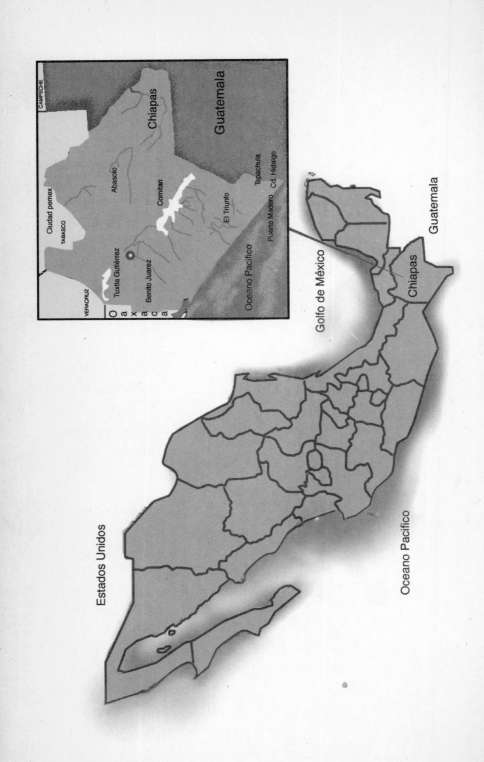

Con la oscuridad cayendo desde las alturas del Tacaná, Ximenus Fidalgo alza el rostro hacia los ojos de los Cristos colgados en las paredes del consultorio. Sabe que hoy es noche de viaje y que cuando el ferrocarril parte, ese viaje agita las aguas del río y trastoca la vida en la frontera.

Ximenus precisa echar a un lado todo lo que es ajeno a ese próximo movimiento del ferrocarril. Necesita traspasar los ruidos del aire enredados en los olores del pueblo. Ir más allá, meterse en las luces ojerosas de las farolas de las calles alrededor de los patios ferroviarios. Colocar su visión en las decenas de migrantes que esperan el sonido del silbato del tren para abandonar el lindero de la selva donde por horas se refugiaron esperando este momento.

Las miradas fijas de Cristo y de Ximenus ven a hombres y mujeres avanzar viboreantes por las callejuelas terregosas hacia las casuchas cercanas al edificio que alguna vez sirvió de estación. Los cuerpos doblados se desfiguran más al pasar bajo las luces de burdeles y cantinuchas. Se escuchan las respiraciones ardorosas. En voz baja los migrantes se animan unos a otros. Se electrizan con los siguientes silbatazos. A distancia rodean al ferrocarril que fuellea lento para absorber la fuerza que usará en un viaje humoso iniciado en esta frontera con un resuello final a casi mil kilómetros al norte, en el otro mar, el de la Vera Cruz.

Ximenus sabe que las sombras que ahora cercan al ferrocarril esperan el momento necesario para abordarlo mientras zigzaguean entre los desperdicios, sobre zacate y piedras, librando el mordisco de las ramas, afirmando la largueza del tranco en las cercanías del ferrocarril humoso, rojizo, largo en sus decenas de carros que transportaron natas químicas, polvos de cemento gris, harina cuyos residuos se desparraman en oleadas de viento, litros de aceite oscuro metido en cilindros plateados, ahora cerrados espacios vacíos todos, que usarán los migrantes que aún no se trepan a los furgones en que viajarán colgando de las escalas, en el hueco de entre los vagones, sobre los techos si es que alguien puede llegar a las alturas.

Pero aún nadie ha subido al tren. Todo tiene su tiempo y el del abordaje no ha llegado. La tensión soterrada sube cuando el convoy anuncia el inicio del viaje.

El fulgor lunero protege a los cientos que desparramados empiezan a correr al parejo de la mínima velocidad del tren cuya punta sale del pueblo clavando el ojo de luz en la soledad de la selva. Las sombras múltiples deshacen el semicírculo formado por sus cuerpos y a trancadas se acercan al ferrocarril, hasta que una de ellas, la de sobrada fiereza o la más desesperada, la de temor hirviente o la de mayor cercanía, y después el resto, se trepe al convoy de hierros.

Ximenus siente a la oscuridad excitarse con el movimiento de las sombras. Sabe que durante el trayecto el tren se detendrá tantas veces como estaciones existan, o como la policía migratoria lo decida, o como los tatuados lo ordenen para atajar a los que no conocen el poder de las aguas del río llamado Satanachia.

Los ojos de Cristo y de Ximenus no cambian su expresión mientras arriba de los carros de hierro se inicia el combate por obtener un mejor sitio. Se pistonean los pujidos. A un hombre se le desfigura el rostro por la patada lanzada desde una posición más alta en el ferrocarril.

Se escucha el desliz de los lamentos. Las amenazas y ofertas. Todo en voz baja, como si fuera un pacto nunca acordado.

Se escuchan los golpes que otro recibe en las manos sangrantes para desprenderlo de su asidero. Ahí, la pelea que uno sostiene contra los jalones a su ropa para quitarlo de la escalera. Allá, los golpes que recibe un tórax pegado al latido del que le dispara los puñetazos mientras el dolor se esconde en el bufido que defiende su posición.

Ximenus y los Cristos ven el ángulo de los codazos punzantes por obtener los mejores lugares, o si el desplazado por un cabezazo, ahora tumbado junto al terraplén del camino, fue el mismo que minutos antes fumara el último cigarrillo compartido.

Nadie más que Ximenus recordará si esa mujer, la que extiende la mano para trepar al movimiento del tren y no halla por dónde, es la misma que durante la espera, y desde la timidez de su rostro, contara parte de su vida.

Nadie más recordará a aquel otro hombre, el mismo que en la espera tras los muretes del burdel de la esquina recordara los afectos del paisanaje y después un manotón le impidió colgarse de alguna

esquina sin conseguir unirse al triunfo de los guerreros que, salidos de las sombras, se han logrado
asir untándose a lo corrugado de las paredes y así
viajar los mil kilómetros que faltan para llegar hasta
la Vera Cruz, a donde muy pocos han llegado porque el trayecto es enorme y las dificultades sin número, los calores ardidos, las sierras sin frontera, las
neblinas hondas, el país acechando para tumbar del
tren a los migrantes.

Hasta los dominios de Ximenus Fidalgo llega
el sonido del silbato unido a los ruidos que el tren
despide como si despertara de una siesta muy larga.
Son los pitidos finales antes de que el cabuz deje
atrás las cercanías de la estación de Ciudad Hidalgo. Es la señal del último momento posible para
trepar al tren o quedarse de nuevo junto al Suchiate-
Satanachia en espera de otros intentos.

Ximenus sabe lo que sucederá a lo largo del
viaje. Desde la semisombra de su consultorio puede ver persecuciones, atracos, romances, huidas y
mucha sangre, pero esa cinta de oscuridades a flor
de viaje aún no la conocen aquellos a quienes la
esperanza obliga a seguir corriendo tras las luces finales del convoy.

Tampoco lo saben los que han logrado ad-
herirse y van ya dentro del viaje, sienten el bam-
boleo que por momentos aumenta haciendo más
difícil sostenerse en las grietas del hierro, en las
escaleras rasposamente hollinosas, en la angustia
retemblante del espacio entre vagón y vagón, en
lo estrecho que son ahí los sostenes, en la suicida
terquedad de no dejar su espacio golondrinero.

Ximenus ve a los que van sobre el tren. Percibe la envidia que aflora desde las otras sombras que,

corriendo a los lados, siguen en su terco empeño de subirse, evitando el jirón de los arbustos, los desniveles del suelo, el filo de los peñascos, y con doble revire en las acciones buscan con vista y tacto un lugar donde quepa la mano, un resquicio donde introducir el pie, un brazo de auxilio, un jadeo menos opresivo, un aliento a los pulmones que se rebelan, un grito más hondo que penetre a la insensibilidad del tren marcado por las linternas del último de los carros oscilando por la prisa que aumenta al penetrar al rumor de la selva, caliente aún a esa hora de la noche.

El tren incrusta su frente en la oscuridad que enmarca el trazo de los árboles. Arriba, ellos afirman sus posiciones buscando la mínima posibilidad de adquirir una mejor. El olor de los furgones vacíos y el revolotear de los desperdicios recuerdan las mercancías que transportaron. Ni siquiera el viento que despide los rencores de la selva amansa el calor del esfuerzo. Atrás, las luces del pueblo que les dio cobijo hacen guiños con el traqueteo. Al frente, el norte sin saber dónde se inicia.

Los migrantes sólo saben de lo largas que serán las noches. Ruegan por tener la suficiente fortaleza para seguir aferrados a su reducto, que defenderán con malévola fibra. Como lo hacen al atardecer las aves en los árboles, temen a todo aquello que altere el orden establecido. Durante la espera terrestre aprendieron los apelativos de algunas de las estaciones donde el tren se detendrá. Han repetido la fama de los trechos que habrán de cruzar: nombres que antes, salvo el de Chiapas, les eran ajenos: Oaxaca, y por fin Veracruz, al amparo de la cruz.

Veracruz que es símbolo, también un puerto y al mismo tiempo un territorio. Un puerto junto al Golfo de México, igual al título del país por donde el tren corre como si fuera aprendiendo a caminar igual a ellos, los que no saben del rosario de trampas en las estaciones, comenzando en una a la que le dicen La Arrocera.

Ellos son extranjeros que nunca han olido esas brisas nocheras ni los peligros que cargan desde los primeros momentos, porque más adelante, o ahí mismo, en alguna cuesta, en cualquier curva, el ferrocarril va a ser detenido por los hombres de la ley, no sombras sino realidades, armados con pistolas y placas y toletes y furia, y van a cobrar cara su osadía, a aprehenderlos, a meterlos en prisiones estrechas, a devolverlos a sus patrias, a quitarles lo que tienen, a reclamar violentos la insolencia de irrumpir en un país desconocido que es necesario cruzar para colarse al otro más al norte del norte.

Al rozar los contornos de los crucifijos, Ximenus Fidalgo va mirando la historia que dialoga con los ojos del Cristo. Desliza los pasajes mientras se pierde en la mirada del inmenso redentor colgado frente a su mesa de plegarias. Percibe los olores y los ruidos del tren y lo que sucederá durante el viaje: La perforación de los mosquitos del dengue. Las pulgas. El mordisco de las ratas. El hambre sin tapujos. La terquedad de las niguas entre los dedos. Lo que las ruedas de hierro apachurrarán cuando alguno de ellos se canse y caiga. Lo que harán los maras tatuados.

Ximenus sabe eso y más. Sabe del arco de la vida. De los territorios insoñables. Cómo y dónde actúa la Mara Salvatrucha.

Ximenus lo sabe, pero no los que viajan. Los que van adentrándose a una tierra que es de paso. A un país que huele extraño. A una oscuridad que lame y grita y espanta y que no se ilumina con los rezos.

Ellos, los migrantes, pese a los dichos que circularon en las horas previas al abordaje, desconocen casi todo. Las consejas y leyendas dividen las creencias que no tienen sustento.

¿Qué cuentero más hábil —de esos que charlan mientras muerden carne de coco, a pellizcadas arrancan trozos de pescado frito, a buches gozosos beben cerveza helada, lían tabaco fresco— puede enhebrar una historia parecida?

¿Qué contador de relatos podría inventar uno donde narre que a los lados de este mismo ferrocarril de avanzar asmático por entre la selva ajena, seres de tatuajes enramados en el cuerpo y lágrimas estáticas viajan por senderos oscuros esperando que el tren se detenga?

Los migrantes, que lucharon como si en ello les fuera la vida y ahora respiran con tranquilidad momentánea, tampoco han descubierto que disimulados entre los hierros y la oscuridad, mezclados entre ellos, en alguna parte de este tren ruidoso y trampero, van algunos de esos seres con el cuerpo oculto para no ser reconocidos y atacarán en los exactos lugares en que la ley espera.

Ninguno de los viajeros sabe que esos seres llegados de los mismos pueblos de abajo de Tecún Umán se esconden tras las líneas que configuran sus tatuajes. Los caminantes del igual sur del sur no conocen la fiereza de unos colmillos ocultos, salivando el momento preciso, que no tardará en llegar.

Qué se van a imaginar los horizontes que cruza el camino largo, ni que en cada rejuego está la caída, la pérdida de los brazos, las piernas cortadas, la deportación, la cárcel, el ulular de las anfetaminas y el polvo de la coca. No lo imaginan porque es más terrible regresar hacia sus países quemados que sufrir las desventuras hacia el norte.

Aún falta la numeración traquetosa del avance rueda a rueda. Todavía no han llegado a las estaciones abandonadas. No han visto los ojos de los animales ni las lluvias sin final, ni siquiera han saboreado la totalidad del hambre, la desolación y el abandono. No conocen lo que cada kilómetro les irá diciendo en estas sus historias, mil como mil los kilómetros que Ximenus sí conoce, pero los demás, los que viajan aferrados al tren, esos aún no lo saben.

¿Quién es capaz de navegar en los adentros de una guaracha que retiembla en la habitación oscura? Sólo quien tumbado en sus dudas la escucha en la hamaca, oyendo ritmos iguales todo el tiempo.

La música trepa en el olor a mierda de la calle. Rebasa la masculinidad del nombre del hombre de la hamaca. Del nombre de él, que es Nicolás. Masculino. Nada de Nicolasa, que sólo es una guaracha oída alguna vez en los cabarets del rumbo.

Nicolás. Sí, Nico. Más bien, don Nico. Ese es el nombre de él. Nicolás, don Nico, quien da oídos a: *Nicolasa, dime dime qué te pasa.*

…meterse desde la Avenida 3: ahí, a un lado, muy cerca de donde él está mirando la pantalla del televisor con las rayas y los ruidos súbitos de la guaracha que no sabe si su título es Nicolasa o se trata de otra de las estridencias que requiebran durante todo el santo día por las calles del pueblo.

Las mismas o parecidas que cubren la noche sin ser amansadas por la brisa del Suchiate en su correr de agua a unas calles de su casa, entre los dos países: el suyo después del río, y este otro que sin ser suyo es parte de su vida sin serlo, porque los guatemaltecos no quieren a los mexicanos, y él no es cachuco aunque use la manera que ellos tienen y sepa de sus zalamerías cuando quieren obtener algo: un préstamo, un trago o algo más importante: una visa, una vida.

Visa y vida, tan juntas las letras. Tan obvias. Tan brillantes las miradas de los que buscan con ahínco la visa. Esos cachucos que cortan la conversación y miran de ribete amargo a los mexicanos, y don Nico lo es, nació en el país del otro lado del río que corre cerca de su casa, de su hamaca, de los alacranes en el techo, de las cucarachas en el piso, del televisor con las imágenes desteñidas por las rayas.

Nicolasa —cree percibir el nombre de la guaracha—... *Nicolasa, dime dime qué te pasa...*

¿Alguna vez él le entregó alguna visa a una mujer que así se llamara?

Quién lo sabe.

¿A cuántas personas les entregó visas sin cobrar en dinero lo que ahí se cobra por documentos que no tienen ninguna seguridad de pasar por buenos?

Entregó la visa sólo por meter los ojos en el cuerpo de una chiquita.

¿Sólo por eso, don Nico?

El pago fue más del alma. El alma no tiene precio. El alma de una Nicolasa que puede ser cualquiera de las que pululan de día y se desparraman como sombras por las noches en Tecún Umán o por las riberas del río.

¿Qué aspecto podría tener alguien que se llamara Nicolasa?

¿Pudiera ser alguna morena de caderas que botan en su ir y venir entre los dos países?

¿O la rubia madurona de diente brillando como el río a la luz del mediodía?

¿Quizá la jovencita de ojos caídos, faldita corta desteñida?

¿La madre de unos niños que la esperan en la calle?

¿La pintarrajeada cachuca que masca chicle mientras le dice en voz baja de los gritos que le hará que se eche si la deja hacer lo que en susurros le matiza?

Las visas son las vidas. Las requieren para subir hacia la otra frontera. Las vidas son el pago de las visas. ¿Quién es el poderoso para negarlas?

Él no. Él no quiso tomar el papel de Dios que es dueño de un terreno diferente al de la frontera. Don Nico no puede suplir a nadie, y menos a alguien tan poderoso. Por eso las visas las dio sin alharacas. Cuidó que el dinero ganado nunca se floreara en tonterías. La tentación de sentir el poder del invite o la altanería del que trae los pesos a flor de bolsillo es mucha, pero don Nico fue cauto.

Cualquiera sabe que en estas tierras a quien ha logrado un seguro para los tiempos malos, y que torpemente verboso lo galanea, alguien más fuerte, y de un solo golpe, le tumba la relumbrera. Sabe que tiene que guardar no sólo los recuerdos sino los amarres para lo que venga. Así dio las visas. Con discreción en el pago y en el gasto, aunque ¿quién de la Secretaría le iba a decir algo? ¿Quién, si el mundo entero se inicia de ahí a miles de kilómetros? Nadie, porque la Secretaría no utilizó ese dato para perjudicarlo; fue la sombra de los asesinatos lo que lo tumbó del puesto.

Pero a los tatuados nunca les dio papel alguno. Chacales paridos de la oscuridad. A esos los evita si se atraviesan en su camino. Percibe sus ojos en la negrura de los bailaderos. Oye su voz en el pitido del tren. En la estación donde tienen su madriguera. Para ellos la visa no es vida, es la calavera del demonio. Nunca hizo eso y tampoco tuvo nada que ver con la noche en el Carrizal. Eso bien lo sabe, aunque haya gente que lo dude.

Y se mete al ruido de la calle. A la guaracha que cubre tatuajes. De existir alguien con el nombre de la guaracha sabría que don Nico es mexicano por más que haya vivido años en Tecún Umán y sólo un par de meses haya viajado al Distrito Federal. Dos meses y ni siquiera seguidos. Sesenta días que no tienen validez contra los 3,650 de diez años, sin que contabilice las ocasiones en que fue a Tapachula, porque eso no es el Distrito Federal.

Tapachula es parte de su esfera, es de ahí, es del hemisferio de ellos: de él y de los guatemaltecos que atascan las calles de esa ciudad mexicana, tan diferente a como la vio la primera vez que llegó en el ferrocarril que entonces también era de pasajeros y se bajó en la estación, asustado por el calor, los verdes lapidarios del paisaje y por los olores tan distintos a sus conocidos.

Tapachula se hace lejano aunque esté a cuarenta kilómetros de carretera: trazo de línea que se mete en la selva y pasa por los pueblos y sus apelativos que don Nico se tuvo que aprender uno a uno en ese territorio del Soconusco tan lleno de giros, de mentiras, de historias ciertas o leyendas como la que se cuenta, ¿verdad cónsul don Nicolás?, sobre don Miguel de Cervantes Saavedra sujeto a calores y enredijos que jamás se enteró que existieran, pues su imaginación desbordada nunca tuvo siquiera la oportunidad de construir un paisaje de molinos en el entorno selvático que tanto desconcertó al cónsul Nicolás cuando bajó en la estación hoy rota, basural, refugio de canallas tatuados, llena de mierdas humanas, días antes de que en la hamaca, ya en Tecún Umán, una vez que su antecesor le entregara la oficina con la responsabilidad de sus tres empleados, leyera que la historia, tímida, dice que Cervantes, estando en Sevilla y en medio de brutal depresión, pidiera el cargo de gobernador del Soconusco.

—Carajo —se dice don Nico en contra de su costumbre de no decir palabras duras—, don Miguel no sabía lo que estaba pidiendo, a dónde diablos se iba a ir a meter.

Al leerlo varias veces, el cónsul de México en la población más al norte de Guatemala supo que el simple hecho de vivir en ese pueblo en algo lo hermanaba con el creador del Quijote, que quizás en ninguna de sus obras hubiera inventado algún personaje llamado

...*Nicolasa, dime dime qué te pasa*...

...y eso es lo que dice la guaracha que no lo deja dormir, que lo mantiene engarruñado en la casa de la Avenida 3, muy cerca de la Calle de Las Barras, donde están los bailaderos, la apretada retahíla de burdelitos: el Gitanos's, el Oro Mascado, el Maracaibo, el Tijuanita, donde reconoció a la hondureña Sabina, la del cabello crencho, la de los pies finos. Eso y más, todo eso del lado del sur, junto al Suchiate que mece sus aires y lo tiende en la hamaca vestido con una piyama deshilada y sucia, a él, a don Nicolás Fuentes, excónsul...

...no, no, por favor nada de ex...

…él será siempre el cónsul de México en Tecún Umán, jubilado de la Secretaría de Relaciones Exteriores apenas hace un año.

¿Jubilado? ¿Esa sería la palabra?

Hace más de un año fue lo del Carrizal. Nada de tiempo en comparación a los diez que ocupó el cargo en esa misma población que lo vio caminar por las calles llenas de hoyos, de olores que él identifica como si fueran parte de su cuerpo sin bañar, con la pestilencia de los orines y el sudor que se clava en la piyama de don Nico, que sabe que tiene que comer aunque la pereza lo aplaste en la hamaca y el televisor lo hunda en esa imagen incompleta, enredada en los ruidos de la estática y las rayas de la visión de hechos que están sucediendo en alguna parte del mundo y que el cónsul no comprende por qué se cuelan entre la guaracha que no cesa y en la imagen que no se construye por más que Coquimbo haya venido a poner en su sitio la antena con la consigna de que

…cuando llegue bolo, don, no le agarre la clavija…

…cuál clavija, Coquimbo…

…si él no sabe de aparatos, menos de darle sentido a la imagen que pasa y pasa y pasa y hace que sus ojos se mareen en la visión, se apelmacen en el cansancio peor que en la mañana de ayer en que salió a la plaza principal a buscar a uno que dicen es amigo de Jovany para que le vendiera la tercera pistola del mes.

Una cada 10 días.

Iguales los años de trabajo a los días que no pasan, porque don Nico no ve los sucesos en los noticiarios; nada quiere saber de noticias de muertes, con lo del Carrizal ya tuvo suficiente, y si no quiere ver los noticieros nada sabe de México tan cerca y tan rayado en la pantalla del televisor derrumbado como don Nico, quien siente que es hora de irse, que ha llegado el tiempo, la voz de Ximenus lo ha confirmado, que las nubes marcan caminos hacia el norte porque la sangre del Carrizal le llena la cabeza y tres han sido los robos en un tiempo tan corto; tres cuando antes nadie se hubiera atrevido ni siquiera a pensarlo, quién iba a meterse contra el cónsul de México que decidió quedarse ahí, no regresar como lo hicieron sus antecesores y él no, don Nico se aferró al umbral de la selva, a la pestilencia de las casuchas donde duermen enredados los puercos y los niños, al ruido de los balazos, al calor sin sombra, a la rabia escondida bajo la calma de las tardes.

Aferrado a eso por no querer penetrar en directo a la historia de los hombres tatuados, semidesnudos, dispuestos a hendir hasta el silencio, de odio encanijado, de muerte en los ojos. Tampoco a los alijos de cocaína, por más que Julio el Moro Sarabia, y el Burrona, cada quien por su lado, lo camelaran, lo siguieran por meses para decirle que no fuera tonto:

…don, el gobierno ni se da cuenta…

Y no, el cónsul no iba a transar en lo de la droga, otra cosa son las visas, eso da más que suficiente, ni con droga ni con los transbordos de armas que siempre supo que corrían como si fueran flores navegando por el río que taja a Ciudad Hidalgo y Tecún Umán, donde fue testigo de tantas cosas a lo largo del tiempo: el cambio de billetes en la plaza de armas, las trifulcas en las esquinas, la realidad en los negocios disfrazados, el cuartel lleno de soldados niños que encerrados como presos jamás intervenían en los asuntos del pueblo y desde

adentro de las instalaciones militares miraban a la
gente como perros ajenos al corral propio, la ausencia de policía en las calles…

C—   …pa qué la ley, esos nomás quieren su
mochada…

…era el decir del pueblo y de don Nico, como
parte del territorio, y por más cónsul que fuera,
nunca quiso ni pudo cambiar la vida ni borrar la ira
de los que llegaban a manadas del sur, llegaban y
llegan a todas horas.

De todo ha sido testigo, menos de aquello por
lo que su nombre se llenó de estiércol sin poder
hacer nada, porque ni siquiera los vaticinios de
Ximenus son capaces de amansar a la muerte o de
detener a los inmigrantes, lo sabe don Nico, porque hay cosas que no tienen remedio y él no va a
luchar contra lo que es imposible.

Él jamás cobró en exceso por lo de las visas y
siempre lo pensó dos veces al poner su firma por
una acostada con las niñas que se le ofrecían ahí
mismo, o en su oficina con clima artificial, cuando
tenía oficinas hace un año, ha contado uno a uno
los meses, los ha visto pasar en el sobre de la pensión que le depositan en el Banco de Ciudad Hidalgo, allá mismo, enfrente, pasando el río, del lado
de su país que ahora olfatea con el rostro alzado
porque Sabina anda en la niebla del tiempo.

¿La muchacha se habrá largado de regreso a la
escandalera del Monavento? ¿De nuevo se marchó
a trabajar en el Ranchito? ¿Lleva viajando días en el
tren cuyo silbato escucha en los anocheceres? ¿Será
cierto que la contaban como uno más de los cadáveres del Carrizal? ¿Alguna vez le dio una visa a Sabina y hace años que está ausente?

No está seguro. ¿No lo sabe? Cierra los ojos, escucha el silbato que como culebra cruza la frontera y deja su pitido en las luces de Tecún Umán que se estremece, se retuerce, se calienta al oír los trancos de los que corren para alcanzar el tren largo, de hierro sucio, rojizo como demonio, que puja y jala bufido a bufido para ir hacia el norte, hacia donde Sabina Rivas dijo siempre que se debía ir, y de no poder hacerlo era preferible que la enterraran en Tecún a regresar al barrio de Suncery de San Pedro Sula.

El cónsul recién bañado, vestido con saco de lino blanco, espantando al calor con el abanico del sombrero, mira a la mujer sentada a su lado.

—Prefiero que me entierren aquí —masca Sabina dejando ver los muslos ardidos por las luces neón del Tijuanita. El aliento es de cerveza y cebolla, de amareto y popusas tiernas, de carne de coco y plátano machacado. La mujer se estira. Se aprieta. Hace galopar los dedos en la mesa redonda. Mueve las manos. El corte de la camiseta cubre apenas el pezón de un pecho caoba que refleja y tiñe el baile de otra mujer desplegado en la pasarela.

El cónsul, don Nicolás Fuentes, soba apenas el saco, abanica al calor con el sombrero jipijapa, sentado frente a la mesa bebe en silencio. Escucha el ir y venir de las palabras de la hondureña que sin fijarse, o a propósito, lo mismo da, toma cerveza Gallo o de los vasos de plástico que Ruperto, El Ecua, va poniendo sobre la mesa y don Nico sabe que es una revoltura de amareto y agua mineral.

Don Nico ahonda en la horrenda combinación de cada trago en que se halla el valor de las fichas acumuladas frente a Sabina Rivas, quien juega con los plásticos redondos sin importar que al final de la noche algunos hayan caído al suelo, o que las chicas al pasar se los embolsaran.

Pero para eso está el cónsul, para cuidarla de la rapiña y, sobre todo, para escucharle la queja repetida, la misma historia recalentada que esta noche parece pudiera salir más allá de los frenos que la misma bailarina le ha puesto a lo largo de las copas.

El cónsul mexicano lleva horas oyendo los lamentos y maldecires que la catracha levanta sobre el ruido de la música disco. Ella ha repetido la historia de la mamá de una amiga suya que cada vez que le llegaba el periodo decía que esa sangre chorreaba como una maldición al marido por sus golpes y borracheras.

Sabina alza la voz sobre la del locutor que glorifica las curvas de cada una de la veintena de chicas con nombres de estrellas que se mueven medio desnudas por el bailadero en que Sabina habla a gritos:

—No don, yo no me cambio de nombre porque al rato van a querer que me cambie la vida…

Y su vida es de ella sola, de Sabina Rivas, a mucho orgullo, de ella que tiene que dejar su charla y subir al escenario. En esta noche por tres ocasiones ha bailado. Ha esperado en el vestidor oscuro atrás de la pasarela para oír que Peredo anunciara con el mismo tono de voz el paso de las chicas y al preciso silencio de la música, oír y saber que es el momento de salir:

—El cuerpo señorial llegado de Panamá, la morena que ha sobrecalentado a media Colombia, la vestal que levanta olas de amor en Venezuela, la bella Sabina Sabia, que hace su arribo directamente a su centro preferido…

…el Tijuanita…

...y quitarse la ropa, usando la mirada sin matices, con la oscuridad del sexo como mancha rabiosa, sin siquiera pulsar los desfiguros que causa su baile entre los diez, doce hombres muy jovencitos, todos de gorra beisbolera, que esa noche borronean las mesas del Tijuanita, como la misma gente del pueblo, o los recién llegados, llaman a Tecún.

Tijuanita le dicen a Tecún Umán, igual al nombre del bailadero, del cogedero, del divertidero, del mejor centro nocturno del norte de Guatemala, como lo anuncia Peredo, salvadoreño que tiene contactos del otro lado de la frontera, en Cacahoatán, allá en Huixtla, en Pijijapan o Ciudad Hidalgo, allá en Tapachula...

¿Quién no tiene contactos en todas partes? ¿Quién no dice haber bailado en todo el mundo y ni siquiera conocer más allá de Tapachula?

...en el mero Tapachula para que me entiendan, niñas —dice el guanaco a las coristas que se apiñan junto a la pasarela deslavada por la luz de las horas muertas, las anima cuando percibe sonrisas incrédulas, las pulsa al escuchar murmullos, las arrebata de ilusiones de ir hacia el norte...

...del otro lado del Suchiate, todo es el norte...

...a Tecún Umán le dicen Tijuanita, que es el sur de este norte, porque el otro, el de verdad, está en Tijuana sin diminutivos, donde se halla la real espera antes de cruzar, dar el brinco al otro norte, al grande, al luminoso, al de los dólares, la Tijuana enorme que se traga a los que no saben.

...aquí es el sur, mis niñitas —se oye la voz de Peredo en un morder de disco rayado del mismo discurso cada vez que ayateadas por doña Lita, amansadas por doña Lita, llegan las chicas con los ojos de hambre del camino del sur, del sur de ese norte donde está Tecún Umán, o Tijuanita, mismo nombre del bailadero de luces moradas y amarillas, con la fila de cuartos cuadrados y pequeños, olorosos a venidas y vomitadas, esperando a los clientes en el traspatio, del lado contrario al letrero del sitio en que Nicolás Fuentes, cónsul de México, cuida de las manchas al saco de lino, y mantiene cerca el sombrero…

—Tejido en las cuevas de Békal, en Campeche, conocido como jipijapa, mis amigos…

…según dice cada vez que se lo pone, escucha las quejas de Sabina Rivas, quien nunca quiso cambiar su nombre por el que el guanaco Peredo insistía para convertirla en figura del escenario…

…la fama, niñita, para que me entiendas…

Que con un buen nombre es más fácil lanzarla como cabeza de cartel en los bailaderos al norte de ellos, los del otro lado del Suchiate…

…los que de verdad valen la pena.

Una pena, más bien una vergüenza, pena o vergüenza, nada de ese sentimiento Sabina niña logró que se reflejara en el espejo que cuelga como media luna del clavo de atrás de la puerta del cuarto del baño fuera de su casa en San Pedro.

Ella acepta el olor de la letrina de tablas húmedas y sin pintura. El espejo le muestra con descaro un rostro salpicado de acné, delgado, de pómulos altos, ojos pequeños. Las crenchas enmarañadas. Un cuello con las líneas sucias antes del baño de cada sábado, como este. Las clavículas alzadas, el espejo realza los rasgos pero es incapaz de adivinar los años de más delante cuando llegó a bailar en las noches del Monavento, de otros sitios, y por fin al Tijuanita donde una noche contara su vida a un hombre de saco de lino y sombrero blanco.

La niña Sabina está desnuda y con lentitud, en un movimiento curioso, despliega el espejo frente a cada pedazo del cuerpo. Las tetas pequeñas y sin peso, si las cubre con las manos parece chiquillo, las caderas con un leve contorno y lo rizado del cabello del pubis. Las piernas flacas y las rodillas costrosas.

¿Algún día llegará a ser como su madre? Tener los muslos gordos y pechos desbordados.

El espejo no le dice lo que se pregunta desde hace días: la razón de los decires de los hombres. El cambio en la actitud de su hermano. El cómo la miran los turistas que viajan a San Pedro para de ahí ir a ver las ruinas y en las tardes, esperando el día siguiente para regresar a la pirámide, holgazanean en los cafés de la ciudad, pasean por el mercado revisando las artesanías, y ella, al cruzarse con los turistas les ve los ojos, escucha lo que le están diciendo y que frente al espejo no descubre tampoco algo que le apene, que le avergüence, ni la razón de ese cambio en los hombres, en ella misma.

Mete la jícara a la cubeta de plástico y se echa el chorro de agua. Se lava, se observa. No teme usar los dedos en el sexo y las nalgas. No siente nada especial. Es como si metiera los pies al río. Es la sensación de refresco lo que goza sin dejar de pensar en los ojos de Ciprián el carnicero, ni en la cara del español que le dijo

—Eres una morenita muy linda —acariciándole el rostro.

Algo intuye en esos cambios. En los ojos de su padre. En la mirada fija de su mamá. En la inquietud de Jovany, que no la deja dormir.

—Ya estáte —le dice en las noches y el muchacho detiene sus movimientos, se queda quieto como si llegara el sueño para que al rato de nuevo se acerque, la toque con los pies, ella siente que Jovany, acostado en sentido inverso como les dijo su madre que durmieran, de nuevo respira rápido, junta sus piernas a las caderas de ella, que lo avienta.

El pedazo de espejo le revisa el cuerpo, cada uno de sus trece años, recorre los ojos brillosos, los pies delgados, el cabello estropajoso y nada le dice de esos cambios.

—Ya estáte, hace mucho calor, no me dejas dormir —dicho en esa voz de casi silencio que ellos han sabido manejar desde que supieron que esa era la forma de que nadie se enterara de sus asuntos, de sentirse aislados en la casa de dos cuartos: uno que sirve de todo: cocina, estancia, dormitorio, almacén, y el otro, el que está a unos metros rumbo a los árboles del río: el baño donde ella se echa agua con la jícara y se revisa el cuerpo pensando que nunca podrá tener los muslos iguales a los de mamá Jacinta, doña Jaci, como le dicen en San Pedro a su madre, morena ampulosa que duerme en el otro lado del mismo cuarto sirve-todo, con un ojo despeñado del sueño porque su esposo no ha llegado, y es tarde por las campanadas de la iglesia, y cuando el marido llega a deshoras lo hace con la bronca de los tragos a bordo, los zafarranchos que armará en cuanto entre.

Casi un año después —cuando doña Lita la llevó a trabajar al Monavento con la consigna de que se portara bien y todos saldrían ganando, después de las lecciones de baile y las machaconas consignas de lealtad y silencio que le dieron en

Chimaltenango, ya en Guatemala, pero todavía a un par de horas antes de la frontera…

…porque no conviene que des ese brinco tan rápido, necesitas ir tomando el paso, embarnecer un poco…

…Sabina le dijo que ella le entraba a cualquier cosa con tal de irse a California, que sólo dos asuntos iba a plantar de frente: que la dejaran dormir en un cuarto para ella sola, que el baño tuviera regadera, si se puede grande, como la de aquel hotel al que la llevó el tejano Mario, ah…

…y con un espejo muy grande pa verse completita.

Así eran los espejos del Monavento, así son los espejos de los sitios donde trabajó antes de llegar al Tijuanita, muy cerca del Suchiate, del Satanachia, como dice Ximenus que le deben decir al río.

…Satanachia da y quita —que jamás lo olvidara nadie…

Y es cuando doña Lita calla, el único momento en que la doña calla, cuando alguien le platica de los comentarios de Ximenus, calla y se persigna moviendo la cabeza como si quisiera tumbarse del lomo los pesares.

Que no debe cargar Sabina, escucha la voz del cónsul, la escucha en medio de los tragos que se ha metido a lo largo de esa noche.

—Hay sesiones malas, Nico, las puede uno adivinar —hipa con la rabia que no la deja sacar el llanto.

—Cuento los meses que llevo trabajando.

Sólo en un par de ocasiones la han contratado para trabajar en Tapachula, sin contar las ocasiones primeras, que sólo fueron fiestas privadas. No, ella se refería a centros nocturnos, no lo que va por fuera del escenario.

—Dos veces nada más, Nico, se me hace tarde la vida.

Que no ha podido tener un baño grande para ella sola. Que nunca va a salir de Tecún Umán y que sólo va a andar dando de vueltas por todos los lugares de la Calle de las Barras.

—Carajo, pero prefiero que me entierren aquí a regresar a San Pedro.

Allá no tiene nada ni a nadie. Le dijeron que después de lo que pasó, de su casa ni las maderas quedaban.

—De mis papás no te voy a decir media palabra.

Sabina no quiere pensar en doña Jaci ni quiere recordar la carota renegrida de su padre. No le quiere volver a sentir el olor del aliento ni los pedos nocheros. No quiere entrar al recuerdo de sus primeros días en las calles de la zona turística de San Pedro después de haber salido de la casa de sus padres. No quiere saber que su hermano Jovany anda cerca, aunque lo sabe. Lo sabe y le aterra que una noche se le aparezca y le renueve ese sentimiento que odia, o lo peor, lo que siente con los hombres y se le pega al recuerdo del hermano, y eso es mucho menos agrio que si él le contara dos partes de la historia de las lágrimas tatuadas en su cara, el cacho de la descripción que ella bien conoce y que no podrá resistir si Jovany la repite.

—Una debe ser como el agua del río que pasa y pasa, Nico, el Satanachia no regresa, todo es padelante, pallá arriba.

Para arriba, eso dice la guaracha y no Nicolasa…

…todos para arriba, todos para abajo…

Hacia arriba don Nico mira el techo. Cuenta el maderamen de la casa, la hamaca baila apenitas como si se alineara al cónsul, nada de ex, que saca la pistola, la recién comprada al que dijo ser amigo de Jovany, y la pule midiéndola en la mano, sabiendo de su fuerza…

…porque las pistolas son la vida y no las visas, don —una vez, en los tiempos en que lo andaban camelando, le dijo Julio Sarabia, al que a su espalda le decían el Moro, y mientras el tipo hablaba, el cónsul le iba midiendo la profundidad de las ojeras, en efecto, morunas; le iba observando el color de la piel, en efecto, moruna:

—A poco cree que estos vergas sureños necesitan la pinche visa, ni madres, estos entran tan campantes como por su casa, pero en El Palmito se chingan, don, ahí mero se chingan, ahí no vale ninguna pistolita del puto mundo, don.

Era como una advertencia de Sarabia, al que para nada le comentó lo que don Nico sabe, que en El Palmito, después de la revisión de los papeles, el Moro o cualquier otro de los agentes migratorios cumplían las órdenes de los gringos señalando quién entraba a México, o a cuáles se iba a echar de regreso a la línea fronteriza.

De esto informó a la capital, redactó el oficio con mucha cautela porque en los asuntos en que anden revueltos los gringos era mejor irse con tiento; nunca se sabe hasta dónde llega la verdad y hasta dónde hay que poner la cara de tonto haciendo el caldo para otras instancias; él mismo redactó el oficio:

"Es de conocimiento público que un par de elementos de nacionalidad extranjera ejercen funciones cotidianas en la estación migratoria del kilómetro 10 de Tapachula a Ciudad Hidalgo, puesto mejor conocido como El Palmito.

"Dichos señores —evitó decir sujetos— llegan a eso de las 9 de la mañana y se retiran ya entrada la noche. Por los informes se sabe que los dos señores ejercitan el idioma inglés y al parecer comandan a los funcionarios mexicanos, quienes cumplen con acuciosidad las órdenes de los ya mencionados señores, regresando a la frontera a los indocumentados o dejando pasar a quienes determinen los multicitados señores extranjeros."

Lo que comentaba para el superior conocimiento de la Secretaría.

Así fue, puede ver cada una de las palabras del texto que no discutió con ninguno de sus tres subalternos por lo delicado del asunto. Tampoco mencionó que el oficio fue enviado el último día antes de entregar la oficina a su sucesor. Cuando parecía que era venganza por las voces que lo mezclaban con lo del Carrizal, una maldita mentira que le rayó su vida.

Él, que nada dijo, porque no le constaba aun cuando era secreto a voces, que el par de gringos al mando de un puesto fronterizo mexicano a miles de kilómetros del río Bravo recibía un estímulo por parte de su gobierno de cincuenta dólares por cada centroamericano detenido que no fuera guatemalteco, y que cálculos bajitos mencionaban de ochenta a cien deportados al día.

Qué no haría con ese dinero extra. Guardarlo con los demás ahorros o comprar otra televisión. Un arma larga. Un pasaje de avión al Distrito Federal. Regresar el tiempo y darse el gusto de pagar la bebida en el Tijuanita, invitar a las mujeres, con todo y ficha. Buena bebida, ron Zacapa con mucho hielo y cocas chicas, para que no empinaran el brebaje ese de amareto con agua mineral, el mismo que aquella noche de las confesiones primero a medias Sabina había bebido sin rechazar la cerveza Gallo mientras le hablaba a las sombras que bailaban en el Tijuanita, aunque fuera el cónsul quien escuchara con el retintín de su apelativo apenas de vez en cuando:

—Antes me entierran aquí que regresar a San Pedro, donde ya ni siquiera tengo familia, don Nico.

Nicolás Fuentes, cónsul de México en Tecún Umán, huele los vahos del mingitorio del bailadero y deshecha las ganas de orinar porque aún puede aguantarlas, ve los letreros anunciando ofertas bebestibles, acerca el rostro a Sabina para escucharla a través del sonido brutal de la música cuadriplicada por las bocinas en cada una de las esquinas del local, bebe un trago largo de cerveza a cuello de botella, ve a los meseros correr para frenar a un par de jovencitos que sin camisa y con pasos doblegados en el balanceo, pero no en sus gritos y jaloneos, quieren subir al escenario y acompañar a una joven que sin ropa gatea en el piso.

…hartos tragos se deben haber metido los muchachitos flacos y de gorra beisbolera…

y Sabina ni siquiera los mira porque chilletea con la cara sobre la mesa llena de vasos, otros muy lejanos a los que se reflejan en la casi noche, con el ruidero de una maldita guaracha detrás de la ronquera del televisor, más allá de la hamaca del excónsul que oye la voz de la hondureña Sabina, recuerda sus cabellos alborozados, el olor de su aliento, la luz en sus pechos reflejando al Tijuanita vibrante donde el cónsul despejaba el humo con el vaivén del soplo del sombrero en las manos.

El televisor nada le dice, no lo ubica en las noticias del mundo, ni siquiera en qué parte andará causando calenturas la catracha.

¿Se habrá ido?

¿En verdad será una muertita del Carrizal?

¿El silbato del tren la jaló una noche de paso en la frontera del otro lado del río?

...*Nicolasa, dime qué te pasa...*

...se mete la maldita guaracha desde el calor de la tarde-noche que no respeta nada.

¿Alguna vez conoció a alguien llamada Nicolasa?

Quién lo sabe.

Quién el guapo que se puede comprometer con el alma de las guarachas.

Ni siquiera Sabina, con lo chulo que bailaba la condenada.

¿Por qué usa el pasado cuando piensa en la catracha?

¿Por qué es en pasado todo y en presente está el Carrizal, aun cuando también sea pasado?

El excónsul toquetea la pistola al ritmo de la calle.

Sabe que es parte de una etapa de esa vida.

Sabe que al irse al Distrito Federal, si es que lo hace, o de aceptar la invitación de su sobrina Catalina para irle a dar sus consejos a Querétaro, si es que lo acepta, la pistola la va a tener que casi regalar o vender muy barata al mismo Julio el Moro Sarabia, o al Burrona, que son uña y mugre, si es que no se atraviesan esos malditos y se la roban otra vez, porque él sabe quiénes son los malditos rateros, sabe quiénes, pero no uno específico, porque esos degenerados son todos igualitos.

Una pistola más falta le hace al migra Burrona del que nunca volvió a saber, o a Sarabia en su caso, que a quien oye una guaracha sin nombre y mira un televisor con rayas que le ocultan a un país, a su país, que está nomás cruzando el río de muy cerca de su casa...

...Nicolasa, dime qué te pasa...

No hay ninguna Nicolasa, es don Nico acostado en una hamaca, solo, con la piyama llena de manchas, el televisor inservible, con la brisa descompuesta del Satanachia, como Ximenus le dice al río, con el calor que se desparrama por el pueblo de calles mugrientas.

LE DOY VUELTAS A LAS COSAS
Y CAIGO DONDE MISMO.
–ESCURIR POR LAS PIERNAS
TE CUENTO MI VIDA CON LA 5 DEDOS.

Ahí está la mañana.

Ximenus sabe que está aunque no la vea. Escucha los ruidos opacos del pueblo. Conoce los maleficios del sol que se estrella en las calles. A su cama no llegan ni los olores del río ni ninguna noticia.

El sonsonete del clima artificial se bate sin descanso contra lo de afuera, protege a Ximenus. Ninguna mariposa baila en su estómago porque no hay quien pueda llegar hasta el espacio cerrado de su habitación, donde espera el momento de levantarse, revisar su rostro en el espejo, contar las arrugas, revisar la profundidad de cada una. Tararea algún pasillo llanero y va al baño. Aborrece los baños mugrientos y en Ciudad Hidalgo son así. Necesita lugares amplios donde el proceso cotidiano se haga festín; depilarse es parte de la ceremonia del oficio.

Cuando se emprende un viaje, el conteo se inicia desde que se sale de casa. Así es con el trabajo, principia al sacudirse la modorra. Tener en la voz las invocaciones para que nada falle. Buscar la profundidad de la meditación para que la serendipitia se haga presente a cada segundo. Pero si eso es importante para la fortaleza del alma, también lo es una depilación palmo a palmo, que es parte de la fortaleza del cascarón. Después regarse con el baño de las siete yerbas dulces y el mismo número de las amargas, siempre con el toque de canela que amarra los sabores, y en seguida el reposo que permite la lucidez necesaria para llegar a la paz interna en el momento del secado, de las cremas, los humectantes, las fricciones, los polvos, los talcos.

Pasar a la otra habitación y ahí iniciar la segunda ronda: la revisión cuidadosa de la vestimenta, la peluca elegida de una batería de ellas colocadas en maniquíes, los tintes, los afeites primordiales, el maquillado perfecto que se reflejará en las sombras que dan movimiento al rostro: líneas que marcan, delimitan, ocultan, realzan; el perfume adecuado al atuendo y al zodiaco, a la distribución para no repetirse cada día y por último, el fundamental-fundamental calco que es lo toral de la apariencia.

Antes de pasar los dedos por la rama de la planta de Yagé que tanto cuida de las malas miradas, desparrama siete veces las cartas en el sistema astrológico. Tres veces más en el sistema invertido. Revisa su aura. Cuenta los pulsos en su muñeca. Relee su horóscopo. De nuevo se mira al espejo y estirando la mano de dedos infinitos con las uñas hoy de color bugambilia, declara iniciadas las labores de ese día tocando el timbre para que la hermanita Anamar entre con los alimentos.

Y si ante todos Ximenus mantiene siempre la duda respecto a su cuerpo, la hermanita sólo sabe lo que debe saber. No más. No menos. Nada que penetre a las horas personales de Ximenus. El tiempo le ha enseñado que a una ayudante nunca se le debe comunicar más allá de lo que debe saber, sobre todo si habita en Ciudad Hidalgo, vive con Tata Añorve, tiene primos y los amigos que ha logrado.

En las poblaciones pequeñas la gente es el murmullo, Anamar debe ser un engrane sin facturas que pueda cobrar al momento de hacer cuentas.

Desde hace un par de semanas Ximenus percibe algo diferente en la mirada de la ayudante, un brillo ansioso, como si Anamar se hubiera metido en la poza inconveniente del dilema de aquel mortal ayudante que no tiene como único fin de vida serle fiel a la Grandeza del Orbe.

Ximenus le ha dicho a Anamar un poco más de lo que la gente sabe, sólo un poco más de lo que otros ayudantes han sabido: quiere hacer sentir a la hermana como una parte sustancial de este universo. Un ser vivo y servible, importante y definido en el consultorio. Así es como debe ser. Dejar que la muchacha sea portavoz cómplice. Que sus ojos jamás muestren el mínimo desengaño. Que la niña morena sienta el cosquilleo del misterio sin una palabra de más que pueda abrir las compuertas ajenas y deslizar datos comprometedores del alto destino de Ximenus.

La niña y los otros deben quedar fuera del interno de Ximenus, ese es sólo suyo, de nadie más, y ni siquiera completo, porque si ha llegado a lo que ha logrado fue porque existe una enorme diferencia entre el ser que arribara del sur y este que se ha asentado en estos parajes de su propiedad, tan suya que sería capaz de violentar todo lo que represente un mínimo de peligro.

Bien sabe que la vida de los seres tiene muchos inicios. Jamás el natío es marcado por un solo ejercicio y si su primera natividad se lograra en El Pitalito, allá en Colombia, cerca de la bota Caucana, nada quiere decir que no existiera la segunda en

Ciudad de México, la tercera en Monterrey, para por fin llegar a la cuarta, que en las cábalas medievales es el número más importante, y así asegurar lo que los astros le decían con insistencia: que el más suntuoso de sus nacimientos sería el de la frontera sur a donde llegó imaginando que la luz de la verdad se asomaría con tal fuerza que aquí iba a echar el ancla al periplo de sus transbordos. Que el atracar de su nave en puerto seguro le regalaría la dulzura de un clavo arrancado a la Cruz de sus peregrinajes. Que por fin llegaba a la Nueva-Nueva Jerusalén, donde el Señor en su infinita bondad le ha obsequiado la vitalidad que sirve para aliviarle los pesares a esta pobre gente que busca ir hacia el mejor mundo de sus ensueños. Por eso está aquí, para ayudarlos, para guiarlos. Para que la armonía del universo se refleje en este trazo verde del planeta.

La mañana busca los entretelones de las horas. Sabe que esos momentos son de neutralidad aceptada. Que hasta ahora Ximenus Fidalgo se mantiene en su interior, donde se encuentra la paz sobada por el clima artificial, el rumorcillo acogedor del aire frío. Sabe también que a unos cuantos pasos, en la antesala, se inicia el mundo de otros; ahí la hermana Anamar desempeña la importancia de su papel sentada frente a su escritorio de madera negra, junto a la puerta del privado donde reside el núcleo de la sabiduría. La mexicana jamás se atreverá a distraer meditaciones ajenas dentro del consultorio: espacio en que Ximenus prepara el maquillado del alma para después meterla al cajón de sus secretos escondidos en esas habitaciones donde se dispone a robarle la fuerza al vuelo de las aves; a esperar que el sol blasfeme en la selva y así, cerca de las dos de la tarde, se inicie el desfile de quienes quieren ser parte de los secretos y llevárselos junto a su pecho como protección amada.

Para Ximenus, la felicidad del mundo se forma gracias a la dolorosa agonía del Señor y ese es el ejemplo de su destino: dejar que los desesperanzados se rompan el alma y para su alivio busquen el calor de las manos guiadoras; se internen en las rutas de su corazón para poder conducirlos con bien dentro de la neblina; sientan la fuerza del conocimiento supremo y así redimirlos antes de la entrada al camposanto. Todos deben saber que Ximenus Fidalgo está con ellos para desvelarles sus sueños y entender sus confesiones.

Los manchones de sus ojos son parte de una presentación necesaria. Un maquillaje que semeje pasiones desatadas, así debe ser. Los calcos de enorme plataforma arrebatan su gusto y agregados a su cuerpo delgado y al tamaño de la peluca, hacen que su altura se escape hacia el techo, imponga a los más reacios, logre que hasta la mirada de la hermana Anamar, aún ahíta de su cercanía, cada tarde muestre la sorpresa del tránsito de Ximenus por las habitaciones con la cabeza lamiendo el quicio de las puertas, y si a la chica mexicana le impacta su altísima figura, puede comparar el choque que causa entre los nuevos pacientes al ver a Ximenus floreando el techo de su centro ceremonial, hogar, lienzo de adoratorio al que la gente asiste para rendirle culto…

…pacientes, no clientes, hermana Anamar, se les dice pacientes…

…se escuchó su voz de tono bajo cuando la chica iniciara su apostolado a su vera; lo dijo cabalgando en los matices profundos de la garganta, marcando los cortes en las palabras que denotaban su origen ajeno a este lugar de su último nacimiento.

Son pacientes, hermana Anamar, los nuevos y los que se repiten constantes, los que llevan de la mano a otros, los que van sólo a mirar la altura de Ximenus Fidalgo que se mece al amparo de la dulzura del Señor, de la fuerza de los astros, de los misterios del infinito y que alumbrará cada línea del camino de los desventurados.

A algunos de los pacientes la hermana Anamar los conoce: los que viven en Tijuanita-Tecún, en Ciudad Hidalgo, en las rancherías de los dos lados de la frontera. Por eso cuando vienen de más lejos, del centro de Guatemala, de más abajo, o de la costa hacia Oaxaca, de Arriaga, ella pregunta su origen y lo anota.

Entran a la recepción con la cabeza gacha, oyen la voz delgadita de la hermana Anamar: deben estar muy felices de ser los elegidos, tener la dicha de sentir la presencia y el amor de Ximenus Fidalgo. Anota su nombre y su pueblo en un cuaderno ancho. En otro papelillo escribe los mismos datos agregando el número que corresponde al paciente en esa consulta, para después introducirlo en un pequeño buzón cuya caja está del otro lado del muro, dentro ya del consultorio privado de Ximenus Fidalgo.

Que es Plumaje de Colibrí.

Armadura de las Mantis.

Iris Omnipotente en el Vuelo del Gerifalte y del Mochuelo.

Luna de los Islotes del Río con el Agua de sus Entresijos.

¿Quién tiene el valor de resistir su voz?

Dentro del consultorio se encuentran los orígenes del río. Se determina a quién devoran las ansias. Quién se viste con cicuta. Quiénes pueden poner sus manos en las del Señor. Los que piden se les aclare el alma. Los que buscan el cauce de sus raíces. Justifiquen sus ternuras. Borren con nubes de fósforo las horas sin sueño en los ojos y en el rugido del Rayado.

Ahí está quien existe en la mirada de los cachucos. En sus sueños, adivinanzas y suposiciones. Ahí está quien convive con la rabia de los guanacos. La memoria que no alcanza a cubrir el sudor de los catrachos. El olvido de los orientales. La humildad de los ecuatorianos. El dibujo de la selva. El orgullo colombiano. Anida en todos aquellos que se atreven a cruzar hacia la luz del norte. En las minifaldas de las Dalilas que bogan las noches del Satanachia en la aventura del oficio.

Ximenus es abundante y total.

Madera Eclesiástica de Mazatenango.

Piedras de Copán.

Estrías de la Pochota.

Sus yerbas incendian la abulia. Su albahaca somete las iras. La ruda despierta a los ángeles. Lucifugo Rofocale penetra a estos dominios, parte de la noche de Adda-Nari, de los aros de Solday, del rojo salino de Zader.

Nada existe fuera de sus ojos. Ximenus Fidalgo mira la quietud del río. Los trebejos que lo cruzan. A la gente trepar por las esquirlas de la tierra. El jalón de los hombres al navegar las aguas de ese río de nombre distinto al que ellos le han dado. El río es la única fuerza capaz de comprender y se llama

Satanachia: agua transformada de paz y furia. Satanachia que marca las dos tierras. De allá y de aquí vienen. Esperan palabras que iluminen el tiempo del camino hacia el norte.

Sólo Ximenus puede saber si es conveniente treparse al chiflo del tren o esperar a que las alas de los Niños de la Planta den su permiso.

Sólo el ser de altura inmensa conoce la exactitud del minuto justo, del tiempo justo, de la hora nona, del instante salobre para enramarse al tren.

¿Quién más que Ximenus puede decir si deben pagar la ofrenda a Satanachia quedándose junto a sus arenas, oliendo su rumor, masticando sus aguas, juramentando para que una noche el río plante la voz en sus ojos y sin decirles por su nombre, sin mencionar el apelativo de sus pueblos del sur, les permita el paso?

¿Quién sino Ximenus conoce a las figuras tatuadas con las lágrimas clavadas en sus mejillas?

Sólo Ximenus puede decir que al destinado se le permite escapar porque ha llegado el momento del vuelo. Que los hierros de la máquina serán su nido. Ha sido elegido de entre los del mundo del sur y Satanachia permite el paso hacia el sol del norte.

La voz de Ximenus otorga el permiso o marca el freno negatorio si es que aún las flores no se han colocado en su sitio, ni los hierros han sido amoldados, ni están las aguas en su justo equilibrio y Satanachia ha decidido que el suplicante debe esperar porque aquí y sólo aquí está el reino del Emperador Basilio, el mismo de Ximenus Fidalgo que frente al espejo decide que es hora de iniciar el verdadero día.

Atrás están los años de esperar en los verdes de Huila o del Putumayo. De aguantar sus aguaceros intempestivos. Sus calores hondos. De suspirar por sus montes a flor de mano. El traslado a México, las montañas de Monterrey, la turbulencia del Distrito Federal.

Atrás el tiempo de los vanos intentos de reproducir una verdad que lleva en su cuerpo. Aquí todo está bajo su égida. Es el fin y el principio del tiempo. No hay presiones ni cárceles con que lo castigaron los impíos. La selva es su valle y el río su luz. La gente es su veladora. Sus fieles amadores. Los dadores de Su Karma.

Las uñas largas como noches sin luna oprimen el timbre; en la antesala su ayudante escuchará primero un leve zumbido, detectado también por la gente como el inicio de romper con la lógica de una espera que podría suponerse igual a otras.

La hermana Anamar observará el aviso en el centellear de la luz dentro de los ojos del Cristo enorme que se desparrama en una de las paredes de la entrada. Acompasará su voz con la luz del foco de la mirada del redentor. Lo hará como se le ha enseñado. Con el tono salido de adentro de su convencimiento. Con las frases marcadas en forma pausada, remarcando las sílabas.

—Así tiene que comenzar siempre la hermana —oye a Ximenus.

La chiquita debe ser, sin jamás dudarlo, una extensión de quien la guía.

Ella hablará con el gusto renovado en cada tarde. Ella, la chica de manos descuidadas, de piel suave, la mexicana de piernas delgadas, de mirada baja, temerosa en las pocas ocasiones en que se le ha permitido el paso al consultorio.

La hermana Anamar se prepara ante al primer paciente que Ximenus Fidalgo, con su corazón abierto para darlo a los creyentes, recibirá el día de hoy.

—Hágame usted la gracia de poder introducirlo hasta la bondad sin límites —dice la mexicana mirando directo a los ojos del que se apresta a levantarse de su asiento y caminar hacia el escritorio negro de la hermana Anamar bajo las miradas del resto de pacientes, que cuentan las fichas viendo cuánto falta para que llegue su turno.

A detalle, Ximenus sabe lo que va a suceder: el paciente, fingiendo tranquilidad y sin medir el golpeteo en su pecho, mirará sonriendo a la mexicana delgadita, de cabello en desorden. Las manos del escogido no saben dónde esconderse. La ausencia de saliva se duplica conforme llega a la puerta. El paciente en su fuero interno lucha por escapar, porque nadie es capaz de enfrentarse a sí mismo sin miedo a lo que puede descubrir.

Ximenus conoce más que bien esa desazón.

Ha sucedido en todos los sitios donde ha ofrendado su sabiduría.

Es la repetición de una escena única y a la vez obsesiva.

Es el temor que se gesta ante la inminente cercanía del infinito.

La puerta con que se topa el paciente divide las estancias: un muro que buscará brincar, con el miedo de no saber lo que puede pasar adentro.

Eso lo sabe Ximenus, y la hermanita lo intuye.

Los que van entrando nada saben de este mundo del infinito donde Ximenus Fidalgo, con el atuendo impecable, el maquillaje luciendo fresco, detrás de la mesa cubierta de crucifijos enormes, con la fibra que sale del corazón, somete a quien implora.

Viendo al paciente que está del otro lado de la madera, levanta el rostro.

Aspira.

Sus brazos son alas despegadas del cuerpo.

Con la cara hacia el cielo, como lo es su altura.

La misma que la de la ceiba, la del guanacastle, la de las palmeras de la costa.

Deja oír la voz como concierto de iglesia.

La luz indirecta baila en las inmensas imágenes religiosas desperdigadas por las paredes de toda la habitación. Una luz que lanza sus más certeros dardos sobre las combinaciones reflejadas en las florituras de su maquillaje, que un paciente alguna vez dijera que se asemeja a los tatuajes usados por la Mara Salvatrucha.

Erguido, sin mostrar molestia por las flores espinosas de las plantas inmensas que a veces se clavan en el cuerpo, manejando el filo del machete con bravura aunque sin habilidad, Laminitas lo mira avanzar junto a los otros compas, bordeando a veces por lo intrincado de las arboledas o brincando obstáculos para no torcer tanto la ruta.

No puede decir que la figura de Jovany sobresalga por algo en especial, pero sabe que, comparándolo con los demás que ha conocido, existe un contraste en ese cuerpo delgado, una furia y llanto que oscilan en los ojos, en la mirada que se clava tan espulgadora de palabras, una tensión en la dureza de los músculos, un corcovear en las manos huesudas siempre tensas, en la seriedad oscura de su rostro, más intenso que sus dieciséis, diecisiete años.

Sin definir la razón, sabe que en el muchacho hay algo diferente a los otros hombres, no sólo a esos que caminan sin hablar batallando contra la selva y las hondonadas, que son nomás un puñado de paisas, sino a todos los otros que Laminitas conoce: los de San Felipe, los de la costa, los de San Pedro, que es su pueblo de nacencia. Desde la escuela lo viene diciendo: Jovany tiene pinta de haber nacido en país extraño, como si se hubiera alimentado con bisteces yanquis, canelones de Europa central y grandes quesos patagónicos.

Laminitas observa a Jovany mientras caminan sin hablar en la jornada de ese día, entre los árboles por donde desfilan hormigas rojas y panzonas; con el calor del día y el sudor que jala la malalma de los insectos que pican antes de inflar la piel; avanzan por entre las serranías que los llevan a volandas en senderos lejanos a las carreteras para evitar retenes patrulleros, gente malabarista...

...distracciones que nomás atarantan el camino...

...dijo un par de noches antes el Motroco, cuando les repitió que irse a Estados Unidos no era un asunto de lavar pañales sino de

—Catrachos bien carajos, como nosotros...

...sin mirar a Laminitas, que desde que salieron de San Pedro Sula sabe que el Motroco le conoce los secretos y que una noche, o en el momento en que le salga la rabia, el Motroco nacido en Tegucigalpa, donde la gente es mucho más lebrona que la de San Pedro, le va a echar en cara de lo que no tiene pruebas pero lo sabe el muy jijo aunque nunca le haya mencionado algo.

Laminitas conoce esa forma de mirar, una especie de complicidad a punto de romperse o a momentos de aceptarla. Ha visto esos mismos ojos a lo largo de los años: desde que estaba en la escuela primaria y el profesor le dijo que para qué se hacía tonto si los dos sabían de qué lado mascaba la iguana y le metió las manos y la boca por allá abajo.

Laminitas también conoce las argucias y los reclamos, la aceptación y el rechazo agresivo. Ha recorrido desde los insultos de los amiguitos de la escuela hasta los retobos de su papá, antes que se largara de la casa para vivir en la de su tía Rosario.

Laminitas camina con la misma entrega que los demás, casi en silencio para no malgastar la fuerza en ñoñeras, que mucho se hace para que el cansancio no los tumbe. Avanza con el sol en la cara, sabiendo que no debe hacerle caso al Motroco, masculla sin dejar que se escuche su voz, porque a lo largo del tiempo se ha dado cuenta: al que anda faroleando le cortan los cojones. Él apenas habla, sabiendo que todo el grupo debe caminar con el sol a la derecha cuando sale, porque el norte tiene otro sol que es el de adentro, que no pega en la cara como este sí por el recodo del sendero que los hace ir cada vez más rumbo la montaña de la Cripta, torcer un poco y tomar hacia la Sierra del Gallinero y después Guatemala por las veredas que llevan a San Fernando, de ahí a Esquipulas para entrar por las orillas del Suchiate; caminan esperando que el sol suba y agarre hacia la izquierda, cada vez más hacia la izquierda hasta hacerse trizas en los cerros y entonces buscarán el sitio donde dormir, sin fogata ni nada, atentos a las culebras, a los murciélagos grandes, a los tigrillos que nadie ha visto nunca, a las malas vibras que se cuelan por el aire salpicado de mosquitos que antes del oscurecer arremeten con peor hambre a la que siempre traen los que caminan hacia el norte.

—Las ventoleras malevas llegan como piquete de coralillos carajos —dice el Motroco cuando sentados esperan que el sueño se salga del cansancio y permita que el grupo de quince personas busque el mejor lugar donde pasar la noche, después de limpiar un tanto el terreno, ahuyentar a las hormigas siempre hambrientas, a las arañas de pelo rojizo.

Laminitas espera que Jovany se eche y así, en una lógica juntura de dos amigos del mismo barrio de San Pedro, él se coloque cerca y reniegue del calor, de la hinchazón en las piernas, de la rasquiña que no se quita por más que se lave en agua serenada, del dolor en las picaduras de los avechuchos, o pregunte, tímido, por los días que les faltan para llegar a la frontera con México.

—Dice Motroco que todavía nos falta brincar Guatemala —se escucha ausente la voz de Jovany.

Laminitas mira de perfil a su amigo. Contra el cielo ve su rostro: nariz afilada, cabello ondulado, labios gruesos. Recorre el cuerpo que por la luz apenas distingue, pero sabe de la geografía de sus brazos, adornado uno de ellos con el tatuaje de un alacrán; del estómago plano y sin vellos. Presiente, porque lo ha percibido durante el tiempo que lleva de andar junto a Jovany, que aunque se muestra arisco, anda con los calores de la nerviolera en las verijas.

Laminitas lo percibe y busca la cercanía del olor del joven, muy diferente al de los otros que ha conocido. Le agrada lo rasposo del aroma del sudor. Siente una inmensa ternura y unos deseos de besarlo sin tener que esperar que los demás se duerman y entonces Laminitas se acerque, sobe y mime las piernas por encima de la ropa sabiendo que Jovany puede reaccionar con violencia, aceptar desdeñoso las caricias o fingir que duerme mientras Laminitas avanza conforme a la aceptación del otro, corre la mano por la bragueta, acaricia el miembro ya levantado y deteniéndolo como pez que quiere escapar, se baja los pantalones y lo encamina hacia la profundidad del ano que lo oprime y lo succiona y lo bate y lo truena buscando empalmar las venidas, dejando que Jovany se haga a un lado como para seguir un sueño medio interrumpido por el chillido de las aves nocturnas y Laminitas se sigue acariciando su propia erección, que sólo se da cuando tiene a Jovany tan junto.

No hay necesidad de la voz del Motroco instando a continuar la jornada, si a esas horas el calor ya anda corriendo como alimaña por los sobacos empapados. Beben café frío y algo engullen del bastimento que cada uno carga. Van de nuevo hacia adelante sin importar los dolores, lo rasposo de los árboles, lo filoso de las hojas de las plantas y el maldito cansancio que no agarró destino durante la noche. El sol ahora a la derecha, del mismo lado que alguien dijo se encontraba el pueblo de Petoa, del mismo lado en que Jovany lo veía salir en su casa del barrio Suncery de San Pedro.

Laminitas camina un poco atrás de él. Como en un acuerdo, ninguno de los hombres habla. Ni ellos dos ni los demás. Para qué decir de lo pasado. Ni una mirada demuestra las horas en que acamparon. Y si de lo pasado apenas unas horas antes nada se dice, pa qué jijos mascullar lo de adelante porque no se puede mencionar lo que no se sabe.

De los quince, sólo el Motroco y Regan han llegado hasta la frontera con México. Para los demás todo es nuevo, como lo son los nombres de las ciudades de Estados Unidos, de los que viven en California, de los que la hacen muy bien en las clicas de allá y de los que también andan de lujo en Tecún y Tapachula.

—Esto es de puro tránsito, mis buens —marca el Poison— la neta está en California.

¿Fue la tercera o la cuarta mañana del camino cuando el Gato, con su hablar hondureño y desde el tinte de sus cabellos rubios avistó a un grupo de hombres que al parecer descansaba?

Quizá meses después, y antes de que pasara la prueba para que lo dejaran entrar a la Mara 13, Jovany trató de recordarlo y no lo precisó, lo que recuerda como si fuera un pasaje de las películas que en compañía de Laminitas veía en el cine de San Pedro, es al Motroco parado sobre el tronco de un árbol, con el ceño fruncido, los ojos bien fijos en la distancia, y que sugirió esperar a que él solo se adelantara a ver quiénes eran esos viajeros de junto a un arroyo.

Aun en las noches de yerba y chochos, por alguna razón, así como se le aparecen los ojos de doña Jaci, la mirada de amor dolido de Laminitas y escucha los rugidos lastimosos de su padre, Jovany recuerda cómo vio al Motroco avanzar hacia los hombres tumbados bajo un árbol y a dos de ellos salirle al paso. Los vio hablar moviendo las manos y después el que fue de avanzada tomó el regreso con alguien de compañía.

—No hay bronca, son otros compas que andan en lo mismo, este valedor viene con nosotros.

El otro, robusto, moreno, dijo llamarse Poison. Con orgullo deja ver en el pecho unas letras renegridas con ribetes de rojo sucio: La Vida Loca, entre figuras tatuadas que se extienden hacia los brazos, la espalda y los muslos. Al hablar muestra los puños; en los nudillos lleva tatuados tres puntos negros. Dice ser de los que han llegado hasta Tecún Umán, Talismán, Huixtla, Tapachula y mucho más delante:

—Que de por sí tiene su entone, pero ya verán lo que allá mero valen las clicas —y echa gritos de gusto mientras caminan ya cerca de la tarde y a Jovany le arde el estómago de hambre, pero no quiere decir nada porque de inmediato Laminitas se le va a pegar, a decirle que le tiene guardadas unas galleticas de dulce, y a Jovany le encabronan los modos de su paisano, quien camina a un lado suyo pero sin emparejarse, como si le fuera guardando las espaldas.

Jovany se sentó junto al Poison. Esperó a que el tipo de los tatuajes medio cubiertos por una camiseta negra sin mangas, barba mal distribuida en la cara, zapatones de suela de goma y pantalones con varias bolsas, agarrara descanso al movimiento de beber de un recipiente de plástico hasta que sin mediar nada, quizá por el gusto de lo que estaba tomando, dijera, así como a la noche, al revolvedero de insectos, al calor y los chillidos llegados de entre los árboles, que en la frontera sólo caben los meros cabrones.

—Los que se agüitan cagan ventoleras sulfurosas.

Jovany no quiso preguntar de qué lugar llegan los vientos malevos, ni tampoco a cuál de todas las fronteras se refería el Poison, y éste no lo dijo, sino que siguió con una retahíla de frases salpicadas con palabras en inglés que decían de sus valedores de la 13, los efectivos de la Mara Salvatrucha, del Mayorga, del Arnold, y de uno que vale la vida entera, del Rogao, valedor entre los valedores de los batos pesados, de la buena onda de la raza…

—Nomás nos metemos a Tecún y vas a ver cómo la raza me asalta el bonche de partis —mencionando la ley que les tiene a sus meros bróders como son el Rogao y otro llamado el Parrot:

—Son la mera la mera neta de la corneta, me cái...

...pa cambiar a lo que iba a hacer cuando llegara a Los Ángeles, donde estaba la ultra madre de las clicas, ahí mismo están, y también su carnala que trabaja en un drogstor y siempre trae la feria pa lo que dispongan los batos locos...

...así es mi carnala.

El Poison nunca habló de lo que harían ellos, los otros, los demás, incluyendo a Jovany, siempre fue él lo que pesaba en la charla que con palabras apoyadas en ademanes y carreritas, con alzadas de ceja y levantones de su asiento, relataba lo super cabrón que eran las calles grandotas de las ciudades gabachas, del montonal de luces y tiendas, que así lo sabe y lo ha vivido con sus bróders del alma que gozan de las batas gringas, livianitas y jaladoras, y que nomás se imaginara, si hasta se aburren de meterse a todas horas el bonche de putas pastas sin que la tira friquee con sus jodederas.

—La vida loca, bato, pa que sepas lo que uno puede gozar con la raza —dijo sin que Jovany supiera si se dirigía a él o a la botella de plástico.

No lo supo en esa ocasión, lo habría de saber meses más tarde, en la misma Tecún Umán, no en la población sino cerca, más hacia el Tacaná, cuando sentados en unas piedras que daban al río, el Poison le dijo que era necesario se pusiera más tatuajes, que el pinche alacrancito ese del brazo era mierda de toro...

—Pa puras vergüenzas, bato...

...y que si quería irse con él a Los Ángeles debía empezar por lo valedero antes que por otra pinche cosa.

—Lo primero es que te mandes a poner tu lagrimita debutante, bato, como estas —mostró un par de tatuajes en la mejilla.

Eran unas lágrimas muertas. Marcadas punto a punto. Como flores del mal en medio de la carne. El tipo no quiso decir la historia de los tatuajes, sabiendo que Jovany sabía que una lágrima clavada para siempre en el rostro era igual a un cristiano menos en el mundo de acá abajo, y si las lágrimas del Poison eran dos, pos dos eran los batos putos que se habían ido a bailar a los congales del cielo.

Eso aún no lo sabía la ocasión aquella cuando, por primera vez en el camino de San Pedro a la frontera llevando al Laminitas como pintor de nuevos lugares, como dador de entripados en las ingles, como guardián para taparle un posible regreso, teniendo al Poison como futurólogo, había escapado de su casa para agarrar rumbo al norte sin saber dónde jijos estaba un poblado llamado Mata de Plátano, ni otro de nombre El Pital, y menos la Sierra del Gallinero, a donde escuchó que llegarían a la jornada siguiente, metido en esas rutas guiadas por el sol o por el puntaje de las estrellas, cagados de calor y piquetes, tragando miserias ralas que nada le importaban al Poison, quien mascaba comprimidos de colores que se bajaba con el líquido de una botella de plástico.

Meses después se dio cuenta de que, durante al camino rumbo al norte, él desconocía tantas cosas fuera del barrio Suncery de San Pedro Sula. En la misma Honduras nunca viajó más allá de El Progreso, por el lado del mar hasta Laguna Alvarado, y rumbo al norte hasta Masca, que era la tierra de sus abuelos, pero jamás pensó en ir a Tegucigalpa, menos llegar a la frontera de Guatemala y México, el nombre de un equipo que a veces jugaba futbol en el estadio de San Pedro.

En ese tiempo no sabía cuánto les faltaba para llegar, ni qué cosa era una frontera, ni cuántas noches el Laminitas le iba a buscar las calenturas. Carajo, pa qué le hizo pensar tantas cosas. Que se le revolviera el jodederal de exabruptos que le recordaban a su papá. Que lo sintiera como si fueran las manos de Sabina. Que le pusiera enfrente los chillidos de doña Jaci. Que descubriera las ganas de que su mamá lo arrulle. Que las manos del Laminitas lo condujeran a lugares que no quiere mostrarle a ninguno en ninguna parte.

O si en aquel su primer viaje ni siquiera sabía donde estaba Quezaltepeque, ni El Tesoro, ni Jocotán, pues mucho menos algo que se llamara México. Ni cómo era. Ni en qué idioma hablaban ahí. Cómo era la gente. De qué tamaño eran los pueblos.

Y si no sabía eso, pues tampoco cómo se vivía junto al río, ni tenía idea de por qué un río también fuera eso que tanto lo inquietó: una frontera, palabra que todos mencionan igual que si fuera la aparición de un santo.

Lo fue sabiendo a lo largo de las historias del Poison o por lo que escuchaba de los otros grupos que se hallaban en el camino, todos hacia el norte, hacia diferentes pueblos, pero el más mencionado siempre fue el llamado Ciudad Hidalgo, que era ya del otro lado de una frontera.

Y si nada sabía, menos aun que de ahí mero, de esa mentada Ciudad Hidalgo, ya dentro de un país llamado México, sale un tren vacío, enorme, largo como pesadilla, para ir hacia el norte, y que alguna vez, después de los 13 segundos que tuvo que soportar para ser marero, ya con lágrimas tatuadas en las mejillas, tratando de no recordar siquiera lo que tuvo que hacer para ponerse esas cuatro primeras lágrimas que arden sin cesar como si a cada hora se las estuvieran tatuado con la palita gris de varios pequeños y dolorosos dientes, se treparía al tren en marcha y se escondería entre dos vagones oyendo el estruendo de la máquina y de las ruedas de hierro, pero no para irse al norte del norte del norte, sino para agarrar lo que el Poison, el Rogao y el Parrot le mandaron que agarrara, que hiciera en aquella noche, primera para él, en que los ruidos del tren fueron más débiles que los gritos salidos de la oscuridad saturada de llantos de las perras que no querían satisfacer las ganas que los batos locos siempre cargan y de los otros aullidos que nunca lo abandonan, la mirada de doña Jaci, la rabia sorprendida de su padre, las babas dulces de la niña, lo que en el hoyancón del camino lanzara Laminitas en esa súplica de sus ojos diciendo no saber la razón de morirse tan cerca de quien tanto lo calentaba.

Meses después, ya sin el apremio del viaje, sin las punzaduras en las heridas de los pies, sin el hambre malapécora que agarra al más valedor de los valedores, sin el cansancio de mochar ramaje que nunca termina, lo supo.

Lo supo al darle de vueltas a sus años anteriores a la espera de junto al Satanachia. Se enteró de que eso de los malditos hubieras no son más que mierdas de toro, cabronas mierdas de toro.

Porque si sus papás hubieran huido de San Pedro, no los hubiera encontrado. Si Anamar no se le hubiera atravesado en los palpitares, no le hubiera dado luz verde. Si Laminitas se hubiera quedado en San Pedro, no lo hubiera hecho sentirse así. Si se hubiera conformado con ser espectador en el cine, no lo hubiera encanijado.

Pero no, llegaron los hubiera, y si no hubiera sido tan terco, no se hubiera quedado tumbado en el hoyancón, caracho Laminitas, carachos hubieras.

Carachos hubieras que marcan las cuatro lágrimas.

Las cuatro que fueron de hubieras porque pudieron ser rastros de otros cuatro dadores y no los que le ponen firma a los tatuajes.

Por eso cada segundo tiene el valor que tiene y hay que gozarlo para no tener que meterse en la ley de los hubiera, como le fue a los papás, a la niña, al Laminitas, que si no lo hubiera acompañado no se hubiera quedado en el hoyancón y no hubiera sido la primera de las cuatro lágrimas que acaricia mirando la noche cerrarse más allá de la frontera que lo detiene sin saber cómo caminar hasta el lado gringo que está tan lejos, tan allá arriba del norte a donde le gustaría haber nacido.

Doña Lita es un gajo del calor. No puede ahuyentarlo ni con una buena rociada de agua bendita que para nada serviría en este mes de agosto cuando las turbonadas ardientes suben la temperatura del río. Va brincando por la calle llena de agujeros charcosos que la llevan hacia la plaza principal para después seguir a la oficina del cónsul.

Doña Lita es parte del sofoco y también del paisaje de una mañana igual a las otras, con las mismas oleadas reverberantes y los mismos ruidos lejanos: tronidos que parecen balazos, chillidos de aves, gruñidos de los chanchos, música guarachienta, saludos vociferantes, algo de las marchas militares desde la guarnición de soldados niños, y los gritos de los balseros, hoy fecha en que les toca trabajar a los guatemaltecos.

—Eso es lo único que respetan estos…

…sabiendo que cada día del año, sin importar la fecha en que caiga, un día trabajan en el río los mexicanos y al otro los guatemaltecos.

Hoy le toca a los cachucos y doña Lita oye sus gritos, iguales que si fueran mexicanos, las mismas expresiones que ella acepta como parte de su rutina diaria. Trata de sacarle la vuelta a las dos mujeres que cerca de la estatua del prócer esperan sin mostrar signos de lo que buscan con doña Lita, que las ve y ellas a ella conociendo de la permanente petición que las dos mujeres hacen buscando ganar algo con los contratos de las chiquitas.

—Ah doña, cómo le hace pa que se le acerquen tanto las niñitas, en su casa ha de tener una vela marrón bien efectiva, doña Litita.

La mujer de tez blanca y adornada de colgajos en su cuello y manos odia el diminutivo en su nombre. Impaciente, escucha lo que las otras, en la plaza principal y bajo el sol del medio día le van contando. Una pochota de ramas desparramadas ampara a las tres mujeres, que se secan el sudor blancuzco por el talco escurrido bajo el escote.

Las tres en una plaza que le es familiar:

En la esquina norte, en qué otra esquina se iban a colocar, los corredores de dinero con los fajos de dólares, pesos y quetzales bajo el sobaco, mientras se acercan los clientes, matan el tiempo tragando ceviches de pescado atascados de aguacate y salsa colorada.

Ven el lodo seco en los autos estacionados. La estatua del héroe sin nombre cubierto con las letra M y el número 13 sobre un rostro bigotudo y adornado con un sombrerito de copa picuda. Los vendedores de juguetes de plástico, de frutas y jugos. Los que dormitan en las bancas. Los que sin cesar rondan con ojos fieros. Las señoras que andan tras una limosna mientras dan el pecho a un niño cubierto de trapos sucios. Los desfiguros de los triciclos que arrastran carritos para transportar pasajeros.

—Cuando le sobre alguna muchacha, aquí están sus servidoras, pues, no se olvide de sus amigas, Litita.

Doña Lita no deja ver nada en su rostro. Sabe que el par de mujeres forma parte de un engranaje de envidias. Que lo mismo que ahora melosas le ronronean, se lo han propuesto también a Carmelucha y Gracia Linda, esas son iguales a estas que la atolondran con sus zalamerías, le relatan sobre sus amigos en Tapachula, en Tuxtla Gutiérrez y más al norte, y le dicen de lo bien que les podría ir a las tres si se repartieran el trabajo que a Litita le sobra.

—La muchachita que usted avalúe como medianita, yo le pongo sus caminitos seguros —dice una de ellas, vestida con falda amarilla y chanclas de plástico.

Nada asegura nunca doña Lita. Oscila la cabeza. Sonríe. Tuerce el gesto. Los colgajos se mueven al decir sí con la cabeza sin asegurar cuándo. Mira para otra parte. Jamás promete. Conoce las reglas, sabe que en este negocio lo mejor es la discreción para que no la rebasen las envidias, como dijo Ximenus:

…más que de otra cosa, cuídate del livor, a ese lo hallas en la misma brisa…

La brisa escatima su frescura a doña Lita, mexicana, de padre yucateco y madre tabasqueña, aquerenciada en la frontera desde los primeros meses de vida, divorciada dos veces, amante de un párroco de Mazatenango que la visita de vez en vez porque de otra manera ella no lo hubiera aceptado, y madre de tres hijos que viven en Los Ángeles, California, según rezan sus papeles, que están en el consulado de México por aquello de que un día le reclamen lo que hace por sus niñas, porque eso sí, nadie puede poner en duda las rogancias que tiene que echarse pa que los coyotes no testereen a las muchachitas; los entuertos que se obliga a desarmar pa sacarlas adelante; porque si las niñas andan solas como cabras del monte no falta malaje que las quiera clavar como mariposa, y si las chiquitas son tan guajes de dar todo creyendo en la jodienda esa del amor y del matrimonio, pues claro que se las mascan de un hilo, si andan como ánimas solitarias y no tienen quién las aconseje con buen tino, que pa eso está ella, pa llevarlas por el camino adecuado, con el consejo a tiempo, que a deshoras las consejas duran menos que las nubes del verano, por eso el licenciado Cossio confía en ella, por eso el general Valderrama la felicita de continuo y el ingeniero Santoscoy y toda la baraja de señorones la apoyan y le dan ánimos pa que no deje desvalidas a las que vienen del sur y son bien tratadas por doña Lita, de apenas treinta y ocho años bien llenitos de placer, porque no todo es trabajo, no, mis amigos, nada de eso, ella está en el mundo pa gozarla y pa que las chiquitas del sur tengan sus oportunidades en la vida, que tantas cornadas les ha dado desde que llegaron vivitas y coleando a este valle de lloraderas.

Pero eso sí, la doña acepta ayudar a cualquier chiquilla con la condición de que no sea mexicana, esa es la regla; las mexicanas son muy retobonas, lebronas hasta decir basta, y por más que se les explique no se dejan ayudar, se les alborota la soberbia azteca, mis muchachitas, cuídense de las mexicanas, por eso no les dan trabajo en ninguna parte.

—A ver, ¿cuántas mexicanas conocen en El Cid? ¿Cuántas en el Tijuanita? ¿Ninguna, verdá? Bueno, hasta en Tapachula prefieren a las catrachas, y eso que son muy bravas las condenadas; pero a ver, ¿cuántas mexicanas trabajan en el Ranchito o en La Noche de Eros? ustedes nomás échenle cuentas, ¿ninguna, verdá?

Ninguna, ningunita por amor de Dios, así que si las niñas de Guatemala, como dice la canción, o las chiquitas guanacas, o las catrachitas que son un primor, o cualquiera que llegue de allá abajo quiere irse de lleno a los dólares, primero tiene que pasar el visto bueno de doña Lita; siempre doña, nada de Lita a secas, y menos Litita, porque la doña se pone como perro del mal cuando le cargan el diminutivo en el nombre, y aunque no lo demuestre ya le agarró tirria al que se lo menciona.

—En esta vida el respeto es lo primero, sí señores, porque si se pierde el respeto se pierde lo único que nos vamos a llevar a la casa del Señor.

Un respeto que se tuvo que ganar a carajazos y dulzuras. Usando a veces la labia y a veces los labios —medio ríe de sus palabras, que la meten a los recuerdos de sus primeros años no de vivir en Tecún, sino de andar ayudando a las chicas de la frontera, cuando conoció a Ximenus Fidalgo.

…en la vida, ninguna acción se basamenta en una sola línea…

…escucha la voz desde las alturas de los arabescos del rostro de Ximenus…

…abaldonarse es fácil si el injerto se da en alma timorata.

Al paso de la doña por el pueblo va oyendo los consejos de Ximenus, va mirando la estatura y el maquillaje bajo las luces del consultorio, los Cristos y a la hermanita Anamar, tan discreta.

…si la existencia se encartucha en una idea, es llano perder la armonía…

…le susurra Ximenus tras el sonido del viento reciclado en la fronda de las palmeras.

Doña Lita lo sabe desde que vive en Tecún-Tijuanita y después del segundo divorcio ya no quiso meterse en enredos de papelitos oficiales y empezó a recibir a Felipe cuatro o seis veces al año en que el cura se escapa de Mazatenango, y aunque todos saben quién es y a lo que se dedica, llega disfrazado de civil, sediento, ganoso, buscando a las nuevas chiquitas que doña Lita le ofrece, porque si ella nunca ha sido egoísta, menos lo puede ser con aquel que le presta el ánimo, le regala las garantías del eterno y las mieles del deleite como es Felipe, que tanto la ha cuidado, no sólo de palabra, sino de acciones que eso es lo valedero si las palabritas la cargan del hartazgo de la verborrea de cualquiera, incluyendo a los dos tipos que le prometieron amor ilimitado y cuando vieron los tamaños de la doña se escaparon de la frontera, no como Felipe, quien la estimula y festeja, le regala filigranas de oro, la divierte con sus dicharajos y es buen trajinante en la cama, eso sí, sin pedirle ninguna clase de cuentas ni de amarres amatorios, porque ella odia la palabrería vana de los que por ser hombres buscan sacar raja a como dé lugar, a los que quieren vender cualquier cosa, engatusarla creyendo que a las mujeres se les ataranta con piedritas de colores, o a cojón de mono tratan de meterse en su cruzada en favor de las niñas, que algunos despistados llaman negocio, como esas dos de la plaza.

…tener cerca a un representante de la Causa Prima, es lo mismo que tener un lingote de sol de 24 quilates…

…reseña Ximenus refiriéndose al cura Felipe durante las largas sesiones en que doña Lita va al consultorio en Ciudad Hidalgo y se encierra a escuchar las palabras del ser altísimo, que con los brazos siempre en cruz la estimula en su trabajo, le cuenta lo que la doña debe saber, le espulga la visión de lo que se le espera, le agranda las luminosidades o le dibuja las negruras en que puede caer si alguna chiquita se sale de lo marcado, sin olvidar los presagios que Ximenus percibe:

La advertencia sobre la rubita que tomó rumbo a Huixtla a trabajar un mes y anda queriendo agarrar marido; o la otra, la delgada como gacela que se ha ido a Cacahoatán por un fin de semana y no se tienen noticias suyas; o la colocha que sin terminar con las deudas morales se ha entercado en irse en el tren del norte; o las medidas que hay que tomar con la salvadoreña que ya se le pasó el tiempo de quitarse el bulto que carga hace meses, la muy inconsciente.

Doña Lita sigue rumbo a la oficina del cónsul de México, tiene que arreglar el asunto de Lizbeth; en El Palmito los de la migra la detuvieron, le rompieron los papeles y la regresaron a Tecún.

Bien se lo dijo Ximenus:

…a esa perrita se le debe otorgar un cuidado especial, los astros no cazan felicidad cuando de Lizbeth se trata.

Fue lo primero que escuchó, pero a la doña le ganó el interés de sacar adelante a Lizbeth pese al segundo aviso de Ximenus cuando dijo:

…a esa chiquita desde el orto se le desfondó la suerte.

Pero es que la función en Tapachula iba a ser buena y las ganancias mejores, y cerró los oídos ante el sonido de la Voz Señera que le dijo mientras abría los brazos:

…cada mortal tiene un acertijo engañoso para los ojos del descreído.

Y la doña, sin dejar de lado las palabras de Ximenus, trató de ponerlas en el resguardo del olvido porque la paga iba a ser triple en una fiesta cerca del aeropuerto de Tapachula, en seguida quedarse unos días trabajando en La Noche de Eros y después seguir para Coatzacoalcos, y ya ven lo que le fue a pasar, con lo caro que costaron los papeles, y la tonta panameña al primer apretón confesó que no era mexicana y quién le había dado los documentos, y ora anda con la refunfuñadera, chiquilla malcriada, diciendo que la engañaron y le va hablar al corresponsal del Orbe de Tapachula pa que los periodistas le pongan la mira a los migras mexicanos y al par de gringos que ni hablan español y en El Palmito le rompieron sus papeles que le costaron el carajal de acostadas, el jodederal de amaretos con mineral, las monerías que le tuvo que hacer a don Nico que por lo visto no tenía llenadera, como dicen en Panamá cuando los hombres aguantan horas sin que la calentura se les baje.

Doña Lita nada de eso dijo esperando que el cónsul la ayudara a salir del problema en que están metidos por no haberse coordinado con la gente del puesto migratorio.

—Fue en El Palmito, don Nico, y en eso no habíamos quedado.

Nicolás Fuentes, vestido con saco de lino arrugado, sabe que en ese retén poco se puede hacer desde que llegaron los gringos. Con esos nada valen las influencias si ellos traen la consigna bien clavada. Cuentan los arreglos con fileteada por delante y si es que el asunto no tiene repercusiones. Así se maneja esto. Si Lizbeth fuera cachuca, pero no, es panameña, le recuerda que se lo advirtió a Lita y que además le preguntó si Sarabia estaba en el ajo.

Lo que doña Lita recuerda son las palabras de Ximenus y le entra la angustia de que por desairarlas no vuelva a ser recibida en el consultorio de Ciudad Hidalgo, porque carente del consejo de la Voz Iluminada, ¿qué otra ayuda podría agarrar pa darle vueltas a los presagios?, ¿en qué sitio diferente iba prender los alfileres a los Romeros de Cristo? Bueno, ni siquiera Felipe, que está tan cerca del cielo, podría ser aval de sus desencantos, aunque ya el hombre gordete y reposado le ha dado pruebas de ser uno de los que le traen la buena suerte…

—En esto la buena suerte cuenta, pero no es lo único —oye la mujer a Felipe Arredondo, cura desde los 21 años que ejerce en Mazatenango—, porque no hay que escatimarle las veladoras al santo en que se confía y en el cómo se usa el azadón del destino —insiste el párroco alteño, que se siente como en su casa en las planicies costeras de Tecún Umán…

—Esta es mi patria, mamita, pa qué voy a buscar la gloria allá enfrente —señalando el río, mirando al otro país —si la gloria es lo que signa el cielo, y el Señor nos ha dado esta tierra bendita que Dios les regaló a los chapines…

…porque Felipe jamás utiliza el apelativo de cachucos, le desagrada que así les digan, al mencionar a los guatemaltecos usa siempre el de chapines que:

—Es más a modo de nosotros, mamita.

Felipe acepta gustoso las entretelas de Lita para ayudar a las chiquitas, porque…

—Si no las ayudas tú y las dejas solitas en manos de tus paisanos, pa qué decirte lo rechipotudo que les van a hacer su tránsito terrestre.

Ella le pone veladoras a todos los santos, a Ximenus y al cura, y así sus ahijadas tienen supervisión triple. Un buen consejo a tiempo es palabra señera. Una bendición en el momento justo es igual que agua sacra en la agonía. Felipe escucha el cuitadero de las niñas y de ser necesario lo comparte con Lita, porque el secreto de confesión tiene sus matices, sobre todo cuando está en riesgo el negocio de su… ¿cómo decirle?…

…¿su compañera? ¿su amiga? ¿su querida?…

…no, su querida es muy desagradable…

…su pareja, eso es, así, su pareja…

porque el cura no tiene doble moral: muestra la cara adecuada en Mazatenango donde es cura-cura sin mirar tentaciones, pero ya en Tecún el asunto cambia, ahí no engaña a nadie, todos saben de su relación con Lita, no sólo por aquella fiesta que sin anunciarla como nupcial, no lo era porque se trataba de un compromiso a su manera pero compromiso, por eso en Tecún es macho-macho con su dama al lado, pero sin dejar de arrasar con la nalguita que sea, con el trago que se ponga enfrente, pero eso sí, incapaz de negar auxilio si lo pedido es con fe, la fe es todo…

—La fe y la buena suerte —remata Lita sin decir que a la fe y a la suerte debía agregar lo que al respecto dice Ximenus, las consejas que ella acepta, salvo en lo de la panameña y ya ven cómo fueron los resultados.

…quien desoye a la Voz, se engancha en las negruras del destino…

Dice Lita que dijo Ximenus, que no es santo de la devoción del cura porque:

—Anda en pasos que no son de su vuelo, nadie tiene la jerarquía pa robarle terreno a lo que al Altísimo le corresponde —y en seguida se cruzó de brazos para indicar que esa conversación y el recuerdo de la ceremonia en el consultorio de Ximenus estaban cerrados, por lo menos de su parte.

Camina con el cruzadero de voces de su adentro y las del pueblo; el calor le destiñe el maquillaje. Debe ver al cónsul, buscar la fórmula para otra vez tratar de pasar a Lizbeth, porque la chiquita, después del visto bueno que el lic Cossio le iba a dar en la fiesta, tenía casi segura una temporada en el Flamingos de Coatzacoalcos…

…y pocas, don Nico, han llegado hasta allá…

…más cerca del norte, con menos kilómetros que subir en la cuesta de la tierra mexicana…

—Y nos van saliendo con esta embajada.

Cambió el término, usó el de esta fregadera, el de embajada seguro no le agradaría a un diplomático de carrera, como presume el hombre que la mira con cara de estar muy en su papel, de ayudar a una connacional en algún apuro de carácter laboral…

—Don Nico, usted es la persona adecuada…

…sin mencionar los dineros que por los papeles había pagado Lizbeth, la rebanada que la doña le dio al fajo antes de entregarle el paquete al cónsul, y lo que tuvo que hacer la chiquita con don Nico, que dicen es bravo en eso de zanjar asuntos migratorios con las muchachitas que piden documentos oficiales, tan buscados en Tecún pese a la gentuza que desde hace tiempo se viene dedicando a la falsificación de papeles.

—Lita, con decirle que no hay documento que se les atore, actas de nacimiento, cartillas, bueno, hasta credenciales de elector hacen los muy ingratos, para que me comprenda.

¿Sería un mensaje del cónsul diciendo que cuando esos paños llegan a tal extremo es porque hay que entrarle al terreno del Moro Sarabia? ¿O que el asunto, al nivel de cómo se encontraba, no cabía en la jurisdicción del consulado?

Lita no puede, no debe llevar este tipo de problemas con el lic Cossio, y menos con el general Valderrama, porque le iban a reclamar los testarazos que se dan en el área que se supone ella debe controlar en cada paso, a cada momento.

Lita miró a los ojos a don Nico y el hombre seguía en la pose de que la diplomacia es antes que su comodidad personal.

—¿Usted cree que alguna otra persona pueda verme este asuntito antes que se caiga el contrato en Coatza? —se atrevió a decir con ese tono tan festejado por Felipe Arredondo sin escudarse en su papel de cura:

—Ah, mi mexicanita, cuando ponés esa vocecita no se te resisten ni los ángeles.

Tonito que el cónsul fingió, supone ella, no afectarlo, porque don Nico alzó los hombros bostezando como si el calor de la ya tarde le hubiera agarrado los palpitares y fuera hora de ir a tomarse una Gallo bien fría al Tijuanita, donde dicen que acaban de llegar unas muchachitas de quitar el habla…

…¿es cierto, doña, que andan por ahí unas niñas de las que usted no me ha platicado?

Lita, sabiéndolo todo, porque para eso está ahí, para tener las antenas en cualquier sitio, si no ya la hubieran mandado al carajo, dijo que en este momento lo único que traía en mente era arreglar lo de la pobre Lizbeth, que anda que no la calientan ni mil quetzales regalados. Y que si el cónsul no podía darle unos documentos nuevos, tarde era pa ver qué otro compa, digo, qué otra persona puede sacarla del problema.

El cónsul teclea los dedos sobre el escritorio.

Consulta el reloj.

Repite lo de los funcionarios extranjeros estacionados en El Palmito.

Insiste en su larga amistad con Lita.

Le mira las piernas.

Menciona el calor.

Lo bien que a esa hora cae una cerveza fría.

Nada más para ver a las muchachitas.

Pinche viejo calenturoso, que le cuesten sus gustitos, se dice sin mencionarle al cónsul las cualidades de las cuatro chiquitas nuevas que llegaron de Costa Rica a trabajar al Tijuanita, sin hablar del dinero que le había pagado por los papeles y menos de los servicios de la panameña, que se quejó de las cosas que el señor ese le hizo que hiciera y que Lita bien conoce.

Ya de esos y otros menesteres hablaría con el cónsul en una ocasión menos crispada: Que no es la primera ni la última conversa que vamos a tener yo y este carajito, se dice al florear el vestido, enseñando las piernas tan buenas que Dios Nuestro Señor le puso como regalo del cielo, las que desde su escritorio admira el cónsul, que se queda con la consigna de buscarle una solución al asunto y lo que se puede hacer por la panameñita, pero eso sí, sin prometer nada al respecto…

...querida amiga, porque este asunto tiene demasiadas conexiones y como comprenderás, yo requiero avanzar con el tiento necesario.

Doña Lita sale al reverbero de la calle, camina entre los olores de frituras y comida descompuesta, y sin mirar hacia el consulado regresa airosa a la plaza principal. De ahí le hablaría al móvil del migra Julio el Moro para aclarar de una vez por todas el asunto de la panameña sin que nadie, y menos las otras dos, la tal Carmelucha, o la mentada Gracia Linda y sus amigas pellejudas, se le acerquen para ofrecerle estúpidos arreglitos.

Camina moviendo el cuerpo, que la guapera no se achica con los años ni con los problemas.

Carajos que no.

Anda con la vista puesta en sus cuestiones y la manera de arreglarlas. Se desplaza sin poner de fijo la vista en nadie, doña Lita sabe que detrás de las persianas tintas de mugre, de los colgajos que simulan cortinas pringadas de suciedad y de cagarrutas de moscas, que a través del entretejido de las hamacas día y noche ocupadas, por entre los opacos vidrios de las ventanas del sinfín de angostos hoteluchos siempre atascados de pasajeros y de alimañas, muchos ojos le miran las piernas en su caminar lento hacia el centro de Tecún Umán, de Tijuanita, como por esos rumbos se le conoce al pueblo.

...hey batos putos, nosotros somos la Mara Salvatrucha 13...

...porque ellos son uno, a su vez el otro, a su vez nosotros, la 13, putos batos.

Son rostros y cuerpos desiguales, y tan uno mismo que no hay diferencia entre ese que abajo del laurel lía un arrugado cigarrillo de marihuana y aquel que bebe a pico de la botella rolada en el círculo.

Son uno y varios los que tragan pastillas coloreadas. Camelan y retumban las percusiones del regué en el maderamen de los árboles caídos. Hilera igual a la que echando la cabeza hacia atrás fuma crack.

Cada uno de los que miran la corriente forman parte del acuclillado círculo pegado al río. Los extremos se cierran con claves distintas a las de un mundo terco en despreciar el goce de la vida en su último segundo.

Miran el correr del agua en un espejo que refleja personas múltiples, a su clica y a sí mismos. En las revueltas de la orilla aparecen rostros, se miran paisajes, se escuchan las percusiones del rap, los aullidos que dan decorado a las lágrimas. Reluce la familia que se escoge, como es esta, la que tienen al lado mirando al río, junto a la que es su única familia. Se oscurece la otra parentela, que ya no lo es, la dejada atrás, la que el destino impuso como dentellada de jabalí que envenena la sangre.

Son ellos que, sabiendo por qué están ahí y por lo que esperan, tienen los ojos puestos más allá de la selva, dentro de la franja fronteriza que es su indiscutida comarca, donde su ley es la ley triunfadora...

...hey putos, nosotros somos la Mara Salvatrucha 13...

...gusto decir que siempre andamos hasta las nubes...

...un puño de años hace que de puro corazón le entramos a tirar barrio con la Mara...

...y nunca jamás de los nuncas vamos a votar por otro que no sea de la clica de nosotros, nunca...

...nos vale madre la madre de cualquiera que tenga madre...

...saludos locos al que le va a entrar con nosotros y tiene bien puestos los güevos pa no rajarse...

...saludos pa la raza...

...pa nuestros meros batos locos, pa el Poison, el Parrot, el Rogao y muchos más que son ley de hartos quilates...

...arriba nomás la mera MS 13...

...la Mara Salvatrucha de California, de los meros Ángeles...

...esta marita que anda controlando los canales...

...ninguno se nos escapa...

...pa eso tenemos los ojos bien abiertos...

...y estas lágrimas que train ganas de hacerse más graneadas...

…paren las orejas pa que lo oigan bien los que ora se nos arrodillan como al Papa…

Así como al Papa le hacen reverencias, se les deben hacer a ellos, a los que cerca del río están esperando la entrada de uno nuevo para formar parte de la clica. Siempre hay un novato que quiera entrar a la MS 13. Uno nuevo como este o aquel que anda buscando pertenecer a los batos locos de la Mara 13. Ser como ellos. Vivir el segundo como viven ellos…

…como sus meros bróders de la clica 13…

Qué caso tiene ponerse a contar a los que quieren entrarle, si son el montonal de batos. No hay quien tenga la capacidad de contarlos si el número es inmenso y nadie los cuenta. Muchísimos los que quieren presumir de ser uno más de la clica.

Y si nadie sabe el número, tampoco se le lleva registro al reloj, que por estos rumbos se mueve con un puntaje diferente, mis batos. En el sudor de estas tierras los minutos caminan con una contabilidad donde el tiempo no es tirano si cada uno de los clicas es más bravo que los años y las verijas de los caciques. Más chidos que los horarios caciques. Mejores que las carajadas del migra cacique. De la ley cacique. Más truchas que las putas normas y las mierdosas fronteras caciques.

Buscan las reglas de otras reglas que no se asemejen a ninguna de las conocidas abajo, en el sur, donde antes ellos eran sólo bazofia de prisión, gatos de los patrones, sobada de gringo apestoso, fumadores de yerbita cochambrosa, hambreados sin salida, mensajeros de los capos, de los putos capos que todo tienen y nomás la basura reparten.

Pero aquí no, aquí están junto al Satanachia que es de ellos, que les arremanga sus vaivenes, les desflora sus brisas, que les cobra y les regala sus peajes. Esta es su propiedad y lo que es de ellos no se parte ni se comparte, se lleva a lomo de su mismo lomo para hacer lo que les salga de cada una de las bolas negras de sus nudillos. Y la trifulcan grueso contra los que se ponen bravos, porque no saben de qué lodo divino están construidos los bróders de la MS 13...

...mis valedores, simón, porque aquí en la zona si no montas te montan, y en eso de dar pa bajo nosotros somos mano, somos los efectivos.

...la clica encima del universo...

...ya sabemos que al bróder todo y al enemistado todita la sin hueso, la picha madura, la de un solo ojito, la que llena las panzas...

...esa se la damos regaladita al que se ponga eléctrico...

...y crea que la Mara es de embustes...

...no, mis batos locos, la Mara Salvatrucha 13 es la neta del planeta de los puros bróders...

...que se la rifan en donde se les hinchen los me soplas...

...y al que ande con chivatadas lo pintamos con la luz verde de la eternidad...

...¿verdá que si, clica?...

...¿verdá que si, familia?...

...somos los carnales que nunca se tuvieron en la tierra si aquí está nuestra patria...

...la vida loca que no tiene ni un carajito segundo que tirar al agua...

...amados y remamados por las carnalas...

...corriendo como cabras las carnalas...

…prestitas las carnalas a darles su refinada a los que andamos de jariosos…

…como lanza de toro…

…y se las arremangamos si se ponen bravos…

…somos todo oreja…

…las rolas pesadas andan castigando a los tiras que un día la van a pagar hincaditos, besando la mano al Papa…

…carajos tiras, se les frunce el hoyo cuando nos miran de lejitos que ni se acercan los culeros…

…saben qué género de alimañas se van a trifulcar en el pecho bien podrido que tienen adentro del pecho esos putos tiras…

En la ya casi noche están mirando la luz que se deshace rumbo al mar. Nadie habla. Nunca hay necesidad de hablar. Ellos saben sin hablar. Miran al Satanachia que en las crestitas de sus olas cuenta historias ya sabidas para no cargarse de tiempo. Cada uno sabe que se espera la liviandad de las nubes pesadas de las que forman dobles hileras de agua para dar inicio al que va a ser aceptado en la Mara.

Aguardan una oscuridad vana porque nadie llegará a detener la entrada del nuevo, que sentado fuma. Nadie será capaz de quitarle la ilusión al nuevo bróder. Nadie que se oponga al borbollón de golpes que durará trece segundos. Uno, dos, tres, cuatro, cinco, seis y así hasta completar trece que es el número de segundo a segundo a segundo hasta llegar a trece y el nuevo sea parte de la clica 13 sin que el machacar de los golpes le quite el gusto de ser uno de ellos. Y también el número que le da contraseña a su Mara.

No hay quien pueda cruzar la vida sin una identificación que les diga a los del más allá de dónde salió ese que porta los tatuajes, el letrero y las lágrimas en el rostro.

…pa que los batos locos del otro barrio sepan de qué sitio arrancaron en el viaje…

…de qué lugar del puto mundo vienen…

Y los haga resaltar de los demás que no son suyos, como sí lo son los signos en sus cuerpos, el valor de cada una de las figuras que les clavaron punto a punto, dolor a dolor que no manifestaron aunque la mano del dibujante punzara las agujas sucias en la punta de una espátula con hilera de dientes, delineadores perfectos de las figuras en el cuerpo y de los tres puntos en sus nudillos:

Uno: La

Dos: Vida

Tres: Loca

La locura de vivir sin la locura de los que creen que vivir es callar y deslomarse, y ellos se desloman por ellos y no por otros que son los demás de la vida tan ajena que no importa.

Porque los mayores trasladaron las claves sagradas como añoranza de vida desde Los Ángeles, del otro lado de la otra frontera a donde un día van a regresar estos que no conocen aquel país y menos la ciudad de Los Ángeles aunque la llevan tan adentro como los mayores han contado de lo que se puede hallar en sus calles, del pasto de chochos que se pueden tragar para estar siempre en las nubes de los 13 segundos en que el nuevo bato va a tener que aguantar como valedor sin rajarse para ser parte de ellos…

…de la mera clica…

Para mostrar que un marero no se tumba ni siquiera cuando le aticen con todo, que no se va a quejar porque le rompan el alma, ni se va a cuajar antes que La Vida Loca le enseñe que para entrar a la Mara Salvatrucha 13 tiene que calarse los güevos bien puestos pa soportar esos segundos recibiendo chungazos menos duros de los que les ha dado la vida antes de ser parte bien alebrestada de la clica donde están…

…los meros batos bróders del alma…

…que son ellos mismos que esperan la orden para que el nuevo bato loco reciba una probadita de lo que son capaces de zumbarle a los que duden del poder de su Mara 13, de la de ellos, de la que vale mucho más que una familia de la que nadie se acuerda y quedó arrumbada en el sur de esta frontera que huele a yerbas nocheras, salpica su humedad, desparrama un oscuro ronroneo, se hace elipse en los insectos, refleja las pringas lejanas de Tecún Umán, algún torrente de agua rumbo a Tapachula, y se relame de gusto sabiendo que en unos momentos sin tiempo,

ellos, los de la Mara Salvatrucha 13,

formarán una doble línea convertida en aspa

tirando puñetazos y patadas y codazos y mordidas y escupitajos

al iniciado que tiene que aguantar todo para estar adentro

el iniciado

que ahora confundido entre los demás

espera el arranque como los mareros

que siempre esperan

porque nada tienen que esperar

esperan

ellos…

Con el paliacate se limpia el cuello. Pasa el trapo de colores sabiendo que en unos momentos el sudor volverá a salir. No necesita levantarse de su asiento para saber lo que sus compañeros hacen a la orilla de la carretera frente a la construcción; ellos charlan y Sarabia está junto a un escritorio, los gringos cerca de él con los ojos en los papeles sin que al parecer la temperatura los moleste...

...estos vergas son como muñecos...

...y Sarabia sabe que nada afectará al par de gringos hasta no escuchar el ruido del autobús detenerse para la revisión de rutina.

Se limpia el sudor con el paliacate, ni en la noche el calor se amansa en las oficinas de la estación migratoria de un solo piso, con un baño minúsculo y dos celdas olorosas a algo descompuesto que los detergentes nunca terminan de despejar por más que los oficiales de la migra en cada cambio de guardia obliguen a los detenidos a lavar los rectángulos vacíos de camas y de asientos, sólo con un excusado en la esquina, y lo terco del olor rancio sigue como si nadie hubiera limpiado.

Puede ver la oscuridad de la carretera pero no la celda de hombres del otro lado de la pared ni la de las mujeres situada atrás del edificio. No puede ver eso, como sí sabe a sus compañeros caminar bajo el torrente de insectos, y en la oficina a los dos gringos que siguen en su revisión como si nada les importara.

Son ellos pero distintos de como llegaron: se presentaron después de la orden dada a la pura palabra del Delegado quien dijo que los funcionarios de la embajada venían a coadyuvar para que con su experiencia en estos asuntos las labores de la estación migratoria fueran más expeditas.

—Les ruego poner todo su empeño para cooperar con los señores —y se despidió de mano con especial deferencia hacia los gringos, cuyo español era malísimo, pero entre colaboradores se perdonaban esas minucias.

Vaya que era malo el español

…si ni siquiera lo hablan…

Había que estar adivinando, o por los gestos

…o lo saben y se hacen como la zorrita panzona…

Sarabia mira a los gringos que al llegar meses atrás primero pedían los datos a señas, con risitas, palmeaban a los funcionarios, trataban de expresar algunas palabras en español.

Se interesaron por el trabajo de cada uno de los mexicanos, a los que llamaban por su nombre. Por cualquier cosa se reían y cómplices festejaban los avances y manoseos con las indocumentadas. Pronto las sonrisas se secaron, pedían aclaraciones por las llegadas tarde, gruñían por los chistes sexuales, por las charlas en rápidos giros.

Que pronunciaran bien las palabras.

Que hablaran lento.

Que lo incomprensible se podría tomar como obstrucción al trabajo.

Se apartaron de las bromas y las cervezas que al principio invitaban, para cerrarse en las órdenes sin aclarar razones. Antes que otra persona eran ellos los que interrogaban a las mujeres detenidas, igual que a los indocumentados que no fueran guatemaltecos, salvo que por razones nunca lógicas para Julio, el Burrona, Melgarejo, Meléndez y los demás compañeros, algo variara su conducta, siempre cuestionada y analizada sin jamás entenderla por los agentes mexicanos.

—Estos carajos tienen lógica marciana, no hay manera de agarrarles una línea.

Con el paliacate arrugado en las manos, Julio Sarabia, quien odia le digan el Moro, los mira con desgano. A él qué chingaos que unos vergas gringos le vinieran a jorobar el alma. Su visión anda más allá, en otros asuntos diferentes a los del puesto migratorio; El Palmito no es el único sitio donde caen los viajeros, y aunque así fuera, él no quiere ser como el Burrona, que les lame las botas a los vergas esos aunque el pinche Burrona por lo bajo siempre los conjura, les coloca yerbajos tras las puertas, en susurro les recite un desgrane de males que le enseñaron las brujas de la Congregación del Avellano, y nunca deje de andar lloriqueando todo el día porque si los vergas gringos aplican las leyes a saco, sus ingresos podrían bajar como cascada, dice el pinche Burrona que se queja todo el santo día aunque no haya sucedido nada:

…con qué diablos se puede mantener a la familia si se les enseñó que cuando se conoce lo pavimentado ya ni las veredas planas acomodan, Julito —repite, peinándose de continuo el burdo tinte del cabello, metiendo el estómago en un movimiento en que intenta atrapar la panza con el cinturón de cuero de víbora que según el Burrona fue regalo de Ximenus Fidalgo.

Esta noche ni el Burrona ni Meléndez están de guardia, Melgarejo sí junto con otros compañeros. Los gringos nomás están esperando el autobús de las nueve para largarse a Tapachula a dormir en lo blandito del Hotel Kamiko después de bañarse con agua tibia y cenar ensalada bien desinfectada y un par de vasos de vino blanco, sólo un par, nada más un par, eso es lo único que han podido detectar como una constante en la forma de actuar de los vergas gringos esos.

La corrida de las nueve entrará despacito al retén sin necesidad de que alguien le marque el alto. El chofer, al tiempo de abrir la puerta, prenderá las luces interiores y tres oficiales, entre ellos Sarabia, suben con las linternas en las manos; uno se queda en la puerta, los otros dos caminan al interior. Esta noche a Julio el Moro le toca escoger a quienes tienen que bajar para la revisión de los papeles. Avanza por el pasillo hacia el fondo del autobús que huele a dulce machacado, a sudor, a eructo rancio; sin detenerse a reflexionar va marcando los escogidos:

—Tú, tú, tú también…

…completa ocho contando al tipo de unos diecinueve, veinte años que Sarabia miró desde el primer momento en el asiento de ventanilla de las últimas filas, cubierto con una manta gris sin que el calor lo haga sudar como a él que avanza de regreso por el pasillo del autobús sabiendo, sin ver, la cara de alivio y los suspiros silenciosos que atrás va dejando.

Al bajar los ve ya alineados entre el autobús y la construcción. Son cinco más el carajo del trapo gris y dos muchachitas muy jóvenes; están quietos, sólo una de las mujeres con mucho cuidado mueve la cara como buscando algo dentro de la noche que se hace dura más allá de las luces amarillas y rojas de los focos que anuncian a los viajeros la proximidad de la garita migratoria.

El calor se clava en los insectos que se echan sobre las tiras de luz que el transporte despide de sus faros con el motor en marcha en el desnivel de su ronroneo. Los gringos observan sin decir palabra, sin intervenir en la maniobra que Sarabia dirige hablando tranquilo, sin alzar el tono de voz se planta frente al primero de la hilera.

—¿Cómo te llamas?

—Dimas Berrón, mi jefe.

—¿De dónde eres?

—De aquí, mi jefe…

—¿De dónde mero?

—De Cacahoatán, mi jefe…

—Vaya, de Cacahoatán, ¿verdá? ¿Cómo se llama el presidente?

—¿De México, mi jefe?

—No te hagas pendejo, el de Cacahoatán.

—Ah, pos se llama Luis Carballo.

Sarabia sonríe con los puros labios. La piel del rostro es parte de la noche. Acerca la cara a la del que está siendo interrogado en la fila.

—¿Y tus papeles?

—No los traigo, ¿a poco en mi país necesito papeles?

—Ah cabrón, me saliste abogado.

—No mi jefe, cómo cree, nomás soy agricultor…

La luz de los faros del autobús se mete en la carretera rumbo a Tapachula. El sonsonete del motor da tono al interrogatorio. Los de adentro apenas si se asoman por las ventanillas. Abajo, la hilera de los otros sigue estática bajo el voladero de los insectos. El par de gringos, muy juntos, revisan papeles sostenidos por una tabla y un clip grande. Sarabia pasea de un extremo al otro de la fila de detenidos.

—La nochecita está muy caliente, yo creo que todos queremos irnos, ¿verdá señores?

Las luces del perímetro de la estación migratoria El Palmito marcan una especie de foro donde un actor, alto, moreno, de cabello tieso, de estómago gustoso de cerveza fría, de pulsera y reloj dorados, camina moviendo la cabeza mientras dice que en las noches calientes a la gente le da por decir mentiras.

—¿De dónde eres tú? —al frente, el tipo de la manta gris observa como si lo que está sucediendo no le importara. Ahora Sarabia consulta el reloj, mira a los gringos que siguen revisando papeles, aleja el rostro del otro que no responde ni a la tercera pregunta sobre el sitio de su nacimiento.

—Vamos a ver qué dice aquí nuestra amiguita —pregunta como si hubiera olvidado al hombre de la manta. Antes de responder, la mujer atisba hacia el rumbo de la frontera. Julio persigue la mirada, metiendo también los ojos en la oscuridad de la carretera. En seguida y con risa en sus palabras medio cuestiona, medio afirma:

—¿También debes ser mexicana, verdá?

Los gringos levantan la cabeza. Avanzan un par de pasos. Entrecierran los ojos ante el revolotear de los insectos. Miran a la mujer que de nuevo vuelve la cara hacia la oscuridad del camino al Suchiate como esperando la llegada de alguien. La hilera de detenidos no se mueve. Al igual que en las otras ocasiones, salvo con el tipo de la manta gris, Sarabia vuelve a pegar su cara al rostro de la mujer:

—La mera verdá, no señor.

—Vaya, ¿entonces de dónde vienes?

—De Panamá.

—De Panamá ¿seguro traes tus papeles, verdá?

—Sí señor… soy nacionalizada.

—¿Mexicana?

—Exactamente…

Como si con eso estuviera conforme, Julio camina hacia la otra mujer, que mira el suelo. De reojo ve a un auto pasar del otro lado de la carretera con rumbo a la frontera o hacia los bailaderos de Cacahoatán y de nuevo se seca el sudor con el paliacate rojo. Piensa en una cerveza bien fría en el Ranchito, en una cama de sábanas bien estiradas y él tumbado bajo un abanico que no existe, ni hay cama ni cerveza sino el par de yanquis que se mueven al ritmo del migra mexicano. Las linternas de adentro del autobús apuntan hacia las ventanas esperando por lo que sucede en la orilla de la carretera.

—¿Traes tus documentos?

—No señor, ¿por qué debía traerlos, señor?

—¿Deveras no sabes? ¿O quieres verme la cara de pendejo, catrachita…?

La mujer sigue con la cabeza hacia el suelo, apenas responde que no es hondureña. Los otros agentes miran a la muchacha, al autobús, a la carretera, a los insectos.

Se escuchan las voces: la de Sarabia tensa pero no levantisca.

La de la joven: resbalosa, suavecita.

El migra reinicia su paseo frente a la hilera. Sin dirigirse a alguien en específico dice que con uno solo de ellos que resulte ser mexicano, los deja ir a todos.

—Ya estoy hasta el carajo. A ver quién me agarra la apuesta: con que uno, sólo uno de ustedes sea mexicano, ganan y se van todos libres, pero si yo gano, me los chingo diez días en el bote, ¿apostamos?

…que ya está hasta los güevos de las mentiras…

…a ver cabrones, que aparezca el mexicanito que me gane

…hasta los güevos de las pinches mentiras está…

El silencio cobija las palabras del agente, que da vuelta y vuelta sin detenerse.

—Bueno, pa qué le seguimos, estas ocho personas se quedan aquí, el autobús ya puede irse —y mira a los dos gringos, que sin decir algo caminan rumbo a las oficinas.

El chofer del transporte jamás se levantó de su asiento mientras afuera eran interrogados los ocho. Por un momento supuso que los dos agentes que permanecían adentro, uno en la puerta y el otro en el pasillo, iban a pescar al tipo del 4d, o al del 8b, o por lo menos al del 12c, pero no, los agentes cerraron la investigación sin siquiera mirar a los pasajeros; el chofer supo que era cuestión de minutos para bajar los bultos que los ocho de abajo indicaron, y antes de embrocar la primera para avanzar, le dijo al oficial mexicano que descendía con la linterna aún prendida.

—Doña Lita es madrina de la niña morenita, la bonitilla, la más alta…

…y cierra la puerta, escucha el soplido de los frenos, aprieta el acelerador y sabe que alguno de los pasajeros va a continuar con el sueño y que otros aprietan los ojos dando gracias al santo de sus preferencias.

El ruido del motor se hace parejo, sube en su intensidad y se deshace poco a poco en la oscuridad de afuera. Los otros migras colocan a los detenidos en las celdas. Sarabia piensa en las veces que en el día de hoy ha escuchado ese mismo arrancón de los autobuses. Le duele la cabeza, tiene ganas de ir al Ranchito a beber cerveza fría o a Ciudad Hidalgo a dormir en casa de Ofelia, pero sabe que la noche tiene ya siete clavos más y como van las cosas el asunto puede ir para largo. Siete, porque uno de los ocho no cuenta. Melgarejo se acerca y le pone un papel enfrente. Los gringos levantan la cara. Sarabia lee dejando que ellos también lean. Los tres se miran entre sí.

Lo de la panameña tendrá que arreglarlo más tarde con los gringos, no puede quedar mal con doña Lita aunque la doña ande buscando más el cobijo del cónsul. Sarabia mueve la cabeza intuyendo lo que va a suceder. Todo a su tiempo. Por el momento hay que despejar el área. La luz de la oficina confirma lo que ya sabía desde que miró al tipo. Es al primero que interrogan.

Marvis Menses. Guatemalteco. Trabajador libre. Soltero. Católico. Veinte años. Guatemalteco, repite y muestra sus documentos. A visitar a unos amigos en Tapachula. En dos o tres días se regresa a Tecún Umán. Viaja solo. No pertenece a ninguna banda y nunca ha oído mencionar eso de la Mara Salvatrucha.

Julio Sarabia mueve la boca removiendo la saliva. No conoce al tipo, no puede conocer a toda la gente de Tecún, pero sí sabe de qué árbol se cuelga el verga ese. A la luz de la oficina, los tatuajes del hombre parece que se mueven. La manta le cubre parte del cuerpo, no así el rostro donde un racimo de lágrimas tatuadas, tres de un lado y dos del otro, le parten las mejillas. La manta no esconde los brazos adornados de calaveras y aves. Tampoco cubre las manos donde tres puntos tatuados en los nudillos florecen como rosas negras.

Sarabia conoce lo aburrido de la rutina que se desdobló en los siguientes cinco hombres. Ninguno resultó ser mexicano. Los seis, incluido Marvis, pasarán algunas horas en la celda, dice Melitón Grajeda con voz de estar hasta la madre, como ya para esas horas están todos, y de nuevo Grajeda también anuncia la inminente deportación. A los guatemaltecos hasta el río.

—A los demás, mañana se les da aviso en cuanto a su calidad migratoria.

De las mujeres, la primera no portaba ningún documento. De nuevo Sarabia la olfatea ordenando que en voz alta leyera un instructivo. Sin interrumpirla, pero muy cerca de ella, pegado a su boca, escucha sus palabras, huele su aliento, le dice que detenga la lectura.

—Estoy seguro, esta niña es de Honduras.

Melgarejo y los otros agentes han seguido atentos el fraseo de la mujer. Después, uno por uno se acercan a ella, huelen su aliento y lo confirman. Melitón, como si fuera el vocero, lo hace público.

—Doy mocho si nos equivocamos, seguro es catracha la cabroncita.

Sin hablar, los gringos toman notas.

El aire del abanico de pie mueve de un lado al otro el calor de la habitación. Afuera los insectos se clavan en las ventanas. Como si los animales estuvieran dormidos, ni un solo ruido llega de la selva.

La hondureña regresó a la celda y salió la otra.

—La panameñita mexicana, ¿verdá?

—Selene Artigas, señor…

Sarabia le mira las manos a la muchachita, el maquillaje corrido, lo apretado de los pantalones, la blusa ombliguera, el color de las uñas de los pies.

—¿Edad?

—Dieciocho.

—Esos quisieras, cuántos menos, panameñita.

—Diecisiete entrados a dieciocho…

—Carajo, deveras que crees que nos chupamos el dedo, dieciséis cuando mucho.

—Se lo juro por mi mamacita, señor…

—Vamos a ver tus papeles. Nacionalizada mexicana, dijiste, ¿verdá?

El desorden de una bolsa a cuadros desparrama revistas de muñequitos, maquillaje, clínex usados, llaves, un rosario, estampas religiosas, limas de uñas, y un confeti de papelitos. Selene entrega a los gringos unos documentos envueltos en una servilleta. Ellos los revisan en el otro escritorio.

Sarabia, que enfurece cuando le dicen el Moro, masca un dolorcillo en el bajo vientre, se mete en los pechotes de Ofelia, en la frescura de las sábanas, en que mañana se inicia su descanso de dos días, en una cena con tacos de bistec, en cervezas bien heladas, en cómo arreglar el asunto para no rasparse con doña Lita, pero sobre todo con los padrinos de la doña, en especial con Cossio y el general Valderrama, y mira a la panameña, siente que le puede quitar los calzones, olerle el sudor, chuparle el mono rizado, en que va a tener que regresarla a los separos, en los pelillos de las axilas, en los vergas gringos esos que no quitan la mirada de encima, en los ojitos con la suciedad del rímel gastado sobre los párpados, en que si no estuvieran los gringos le iba a empezar a besar los pezones, en la vieja caraja de la doña que no le avisó nada, en morderle las tetitas, en que los vergas gringos cuentan los favores, en las pendejadas de la pinche vieja con el pinche cónsul.

Sin decir una palabra los gringos le muestran a Sarabia los documentos, comparándolos con otros. El oficial mexicano mueve la cabeza, regresando hasta la joven.

—Vamos de una por una. Primero, no me eches mentiras. ¿De acuerdo? Después, me vas a decir dónde trabajas, con qué nombre te conocen, mi vida, quién te dio los papeles, y si no me sales con embustes vamos a ver qué sucede, porque si le quieres poner velas a la virgen nomás ponte a pensar que te hace falta la capilla.

Tenía ganas de prender un cigarrillo, pero los vergas gringos esos habían mandado poner el letrero prohibiendo fumar en las oficinas de gobierno. Entonces así, al puro valor de la palabra y para que los vergas esos vieran de lo que son capaces los mexicanos, con las mañas de tantas veces de haberlo hecho, apretó el interrogatorio con insultos y amenazas, con apretones de dedos sobre los antebrazos y cachetes hasta que la panameña, implorando a la virgen de Quichinchirá y soltando chillidos, dijo que los papeles se los habían dado una señora que en Tecún la conocen con el nombre de doña Lita, así nomás, doña Lita.

—Yo no sabía nada, señor, se lo juro…

—¿Ya ves? Siempre es mejor decir la verdá. Uh, mi reina, nos hubiéramos ahorrado mucho tiempo, mi vida.

—Le pido por su mamacita, señor, es que tengo que mandarle dinero a mi familia.

—¿Tu familia… tu familia sabrá en lo que andas metida, panameñita? ¿Sabrá siquiera por dónde andas?

Los gringos se acercaron. Sin hablar enseñaron una nota al mexicano. Sarabia levantó los hombros, tomó los papeles de la mujer y los rompió todos menos la credencial de elector, a la que le hizo un doblez en el plástico y guardó en un sobre grande.

—Ya eres otra vez panameña, mi vida.

De nuevo se limpia el sudor con el paliacate. La chica llora sin levantar la cara. Sin violencia, Sarabia dice:

—Esta también se queda hasta mañana —mirando de frente al par de extranjeros.

La chica vio la mirada, tomó de la mano a uno de los gringos y se la puso en el pecho.

—Ayúdeme por favor, señor.

Los otros agentes la apartaron para después decirle que debía regresar a la celda y que más tarde los señores americanos hablarían con las detenidas para definir su calidad migratoria, así como los pasos a seguir al respecto.

El agente migratorio Julio el Moro Sarabia, con la boca seca, mira hacia las luces rojas y amarillas de los focos que delimitan el edificio. La noche, el calor y los insectos siguen en su terco intento de meterse a las oficinas de la estación migratoria conocida como El Palmito, donde unos agentes mexicanos cierran las celdas a ocho personas; dos gringos supervisan la maniobra en la estación, situada a menos de treinta kilómetros de la frontera con Guatemala, entre Tapachula y Ciudad Hidalgo, territorio de la República Mexicana.

Sarabia pasa de nuevo el paliacate por el rostro que se mueve de un lado al otro. Tan fácil que hubiera sido si la vieja le avisa, pero no, por pasarse de lista lo fue a meter en un embrollo con los gringos que le tienen ya una pendiente por el favor. La tal Selene que se cambió a Lizbeth, carajo, igual de vergas son los dos nombrecitos, ni de broma da el tipo de mexicana. Menos como nacionalizada. Pinche cónsul, como si no lo supiera.

Sigue con las ganas de meterse una cerveza bien helada, después irse a la casa de Ofelia a coger sin apagar la televisión, a fumar sin pedirle permiso a nadie, a eructar a todo trapo, hablar por teléfono con doña Lita pa explicarle lo de la panameña Selene-Lizbeth y mandar a la chingada a los vergas gringos esos pa que lo dejaran de joder siquiera un puto día, pero la noche aún no se ha terminado, se requiere llenar la papelería oficial, el parte que iba a mencionar que en la revisión del autobús de las nueve...

...se detuvieron a cuatro guatemaltecos de sexo masculino, y a una de sexo femenino. También a un hondureño varón, y a una mujer de la misma nacionalidad. Lo que nos dan un total de siete detenidos, de los cuales cinco, los de nacionalidad guatemalteca, serán devueltos a la brevedad posible a la frontera de ese país hermano. En relación a los indocumentados de nacionalidad hondureña, éstos deberán esperar en la zona de resguardo de la estación migratoria del kilómetro 30, también conocida como El Palmito, a que el transporte que los conducirá hasta su país de origen, después de haber cumplido con los requisitos normativos, pueda emprender el mencionado traslado...

El favor se lo van a cobrar los gringos porque esos nada dan gratuito. Pa qué mencionar en el parte por cuánto tiempo se van a quedar los hondureños si el camión de Calatrava llega cuando a los gringos les da su chingada gana, ni tampoco que la panameña fue colocada como guatemalteca por las razones que Sarabia comentó como un favor que los gringos gruñeron aceptando, porque a su vez ellos se estuvieron las horas dentro de la celda de las mujeres con la hondureña jovencita y con Selene-Lizbeth, dura de cuerpo, con las tetas como astas de novillo, y si eso no fue registrado en el parte, la estadística tampoco registró al octavo detenido, a Marvis Menses, quien al llegar a la celda se instaló en una esquina a esperar que todo pasara, sabiendo que en unas horas el transporte alquilado por los mexicanos lo llevaría de regreso a la frontera, pasarán el puente internacional para dejarlo en el centro de Tecún, o quizá sea posible que lo bajen en la orilla del río, depende del humor del chofer, así sería, eso lo sabe Marvis, pero mientras, de algo le van a servir los que venían en el camión, como este cachuco que lo mira de reojo:

—Afloja lo que traigas bato, chale, déjame ver las bolsas, loco.

El guatemalteco se levanta y sin oponer resistencia deja que Marvis le quite el dinero. Después sigue el otro, delgado como palo de tendedero, muestra más miedo, y antes que Marvis le pida algo ya está entregando el fajito de billetes. Marvis mira a un tercero que sin hablar da una cartera. El hondureño se mueve, gruñe un poco mientras del pecho saca un rollo de dólares atados por una liga que pone en la mano de Marvis. El otro guatemalteco, el que dijo ser agricultor de Cacahoatán y llamarse Dimas Berrón, levanta la cara y la mueve marcando una negativa.

—Lo mío es mío y no hay fuerza que me lo quite, ni con uno como vos.

Marvis se quita la manta gris. Lo hace como si fuera un mago segundos antes de iniciar su acto. Los tatuajes del cuerpo se mimetizan en las paredes de la celda: dragones de hocico flamígero, el rostro de un Cristo de mirada fiera, serpientes entrelazadas, águilas de ojos penetrantes, cruces sobre tumbas, miles de puntos que arman una constelación de estrellas, las dobles fauces de un tigre. Entre la espesura de los tatuajes, la ráfaga del movimiento apretó el cuello estrellando contra la pared al que dijo ser agricultor.

—No te hagas loco, bato, no le quieras jugar al chido.

El hombre intenta defenderse pero la garra de Marvis aprieta con más fuerza, su puño izquierdo se estrella dos veces en las costillas.

—Chale, cabrón, no te pongas creisi —y después vuelve la cara para mirar a los otros cuatro hombres.

Jadeando, el guatemalteco busca entre sus ropas y al entregar un pañuelo atado por las puntas, la mano que corta su respiración cede en su fuerza. Marvis regresa a su rincón y sin contar lo quitado a los cinco, el mago despliega la capa, la muestra al público y de nuevo cubre los tatuajes acuclillándose mientras cierra los ojos y tararea algo, muy quedito, para él mismo.

La misma tonadilla que el Burrona escuchó cuando por la mañana se dio el cambio de guardia y sin explicaciones sacó a seis personas que en la parte posterior de la pick up recorrieron las treinta kilómetros de vegetación hasta la línea divisoria.

La camioneta se detuvo junto al borde alebrestado de árboles altos, casi junto al Paso del Armadillo. Los seis seguían sin moverse. El Burrona descendió de la cabina peinándose con lentitud el cabello de tonos dorados.

—Ya se terminó el viajecito.

Los seis se bajaron una calle antes del río, aún en territorio mexicano. Lizbeth, con la juventud deslavada en el cutis, sin ver a nadie, se subió a una de las balsas que la llevara a Tecún. Tres más se metieron entre las cantinas del borde del río y avanzaron hacia el puente.

Marvis, como decidiendo para dónde ir, se quedó bajo un sauce de ramas colgadas.

Sin mirar de frente, Dimas Berrón se acercó hasta el hombre cubierto con una manta gris:

—Perdóneme si me puse necio, pero ya ve, no le dije nada a nadie, ¿eh?

El tatuado mira hacia algún punto de la orilla. Quizás hacia el cauce floreado de lanchas construidas con dos cámaras de las llantas de tractor. Ve las cuatro tablas delgadas y una gruesa en medio sostenidas por amarras. Calcula lo que la plataforma puede cargar. Las balsas jaladas por hombres con una soga a la cintura.

Como ese que usa un sombrero raído; ese que observa posibles clientes en los dos que hablan bajo un sauce. Uno viste con pantalón oscuro y playera blanca. El otro lleva una manta gris.

—Hoy le toca a los mexicanos —dice Marvis sin mirar al cachuco que de espaldas al río repite sus disculpas, su insistencia en no haber delatado a nadie, rematando:

—Sin rencores, amigo.

Y avanza lento hacia el cauce. Levanta la mano a manera de saludo y con cuidado pisa los huecos que forma una tasajeada escalera en la tierra, desciende por el Paso del Armadillo hasta la orilla del río subiendo a la balsa que lo llevará del otro lado del Suchiate, a Tecún Umán, Guatemala, República de Centro América.

Al mirar hacia atrás, el hombre que dijo ser agricultor en Cacahoatán ya no vio a nadie bajo el sauce grande del lado mexicano. Subió por el bordo junto a las casas de techos de palma, de paredes enramadas, pasó evitando los agujeros en las calles lodosas, cerca de las cantinuchas con clientes solitarios, a un lado de los locales oscuros y olorosos a desperdicio; tomó la Avenida 3 rumbo al Hotel Guadiana, donde en el cuarto 26 Rosa del Llano estaría sentada bajo el abanico del techo mirando el televisor pequeño sin saber por lo que su marido había pasado.

El balsero de sombrero ajado desde el agua miró al hombre que subía el bordo del río para meterse a Tecún Umán; inició el regreso con el agua al pecho, doblado hacia delante, sin pelear contra la corriente sino utilizándola.

Jala la lancha sobre el agua del río marcando muy bien los pasos en la arena del fondo, blanda como banano machacado, sin piedras, con un frescor más definido cuando el pie entra a mayor profundidad en el suelo.

Pobre Anamar, pobrecita, tan pegada a la fuerza del Sendero Brillante y tan ajena a la mirada del hombre joven que le hace perder la seguridad en el caminado.

¿Desde cuándo siente eso que le atropella la cordura? ¿En qué instante entraron las punzadas en las rodillas? ¿Desde qué momento perdió la palpitante ilusión de vivir sólo para atender la voz de Ximenus para compartirla ahora con ese sofoco en las venas?

Anamar lo sabe:

Fue en el segundo mismo en que lo vio entrar, afilado como las hojas del lirio, esbelto como los otates en época de lluvia, ondulado como el vuelo de las garzas sobre el río en las tardes en que la brisa sólo se admira en las alas de los pájaros.

Lo vio parado en la puerta del consultorio. Qué diferente era su rostro al que los demás pacientes muestran al sentir cercana la fuerza de Ximenus.

El hombre joven cargaba con una especie de duda hacia la verdad que lapidaria existe dentro del consultorio. A lo largo del tiempo la niña ha descubierto que hay personas que no poseen la fe que se necesita para iluminar el camino. No era el caso del hombre joven, que sí la llevaba, pero sin reflejarse en la actitud ausente; los ojos del hombre joven no se fijaron en ella sino como parte del mobiliario de la antesala, donde él, cuyo nombre conoció ella hasta apuntarlo en la hoja de registro, Jovany Rivas, se sentó a esperar su turno y ella, a la que a partir de ese momento le cambiaría el ritmo de la respiración, apretó las piernas delgadas como filo de rocío, dejando de mirar a los demás pacientes, sin alterarse por las luces que los ojos de Cristo despiden al sonido del timbre porque era mucho más fuerte la luz en los anillos de Jovany, más intensa la luminosidad en las cadenas colgadas de su cuello, donde se miraban una letras tatuadas.

Así es la luz del que está sentado frente a ella con la mirada en la pared de enfrente, donde cuelga la figura del Dios del Universo, las fotos de la Generosidad de la Galaxia, y entonces la hermana Anamar, qué pura es, qué dulce es la hermanita, con qué prontitud acepta la Palabra Magna, ella, la niña de la frontera, la del cabello lacio, la delgadita porque sólo está hecha para la Palabra Sin Mácula, con la vista recorre el cuerpo de ese paciente que le aturde la paz interna, cuenta las tres lágrimas tatuadas bajo los ojos y siente que ella puede ser una más que se pegue al corazón de Jovany y ruede libre mojando la tristeza que derrama ese muchachito.

Una lágrima que corra en el alma del nombre que vuelve a leer en el registro rogando a los Ángeles Superiores que retarden la consulta del paciente que ocupa el Preciado Tiempo, para que los minutos se hagan agua sólida y sin cauce, y así el hombre joven no se levante del asiento y penetre al consultorio, sino que por horas se mantenga en la antesala siendo la tarde en la luz de esos ojos que ya no son sólo propiedad de Cristo, y que Anamar mira como el principio en el aletear de los palpitares.

El hombre joven también la observa. Desde su asiento mueve apenas los ojos, estira el cuerpo, deja ver el tejido de las figuras tatuadas, siente y presiente la inquietud en la delgadita niña de cabello descuidado y ojos chiquitos como pringas. La mira y palpita fingiendo la pasividad con que mide la claridad del río bogando en las mejillas de la niña untadas a los pómulos, en el tono coloreado del rostro de la chiquita que anda zambullida en los triquitraques de lo nunca antes sentido y que él advierte a través del espacio del consultorio.

Pobre Anamar, se le acabó la felicidad de las tardes cuando tendida en la hamaca miraba las revistas de amor soñando con ser una de las chicas que se embarcan hacia países con nieve en las calles, de nieve caída del cielo, porque por más que trataba de entenderlo nunca pudo descifrar la magia de un copo de nieve desplomado desde la nada, menos que fueran millones, y mucho menos puede entender que hubiera lugares donde la nieve fuera parte de los campos y de la ciudad y que el frío obligara a la gente a echar vaho por la boca, tuviera los cabellos pintados de hielo, se cubriera con gorros de estambre, con guantes, con abrigos largos, que ella de pronto empezó a sentir que se le enredaban al caminar por la calle, durante la compra en el mercado le ponían trabas al paso, la hacían trastabillar al entrar a su casa casi siempre vacía porque Tata Añorve trabaja un día sí y otro no arrastrando mercancía y pasajeros por el río de apenas allá abajito.

Pobre hermanita Anamar, siente que todo es peso y traba, ya no tiene como único fin llegar al consultorio, anotar a los pacientes pero sobre todo ensoñarse esperando el sonido de la Voz Sin Mácula; ahora atisba la calle por donde un par de veces lo ha visto pasar. Le late la nerviolera. Le sudan las manos, que no tienen lugar donde refugiar sus jaraneos.

Se le chispa el habla cuando él echa la vista hacia la antesala del consultorio y la mira como si tuviera los ojos de ráfaga, como si la estuviera invitando a salir para meterse en las manos de él llenas de giros tatuados, con tres puntos negros sobre los picudos huesos de los nudillos.

Él camina lento por la acera contraria al consultorio. No quiere dejarse ver de frente porque los augurios oscuros pudieran cantarle al oído de Ximenus. Eso no es conveniente, no lo es para nadie, bato. Menos pa él que tanto necesita de los consejos de Ximenus pa que le despejen las telarañas de las decisiones. Requiere del Camino de la Fe para soldar los motivos que rechacen las sinrazones de los que odian a su clica. Lo requiere pa conocer la iluminación en los caminos de la noche. Sabe que su destino está en lo que se le ordene dentro de la semioscuridad con los santos y los Cristos dando fe de su fe. Sabe que pa Ximenus los secretos son inútiles, por eso Jovany no quiere que su olor se arrastre como coralillo hasta los dominios del poder, porque si hay enojo le pudieran arrebatar la sombra y quedarse como rayo de sol en la mitad del río, sin avanzar por la corriente, clavado como estaca acamayera.

Qué pena tiene Anamar. Cuenta y recuenta los días en que él, su él aunque no lo sea, marca su ausencia por el lado contrario de la calle. Cómo reza para que su él, igual a copo de nieve, aparezca caído del color de los árboles de la selva. Camine con la lentitud de sus pasos de una esquina a la otra, y mostrando los dibujos de su cuerpo y sin hablar le relate mil historias, una de ellas la de una niña que suspira por el amor de un héroe que cabalga dragones y cruza veloz por dos países en busca de la niña que aún no conoce.

En qué dilema vive la confundida hermanita. Qué terrible saber que a unos metros de ella, en el consultorio donde se aspira la Calidad Suprema, habita la voz que le podría abrir el secreto de su vida misma inyectando la pujanza que le indique si el correcto sendero del amor es por donde debe dirigirse. Qué conflicto lucha dentro de la bondad del alma de la pequeña sabiendo que en el consultorio habita la Llave de las Constelaciones y que siendo Anamar de los seres privilegiados que viven bajo la influencia directa del Verbo Sin Tacha, no pueda abrir su corazón y en medio de una cascada de rosas mostrar los pasajes de su secreto, como sí lo pueden hacer los otros pacientes, desiguales a ella que oscila entre su labor y la decisión de hacerse una ficha con su nombre.

Cómo se le hacen pequeñas las oraciones a la delicada Anamar durante los rosarios y las jaculatorias y las peticiones dirigidas al Amor Luminoso. Con fe infinita pide volver a tener frente a sí al cuerpo de dibujos que la elevan hacia los campos de La Suprema Verdad.

En su casa disimula el correteadero de los nervios que no la abandonan al saludar a la gente en la calle, y si no la deja en paz el rechinido de los palpitares ni siquiera al recibir la luminosa mirada del Cristo, menos cuando cualquiera pudiera escuchar el escándalo de sus latidos.

En el consultorio, las señales de la Gran Pirámide no parecen haber descubierto la desazón en los palpitares ni la flor de la rapiña que se le clava en la oscuridad de abajo que una tarde se atrevió a rebasar sintiendo que el latido en el pecho era sólo remedo del otro, poderoso, más allá del pelo que compagina su gruta y que nadie jamás ha visto, nadie palpado, ni siquiera ella, que se baña con la cara hacia el cielo y las manos aladas y que de pronto el retumbe de las venas corriendo por lo dedos torpes la hizo llorar hincada pidiendo a la Luz del Planeta le diera fuerza para no volver a cruzar ese jirón de la carne siempre tan lejano de su cuerpo.

Qué lastimeros ayes se cuelgan en el caminado de Anamar con la cabeza hacia el suelo desde la intranquilidad del consultorio hacia la inquietud de su casa a través del revolvedero de los coches de pasajeros tirados por bicicletas y el borbollón de gente que pulula cerca del río.

Qué triste verla así porque lleva casi dos semanas que su él no aparece. Cómo se palpa su levitar en lo descuidado del vestido, en los pies de sandalias sueltas, en las axilas sin rasurar, en la voz que apenas saluda a la gente de Ciudad Hidalgo, en la mirada que no se fija en nadie de las calles, ni siquiera en el hombre joven de arabescos en el cuerpo que mágico aparece desde el calor del pueblo, por entre los verdes de los árboles y la detiene antes de entrar a casa, la sobresalta, la palpita en el asombro, en el fruncir de los labios en esa voz de tonos tan bellos que la niña escucha junto a su llanto de felicidad suprema que ella deshace en los brazos que la cubren y en las manos de puntos negros que le

limpian con dulzura el rostro. Llegó. Lo nunca creí-
do, llegó. Es Jovany quien le acaricia el cabello.

Ese encuentro ha cambiado a la niña y la alegría se le cuela en la mirada. Los orificios de la nariz
del hombre joven intuyen que la hermanita carga
la candidez de quien desconoce los trances del universo. Cuánto amor por el mundo se introduce en
la respiración de ella, que ha variado sus rutinas para
envolverlas en el tiempo de verlo y de tener alguna
otra vez su olor tan cerca.

Ah, él goza en el placer del retortijón corriendo por las figuras de su estómago al estar seguro de
que la hermanita Anamar ha cambiado la tristeza
por el regusto de saberse mirada y buscada.

Cuánto le debe a La Sabiduría del Cosmos
por haber tomando en consideración las oraciones
que ella ofrece noche a noche, hincada sintiendo
las duras punzadas de las horas en las rodillas.

Él sabe que las noches no son de su propiedad y no puede distraerlas en este otro lado del río.

Ella quiere que se repita la primera vez en que
le secaron los ojos y le bebieron los latidos.

Él sabe que irá a buscarla cuando a tata le toque día mexicano en el río.

Los dos esperan desde la vez de la sorpresa en
las lágrimas echadas por Anamar, recogidas por
Jovany.

Ambos están de guardia en ambas orillas del
río.

Qué feliz es Anamar. Las dudas quedaron lejos. Trabaja como antes en el consultorio, pero ya
no es lo único que llena sus días. En lugar señero
está Jo, dulcificado el nombre de quien la visita no
tantas veces como ella quisiera, sólo a ratitos en las

tres ocasiones en que lo ha visto antes y después de la consulta, y el par de reuniones fuera de casa en la oscuridad de la esquina porque tocó la suerte mala que Tata Añorve no hubiera salido a balsear por ser día guatemalteco en el trabajo del río, y tata no quiere que su hija se meta con tatuados, no, no lo quiere si esos son los mismitos hijos de Satanás, porque sabe de los horrores que de ellos cuentan, lo que tragan y se fuman, lo que beben y esconden, y ella que no, que no, padre mío, si Jo es bueno y me respeta, ya verá cuando lo conozca, y también la feliz hermanita niega o se tapa las orejas pa no escuchar lo que Tata Añorve asegura:

¿Será que el malalma ese no ha enseñado las garras y las malajadas las trae debajo de las pinturas? ¿Sabrá la niña la historia que carga cada lágrima? ¿La cantidad de gente que ha sufrido por su culpa? ¿La sangre caída bajo las ruedas del tren?

Y ella le asegura que nada es cierto porque ya se atrevió, sí tata, ella se ha atrevido a pedirle consejo a la Voz de las Montañas Milagrosas que alzó el rostro de tintes sueñales, sereno en ese gesto en que se adivina la eternidad marcada sin mácula desde el fondo de la voz dando coherencia a la causa y razón de la inquietud de la hermanita Anamar, que con el cabello ordenado a rayones de dedo, las axilas rasuradas, las piernas delgadas y el cuerpo un poco encorvado, le dijo que ahora era ella la paciente en el consultorio, que según sabe tiene que pagar con monedas para que los servicios sean positivos porque el Fuego Eterno no tiene la misma lucidez sin un óbolo que muestre la humildad de quien necesita la guía; la voz de adentro del maquillaje le dijo que eso era la fórmula aplicada a los demás pero no con un ser tan cercano, porque a la hermanita Anamar se le debe el auxilio que la Luz del Faro despide sólo para los privilegiados, como lo es ella, iniciando con: ¿cómo se podrá despejar la duda que se trasluce en las líneas de tu rostro y se amplifica en la imagen de Jovany Rivas?

Y la hermana, como en otras ocasiones y en otros sitios, cayó de rodillas vencida, por el poder de la sapiencia que no tiene límites y ha dado la muestra suprema al decirle el nombre de Jovany cuando ella ni siquiera había mencionado palabra alguna que diera una pista sobre los palpitares insoportables que el hombre joven arrebata en la dulzura de la felicidad que le llena el alma.

No se atreve a acercarse ni a mirar de frente a la figura, que erguida en toda su enorme estatura levanta los brazos y baja la mirada para cubrir a la hermanita, quien llora preguntando qué hacer: Tata Añorve le humea la cabeza de desfiguros y Jovany no quiere acercarse a la casa para no sacudir el enojo de tata; ella se siente como clavo de la Cruz Sagrada sufriendo las quemaduras del desatino, alma mía; la Voz Suprema le dice que en esos casos el lazo de mayor fuerza se ubica en el amor que se armoniza como dueño y amo del destino del universo, que la pureza que vive en el alma de la hermanita no puede caer envuelta en las telarañas que cubren las habitaciones de la Casa del Escepticismo sino ser tan abierta como la misma alegría que despliega la mirada del Señor de los Valles y sin maldecir a la estirpe ni lastimar la gloriosa paternidad, ella debe buscar la forma de tener su alma junto al amor del Pegaso Sublime que eleva a los humanos a la altura de la Gracia.

Que alegría vive dentro del corazón de la hermanita Anamar al saber que la Voz Más Alta ha dado su aprobación, con qué gusto se baña salpicando el piso de agua risueña y por primera vez se mira sin rubor el cuerpo porque ya puede decir que toda ella es del dominio de la Bondad Infinita y más allá de eso, que de por sí es de maravilla, Anamar es grano del silo de su Jo como se lo dijo la Verdad Plena en aquella ocasión en que se atrevió a entrar como paciente al consultorio y escuchó desde la magia de la voz decir que:

...todos somos parte de un gran concierto cuyo pastor se halla en la gracia de Las Altas Montañas, quien ha dado ya su autorización para que poseas el inmenso don de ser feliz...

De ese don se desgrana el palpitar que ella acaricia en las noches con la hamaca como rejilla de su amor por donde circula la savia de su cuerpo hecho mango aguacate guanacastle pochota laurel bogando por el aire de sus manos que acarician su cuerpo porque al fin ya no es de ella sino de su Jo que la acompaña a unas cuadras de la casa y le dice que mañana que es día mexicano en el río la va a venir a buscar en cuanto salga el tata y que como Ximenus se ha ido a uno de esos sus viajes que nadie conoce podrá cerrar el consultorio para disfrutar una charla de horas en la casa de la niña Anamar cuya felicidad es tan grande que teme echarla fuera durante el desayuno muy temprano con tata quien come sabiendo que el día será pesado de tanta carga y tanto viaje por el río porque en los días de harto calor como que a la gente se le trepa la nerviosidad y viaja y carga las latas de refresco ay que si pesan las latas que es lo que más trafican para allá estos gandules y los paquetes de frituras y las cervezas y los kilos de cemento y todo eso pesa de aquí pallá porque de allá pacá las cargas no son pesadas muy bien cuidadas escogiditas y escondidas bajo las frutas esos paquetes que Tata Añorve conoce su contenido pero finge nada saber evitando las miradas duras de los hombres que contratan sus servicios en Tecún y los que nerviosos y groseros esperan del lado mexicano en donde está ahora la palpitante niña Anamar hecha capullo de nervios aguardando que tata se vaya caminando despacio hasta el lugar donde trabaja que le dicen el paso del armadillo, del cozuco, como ellos conocen al animal ese porque tata dice y redice que en ese paso trabajaba su padre y él se siente más cómodo que en los otros: en el del rastro o en el limón o el del coyote y tata se acomoda mejor en el paso del armadillo porque además ahí aceptaron que trabajara los que ordenan en los dos lados y tata balsea en ese paso que es donde la corriente mejor le acomoda por eso y por la pura costumbre que es parte de la vida desde que ella levantaba así del suelo y Tata Añorve se enjornale en su lugar llamado armadillo si le puso envueltos en servilleta los tacos en la canastita y que allá tata se compre su refresco porque Anamar tiene que estar todo el santo día en el consultorio ahora que Ximenus Fidalgo anda lejos quién sabe dónde.

Arde el corazón en la felicidad de la hermanita cuando escucha los llamados en la puerta.

La música llegada desde los tendajones de la orilla del Suchiate vibra en cada una de las figuras tatuadas de su cuerpo.

Por fin su él ha tocado el pórtico de sus oraciones.

Mira hacia los lados porque él siempre acostumbra mirar a quien lo puede estar mirando.

Abre sin levantar los ojos del suelo y sin ocultar el sonido de su respiración amorosa.

Entra a la casa con la prudencia del felino que pisa terrenos donde abundan las trampas.

Sin levantar la cara se hace a un lado viéndose los pies recién lavados.

Los tatuajes se medio ocultan por la camiseta oscura sin mangas.

Huele el sudor del hombre que oscurece la puerta.

Las botas se mueven raspando el piso que ella ha barrido varias veces después que Tata salió sin hacer ningún ruido con sus huaraches de suela de llanta.

Cómo ocultar el sonido de los pulsos sobre los pasos de su él que apenas la mira olfateando el aire de la habitación de santos en las paredes, la fotografía de una mujer sin risa que también mira la escena en que una pareja está detenida en la mitad de un cuarto caluroso de muebles cubiertos de plásticos amarillos, mesa de madera protegida por linóleo estampado, estante vacío, hamaca doblada en la esquina, estufa de manchas oscuras, fregadero sin nada, refrigerador con adornos de frutitas de plástico y el rubor de la hermanita esperando las palabras imaginadas durante el baño después de arreglar la misma habitación en que se encuentran Jo y ella, por fin, sin que otra persona se entrometa, ni tata, ni siquiera la Voz Eterna porque nadie tiene el derecho de meterse en lo que sólo es propiedad de la niña Anamar la que ha cantado sola en las noches en que el río anda pegado a la luna pidiendo ser reflejo en el alma de ese mismo hombre que como ola del río deja ir con lentitud la pregunta de si están solos moviendo después la mano para tocarle a ella el rostro y con la misma mano hacer que levante la cara y ella con la mirada pasiva vea los tatuajes en los brazos, en el cuello, con las lágrimas secas en las mejillas y él le diga sin levantar la voz que ya iba siendo hora que dejaran de jugar a los fantasmas y la tímida hermanita no sabe a qué fantasmas se refiere Jo, cuáles podrían ser las sombras en ese mundo de colores que se abre con más brillantez que las fiestas cohetosas del pueblo en que la gente es tan feliz como lo es ella de saber que tiene a su dulce amado tan cerca de su rostro que no se aparta cuando las manos descienden sin prisa a los hombros y escucha la voz estancarse en un susurro diciendo que los minutos pesan como un montonal de años en la vida loca sin que esa voz se escurra más allá del oído de la niña para que no se escape hacia el río y a tata le vaya a llegar auditiva de retumbos y presagios hasta su balsa jalada por cuerdas atadas al pecho que se fatiga por el esfuerzo que cubre cualquier palabra dicha en la orilla que va dejando lejos.

Qué bella se escucha la voz cuando de él sale.

Los clavos en el vientre tatuado le pican dentro como trompeta de órdenes.

Alegre y feliz la hermana entra a la serenidad de la sonrisa del Hacedor del Mundo.

Los minutos son puntos extras en La Vida Loca y él tiene sólo un segundo que es lo que vale el mundo.

Qué cantidad de brincos puede dar el tiempo en un segundo, eso no lo sabe la embelesada Anamar.

La vida se cuenta sólo en los puntos negros de sus nudillos.

El Satanachia detiene su paso y los balseros recargan los pies sobre la arena floja.

El calor de la tarde se mete en las calles de los dos pueblos y de los bailaderos rumbosos se cuelan los ritmos de las guarachas buscándole las frescuras a la brisa llegada de Puerto Madero hasta cruzar la frontera.

La niña siente el cuerpo de su Jo juntarse a sus nervios y la boca con olor a mixtura de heno chaya arrayán y tamarindo meterse a sus labios sin tacha y esconderse en los oídos que le silban algo enrabiado y ardoroso y de sus hombros las tiras del vestido venirse abajo sin detenerse ante la razón de negar lo que no sabe que debe negar cuando los tatuajes se meten en la punta de los pezones libres de un vestido ya en el suelo y rotos los calzones color rosa dejando escapar el olor que protegían entre los vellos ralos jalados al abrir las piernas por la fuerza que nada contiene ni siquiera los gritos de la aterrada hermanita silenciada de inmediato por un puñetazo en la cara recién retocada con el maquillaje comprado a plazos que ahora se destiñe por la saliva y el llanto que no hace sino enfurecer más al que se trepa y de un empujón mete lo que la desconocedora Anamar nunca ha visto y jamás verá después del dolor corriendo en su adentro que el hombre calcina con las flechas de un cazador hambriento urgido de secarse las llamas con rugidos que la sumisa Anamar oyó pegados a sus cabellos cortos a sus ojos abiertos que desde el suelo miraron el fulgor de los ojos de Cristo sin timbre que los accione delineando los tatuajes en la figura de un hom-

bre joven que acompasa su movimiento de caderas
al trepidar de la dolida hermanita mientras le aprietan la garganta y con sed chupan la baba que se va
de los labios de la reseca hermanita Anamar tan sola
como se quedaría después en esa misma habitación
donde Tata Añorve la descubrió la tarde en que los
tordos desde los árboles gritaron más que las otras
tardes.

O sea,

por supuesto, si no se trata de vivir pensando sólo en los dimes y diretes de la gente,

o sea,

ellos, la familia, los Medardo-Moguel, los MM, como gusta decirles cuando está la familia a solas pero con ganas de que los hijos lo repitan porque eso de las iniciales le gusta, suena a nombre de presidente o héroe de la tele, MM, decía, ellos, la familia de Artemio padre, no tiene por qué darle gusto a la sociedad, sí, pero no por eso va a mandar al diablo a los vecinos, su familia tiene que hacerse valer en Barrio Nuevo, no andar en boca de las personas, es necesario guardar las normas tan necesarias en estas épocas, por ejemplo, tener bien limpio el frente de la casa, si se hacen fiestas invitar por lo menos a los vecinos más cercanos, no desperdiciar agua pero al mismo tiempo lavar bien los autos, que se vea que tienen parabólica, que cooperan con la junta de vecinos y los domingos ir bien vestidos para la misa de doce, nunca pasarse de tragos en las reuniones,

o sea,

Nilda jamás sale en tubos a la calle ni tira basura en la esquina como algunas hacen, y Nildita se comporta como la mujercita que ya es ayudando en todo en su casa, y Artemio chico con discreción usa la ropa que ahora les da por traer a los jóvenes, porque las épocas no son iguales, los chicos de ahora tienen una información bárbara con eso de las computadoras y el internet, con los celulares y todo lo que hoy se tiene para no sentirse en la edad de las cavernas, si se vive al inicio de un siglo que a veces se parece al anterior, sobre todo en el Soconusco a donde Artemio padre vive, es parte de la sociedad, miembro de los rotarios, asistente fiel a las reuniones con los padres de familia de la escuela de los hijos, y claro que en esos lugares y en el mismo Barrio Nuevo que es un fraccionamiento de gente bien, jamás nadie se atreve a decirle el Burrona,

o sea,

no puede menos que estar a la altura de las circunstancias, convencido que todos los humanos cuentan por lo menos con un trío de máscaras pa hacerle frente a la vida aun cuando él conozca tipos que cargan con todo un muestrario de disfraces y se cambian los ojos y la boca y los cachetes, se perfuman con lociones varias, se esconden en palabras que giran en sentido diverso a lo que en realidad se busca, aparecen de una manera en un lado y de otra en aquel y una diferente en este, y el Burrona, no, aquí es Artemio, o don Artemio si él sabe que los que buscan pasar de humilditos son propietarios de por lo menos un trío de máscaras que usan cuando les conviene,

o sea,

sabe también que cuando se conoce lo bueno ya ni lo medianito estremece, y nadie sería capaz de juzgar mal a un padre por hacer toda clase de esfuerzos pa que la familia tenga una mejor vida, una de las condiciones de la existencia de un hombre

común y corriente que no pretende ni saberlo todo
ni abarcar más allá de lo que sus brazos le permiten,
aunque ahí están los asegunes, porque en los brazos
pueden caber mil alhajas y sólo un par de cajas de
mango, y en eso entra el buen sentido que la gente
debe tener aparte de las máscaras,

o sea,

como la de los bailadores parachicos que en
el mes de enero pasado vio en Chiapa de Corzo
donde se llevó a L, y si dice L es porque no quiere
decir su nombre, no quiere que se le escape la sonrisa del gusto de haber ido a la capital del estado
cumpliendo con la comisión que le encargó el Delegado,

o sea,

y después del trabajo en Tuxtla Gutiérrez, su
escapadita a Chiapa de Corzo a tomarse su traguito
al lado del Grijalva, que es un río más retemblante
que el Suchiate si es que no le da por enfurecerse,
porque cuando le sale lo soconusqueño al Suchiate
no hay quien pueda con él, y junto al Grijalva la
fue a pasar requetebién, porque nadie tiene aborre-
cido el gusto de los viajes y de los amores y ni hacerle caso a los que nunca quieren salir del
Soconusco o la manera que los seres humanos tienen para ganarse el sustento y un poquito más, el
plus como dicen los amigos,

o sea,

y él no piensa así, pa que engañarse, en esto
de los puestos públicos se conoce perfectamente bien
el momento de la llegada pero nunca el horario pa
dejar el cargo, y que ojalá el suyo se alargue hasta
que Dios diga,

o sea,

los días tienen su marcaje, se sabe el inicio pero no el fin, y a lo mejor mañana le dicen que hasta aquí llegó el Burrona, mejor dicho, hasta aquí llegó el señor Artemio Medardo, que eso de Burrona sólo se lo permite a unos cuantos, hasta aquí llegó en el cargo como oficial de migración, nunca debe olvidar eso; si el final se retarda, mejor, y mientras llega tiene que correr a contracorriente, a veces tragar mierda, meterse los sapos al estómago sin rechistar, soportar las fregaderas de los gringos porque la carga de la chamba bien se merece buenos fletes,

o sea,

se da la cuestión de que nadie le reconozca la valía de ser oficial migratorio, que es una tarea delicada, de mucha responsabilidad en la vida pública de todo el país, no sólo de Tapachula y la región, nada de eso, es de muchísima responsabilidad y no como los tontos creen que es pura robadera y transa junto a otra transa,

o sea,

no, los comandantes de migración, ay cómo le gusta que le digan comandantes que tienen labores de seguridad nacional,

o sea,

el control de la jodidencia que del sur cae a comaladas lo tienen nada menos que los agentes como el Burrona, digo, como don Artemio Medardo, pa que los envidiosos se pongan a pensar de una buena vez, porque la gente nunca se cansa de envidiar a los que les va bien, que si se está arriba, malo; que si se anda por los suelos, malo; que si se adquiere un buen auto, malo; que si se quiere ir con discreción y andar con el auto pasadito de año, malo,

o sea,

nunca hay forma de darle gusto a la gente, buscarle los acomodos, aunque a él se le amarga el estómago cuando los amigos delante de los desconocidos,

o sea,

más bien, de la gente ajena al trabajo de la dependencia sepa que le dicen el Burrona, bueno, pero en Tapachula quién es el baboso que no sabe los apodos de los demás, que el Aguacate, o el Changüiingua,

o sea,

si aquí todos son unos lenguas largas pa poner apodos a la gente, que el Chali, y que el Burrona se lo puso el verga de Julio porque Artemio se oye como muy estirado y el apodo del Burrona le va con su cuerpo, grande, de alzada mayor, dijo Julio que según él nadie le ha puesto apodo porque el muy tarugo no sabe, o se hace pendejo más bien, que bajita la mano le dicen el Moro, con los ojos negros que tiene y el color de la tez,

o sea,

y las ojeras donde bailan las palmeras borrachas, decía Agustín Lara, y la nariz como de jeque árabe que sólo le falta el turbante y el dinero del petróleo,

o sea,

grandote, panzón, moreno charoleado, siempre con unas ganas que trae el Moro de darse de madrazos con cualquiera que se le cruce en los asuntos que comparte con el Burrona, cuando así se dan las cosas, porque a veces cada uno hace su arreglo, cada quien es responsable de lo suyo y no tienen que compartir nada más que los tragos en el

Ranchito y casi nunca, pa decirlo pronto, en el Tijuanita del otro lado,

o sea,

nomás casi nunca pa que no digan que se les frunce porque a ellos no les gusta meterse al Tijuanita, primero porque está del otro lado de la frontera y nomás por eso se anda en la aventura de tierras extrañas aunque esté tan cerquita, y segundo, porque allá de nada sirve la placa de migración y qué tal que,

o sea,

que tal si se calienta uno de los que han echado pa tras de regreso, o se pone bravo alguno de los que se les aplicó la ley sin medianías, la ley es la ley, y ni Artemio ni el Moro la hicieron, ellos están nomás pa aplicarla o pa ayudar a los que juzgan conveniente, y tercero, casi no frecuentan al Tijuanita, no vaya a ser la de pésimas que algún marido les quiera brincar pa ajustar cuentas, que algún hermanito celoso quiera vengar a la hermanita que el Moro o Meléndez se pasaron por las verijas pa calmarle los ardores, que algún otro desgraciado ande ardido con la mentira de que a su hermano le testerearon la pichula, y que tal si uno de esos mentirosos lo fuera a reconocer estando del otro lado de la frontera, capaz que se arma el tremolinero en ese lado del río donde él nada representa, o que uno de los orates que nunca faltan los ponga a parir iguanas y los quite de enmedio,

o sea,

allá se mastica todo lo malo como el maldito sida que anda hasta por el aire; en sus tiempos eran gonorreítas pinches que se curaban con un flechazo de penicilina, y hoy no, está el sida que es peor que la rabia que trasmiten los murciélagos, le dice a Julio el Moro, mejor beban en el Ranchito, o en La Noche de Eros, o en cualquier otro putero de los que están del lado mexicano que también hay sida pero por lo menos nadie les va a poner un cuatro a los comandantes si las bailadorcitas no traen papeles ni pasan salubridad y los agentes de la migra caen al salón en blandito nomás estirando los brazos pa ver de qué tafetán se cortan más fajas,

o sea,

que conforme pasa el tiempo se tienen más compromisos, los quince años de Nildita, los estudios de Artemio junior en Monterrey, y del sueldo puras tristezas salen, el chiste es que hay que ir tras las buscas pero sin dar la nota, porque sólo los incompetentes demuestran el cobre,

o sea,

la riqueza y la salud no se pueden ocultar, tiene que ser muy cuidadoso, ya llegará el día en que se vaya a Veracruz, o a Cuernavaca como quiere Nilda y a él no se le hace mala idea vivir en la ciudad de la eterna primavera, en cualquiera de esas ciudades pueda disfrutar en serio de los ahorros, no como en estos tiempos en que debe, tiene que ser medido, nada de andar de botarate, de echador en las cantinas, pero eso sí,

o sea,

tener el jardín bien arreglado, los niños limpios y bien ajuareados, la señora con su buen reloj y sus joyitas, su casa limpia, así, no como los gastos que hace Julio el Moro comprándole lujos a las chiquitas, pagando a lo loco la bebida, gastando los ahorros en la mujer esa de Ciudad Hidalgo, la tal Ofelia tiene un botapedos tamaño caguama, y no es que Artemio se haga el remilgoso, qué va, si se acaba de gastar su buena lana cuando se fue con L,

o sea,

pero es que al Burrona la sangre se le aguada con las puchachitas del Casandra, o las del Templo de la Pasión, ni siquiera con las niñas de La Noche de Eros, prefiere lo discreto del asunto, cuando no hay ninguna ley que frene la posibilidad de entrarle a lo que sea sin tener que andar con disculpas al día siguiente, digamos que la sangre le hierve con lo que a él le gusta sin andar de chismoso o de calenturiento con las chiquitas que todas son iguales de jodidas y de enfermas que deben estar, eso le va bien al Moro que es joven y no quiere dejar a ninguna mujer en la región que no haya conocido la fama que dicen tiene, y además porque ni le importa el sida si ni siquiera lo menciona,

o sea,

Artemio sabe que pa él ya pasaron los tiempos de andar dilapidando lo que debe estar destinado pa su familia, ora nomás los gustitos discretos con lo que a él le llena la dulzura sin testigos y con los más elementales cómplices pa no dejar huella de las debilidades que su familia nunca llegará a saber porque la familia es tan sagrada que nada se le puede poner en contra,

o sea,

los que lo critican primero deberían saber la causa por la que le entra a los negocios, Artemio busca el bienestar de los suyos, y sobre todas las cosas quiere que la familia MM no pase por lo que él tuvo que pasar cuando trabajaba de viajero vendiendo medicinas, y luego lo que tuvo que aprender pa capotear indocumentados, pastorear a los jefes que llegan de México y se ponen a dar órdenes sin saber nada del asunto, y ahora tiene que poner cara de muy enterado y eficiente sin mentarle la madre a los gringos por las rabias entripadas que le hacen pasar que no se las quita ni con los remedios que le dieron en La Congregación del Avellano y las yerbas que le recetó Agripina la de Catemaco, y aguantar las malpasadas que le causan los arranques del general Valderrama con las encomiendas a deshoras, pero también, por qué no, tiene que confesarlo, le da gusto saborear sus gustitos, si lo que se trae adentro es muy personal y no daña a nadie, lo que es barato y muy sabroso, primero hay que cuidar el patrimonio de la familia, y después la diversión que le llena las venas,

o sea,

Artemio cuenta cada peso, los ahorra aunque le digan que es tarraco hasta la pared de enfrente, y si puede se pasa de listo con las cuentas comunes cuando los amigos de la oficina van a comer cantonés con los chinos, o tomar la botana en La Mesa Redonda, acumula excedentes en cualquiera de sus escondites antes de ponerlos en los bancos, uno aquí en Tapachula, otro en el D.F., uno más en Veracruz, pero mientras, los esconde en el plafón del techo del baño, en el tabique falso de la recámara, en un cofre enterrado en el garaje del fondo,

o sea,

pa después cambiarlos a dólares que guarda en una caja de seguridad en el banco de Tapachula, otra en Tuxtla Gutiérrez, dos más en la Ciudad de México, y la buena que está en Houston, donde va recalando todo,

o sea,

sin ponerse a clasificar de qué manos le han llegado esos dólares aunque él lo sepa y le amarre la saliva, pero no por remordimientos que Artemio hace rato dejó de lado, sino por el miedo que tiene de saber en qué vainas anda metido y con los gringos olfateando el culo de cada uno de los agentes, mejor decirle comandantes,

o sea,

y lo peor, cuándo carajos tendrá los güevos de dejar los asuntos y de veras irse a Cuernavaca, Morelos, o a Veracruz, a los portales, a oír marimba pa que no sienta lejano el terruño y el calorcito pa estar a tono, insiste una vez y otra ante los amigos, o como Nilda le pide vivan en Cuernavaca pa gozar de un clima que no sea sofocante y los muchachos estén cerca del Distrito Federal y los fines de semana en Cuerna se juntan los juniors que bien se pueden hacer amigos de los muchachos,

o sea,

por el otro lado tiene el sueño de vivir en una casita blanca, como dicen que vivía Agustín Lara, el Flaco de Oro, decir que ya es hora, no de irse a Veracruz o Cuernavaca como insiste Nilda, sino de darle coherencia al chorreadero de pesos y dólares de los asuntos que entre él y Julio el Moro, juntos o cada quien por su lado, le sacan al trabajo de El Palmito, a los colados en el aeropuerto sin faltar lo mero bueno cuando llegan los asuntos del lic Cossio, los que ordena el general pa que salga la mercancía humana por el tren, y la otra, la mera buena, por carretera, y los pluses que le llegan en los asuntos de las niñas de Lita, y los pitazos precisos pa que la bronca no se haga expansiva, porque si quiere jubilarse con el puro sueldo pos se va a morir de hambre y nadie de la familia está impuesto a eso,

o sea,

la gente tiene que tener un estímulo y nunca faltan los que quieren que el Burrona se meta en otros terrenos aunque ya esté adentro nomás por hacerse de la vista gorda, pero ora quieren más, según le dicen, y él anda con miedo de no estar seguro si lo que buscan es apretarlo pa que dé más de sí, o pa jubilarlo más pronto y dejarles el campo libre, y no, todavía tiene cuerda pa rato, habiendo ese dinerajal sin medida que corre por la frontera, ay, el Burrona va tener que trabajar a deshoras, andar con la cruz del bendito como verbo diario, con los pantalones bien fajados porque él ya sabe que la blanca tiene otros alcances, bien sabe lo que es meterse a la selva, vigilar las pistitas de aterrizaje de junto a la costa, echarse el tirito de ayudar a los que pasan la mercancía por el río, con mucho cuidado darle el trato adecuado a los chochos o a las anfetas, que sólo los pendejos creen que se manejan igual, y no,

o sea,

mejor cierra los ojitos porque si los abre tendrá que aceptar que la blanquita es otro paso en la escalera, que de ahí viene lo de las armas, los cruces nocheros por la frontera, el ajuste de cuentas con alguno que se quiera pasar de listo o ande de hocicón, que conforme avanza en esto el abanico se hace más amplio y de ser así más rápido podrá tener la casa en Veracruz o en Cuernavaca o en las dos partes, total,

o sea,

ya será lo que el Señor quiera, porque diosito no lo va a dejar que baile con lo más horrendo del planeta, y piensa en L, en que nunca lo hacen sin condón, qué carajos, en los traguitos de junto al Grijalva, en las mojarras fritas, en el paseo por el sumidero y en las máscaras que llevan los bailadores que por allá les dicen los parachicos en Chiapa de Corzo, las máscaras como todos llevan la suya, en su vida en Barrio Nuevo, en su futura existencia en Cuernavaca,

    o sea,

    o en Veracruz al mismo tiempo, qué carajos, si se puede, sí se puede, claro que se habrá de poder, su vida es la de un señor muy diferente a la del cabrón Julio, así como vive el Moro nunca va poder ahorrar pa cuando lleguen los tiempos del encueve que alguna vez tendrán que llegar pero que sea lo más lejos posible pa darle tiempo de sacarle al mundo la raja que una gente como don Artemio Medardo se merece,

    o sea

Uno:

Y brinca. La voz da la orden y la primera patada. Se da cuenta y brinca. Contar trece que es la
oración con que se terminará todo. No puede caer-
se. Las manos van de los riñones al rostro. Se hace
ovillo sin dejar de avanzar. Trata de cubrirse del estómago a la nuca. Los puños metiéndose en todas
partes. Los densos olores de los que lo rodean.
Entrecerrados, los ojos ven la hilera de cuerpos re-
cortados en el perfil de la noche. Manos y pies que
se estrellan contra su cuerpo. Jala el aire pa aguantar los carajazos. Mira las luces estrelladas por el
puñete en la ceja. Arde la patada en el muslo. Reso-
pla y mira su casa en San Pedro. A su madre sentada en la puerta. La voz del papá gritando un jijoeputa
alargado como aullido. Siente el calor igual al de
esta noche. No cuenta los segundos. El dolor repetido en el cuerpo es más intenso en alguna parte.
Cambia a otro sitio. No reconoce rostros. No distingue los ojos de nadie de los que le atizan. Como
si algo les hubieran hecho. Cabrones. Grita cabrones. Hijos de la chingada. Se le va la respiración por
el chungazo en el estómago.

Dos:

Siente los ojos llorosos. No les va a dar gusto.
No va a dejar que lo manden a la chingada. A permitir que se escape la chanza. La suerte se agarra

cuando pasa, hijos de la chingada. Las palmas le arden contra el suelo. Cristo. Se ha caído. Se levanta. Sigue. No oye el paso de los segundos en la voz de nadie. No sabe del Poison. Tampoco del Rogao. Por ahí deben de estar los batos locos. Ellos son los que le atizan. Su verdadera familia. Alguien cuenta o sólo recita. Qué cuenta. Qué está diciendo. Las voces se oyen lejos. En la cabeza se muele una trompada. Otra en la boca. Una más en los pulmones. Ve las calles de su barrio. La patada le truena un dedo. El calambre eléctrico trepa por el brazo. Escucha los gritos de las vecinas. Lo acusan de algo. Su mamá llora. Oye su voz. Que sea bueno. Que no robe. Él se esconde en la risa. Se ríe. Debe reírse y no, aúlla por la patada muy cerca de los güevos. Aúlla y debe reírse. Eso cree. Los güevos. Los de él. Le sobran. No grita. No pide que se detengan. No se tira al suelo. No hay derrotas. El aire se escapa. Lo inhala desde muy adentro. No llega. En alguna parte se ha detenido el aire. Las putas viejas no tienen güevos. Su mamá no tiene. Le reclama sus robos. Doña Lita tampoco. Sabina tiene plana la panza. Jijoeputa. Y aprieta los ojos porque el dolor cala hondo. Hasta las putas lágrimas. Las lágrimas no tienen güevos. Como las magallas que bailan en las mesas de los cogederos. Las putas que se desvisten en la calle. Mete la cara bajo las manos. No hay saliva. Como las magallas que roncan en los burdeles.

Tres:

Va a caer. Es Cristo. Los ojos de Sabina. Unos gritos que salen de su boca. Que se doblan en los suyos. Su silencio. Sus quejidos. Las manos tocándolo por debajo de la mesa, estrelladas contra su cara, rechazando las manos de él. Los rezos de la madre. El calor del verano. Los turistas en las ruinas. Las meadas del miedo. Su padre gritando en la calle. Que nunca regrese el jijoeputa. El sabor a cigarrillo. Oye las risas de los amigos. Las pláticas de los que se han ido al norte. El tatuaje en el brazo. Un alacrán como los de su casa. Los alacranes no tienen miedo. La patada en la cara. El pisotón que muele los dedos. Cae. Cristo nuestro señor. Cristo llega a darle el aliento. Cristo a quitarle esa punzada en las costillas. A tumbar el tiempo pa que vuele. Los dolores detenidos. Violentos. Prófugos. Cínicos. Poison no existe. No hay nadie entre los árboles. Sólo él. La voz de su mamá y los gritos del Laminitas pidiendo perdón. Cállate pinche puto. Que se calle ese mampo del Laminitas. El clavo entre las costillas. La lanza en el costado del Señor. Virgencita, que aguante. Él que aguante.

Cuatro:

Entre los dientes se deshacen los dientes. Se rajan los labios. Estalla la sangre. Sabina llora. No llora. Ve inmensas la manos de ella. Le acarician la cara, le pasa los dedos por el bigotillo. Los pelos de la cara le salen delgados. El bigotillo de ayer. O el de la otra semana. O el de hace meses. No hay cabellos en el rostro. No tiene rostro. El bigote es pelo amasado. Los pelos de las que bailan encueradas. Los pelos del Poison. Sabina es colocha. En el pelo se le enredan los pájaros. Su mamá tiene pelos en los sobacos. La panocha de Sabina es lisita. No tiene fuerza pa buscarla en las noches. Ella cruza las piernas. Él jala las sábanas. Se ahoga con la sangre de la boca. Le huele el sudor. El de ella. El suyo. Le duelen las orejas. Le tapa la boca. Que no vaya a gritar Sabina. Los van a oír los van a oír los van a oír gritar por el estruendo del codazo, por el mareo, por las piernas que se doblan. Los carajazos de los zapatos que hacen la línea. El calor que se le mete al cuerpo. Los que no hablan en el sonar del zumbido de los cabronazos pujados en las cejas sin pelos. Como el panocho de las putas. Como su barba sin pelos. Como los pelos en la vomitada.

Cinco:

Escucha su nombre. Desde los cielos viene cayendo su nombre. La voz ardiendo duplica los golpes. Los otros. Estos. Los de San Pedro. Los de junto al río. No hay insectos. Se meten a la noche. Camina. Debe correr. No puede detenerse. Se detiene y se muere. Te vas a morir jijoeputa. La oscuridad desgraciada. La noche lo aplasta. La nariz hundida. Oye su nombre. Muy junto oye el llanto. Muchos llantos. El suyo. El de Sabina. Las lágrimas que se juntan a los mocos. Los gritos de él. El sonidito de su mamá llorando. Sabina revuelta entre las sábanas. Las paredes del cuarto. Cae o sigue en el suelo. Siente el olor de los troncos quemados. Jijoeputa. Aparece el padre desde el fondo de la oscuridad. Está más allá de los golpes y los dolores. El puño estrellado en la espalda. El otro. El otro. Las cazuelas de su casa. El rompedero que tiene más gritos. Más furias. Más rabias. Va preso por las calle de su barrio. Reclaman el cuchillo de caza. Ratero desgraciado. El cuchillo está escondido en el suelo, atrás. Abajo del tamarindo. El hombre de los dulces gritando mientras lo roban. La mujer de las frutas maldiciendo por el robo. Jijoeputa. Su padre brama. Le quitaron a su hija. Su papá es un diablo. Es la muerte. Es el nagual. Es la virgen. La vida loca. El nagual le grita al jijoeputa del hijo. Es tu hermana jijoeputa. El calor no tiene familia. Los golpes de la hilera de hombres corren en silencio. Nadie más que los dolores está a su lado. El dolor arrebatado en todos los centímetros de un cuerpo en donde chupa la sangre de su nariz, de los labios, de adentro de su boca. Los diablos gritan. Le roban el cuerpo de ella.

Seis:

Ese rostro no es suyo, ni esas manos, ese tórax, ese cuerpo, nada es suyo. Es otro el que lo siente, que aúlla, que retumba. Ya cabrones. Párenle putos. Chinguen a su madre malditos mampos. Recibe más golpes. Suben y van. Bajan. Se enquistan. Como agua del río se meten por todas partes. Se anidan en cada rayo del estruendo. Escucha las palabras correr muy lentas. Los jijoeputas de su padre. Su mamá lo está jalando. Ahí está la hermana tapada por la sábana. Los calzones sucios en alguna parte de la cama. No usa brasier. ¿Por qué nunca usa brasier? La cama en la esquina del mismo cuarto de todos. Las palizas. Los reclamos de su padre. Sus pedos dueños de la habitación. La cara chata. Los ojos metidos en el rostro moreno. Trepado en su mamá. Oliendo del carajo. Maldiciendo a los hijos que no lo dejan en paz. Él grita paz. Grita pero no es él quien recibe los golpes. No es él quien vomita. No es él quien grita de dolor. No es él quien pide que Cristo lo ayude. Él es quien escapa de la casa. Es él corriendo hacia las luces de San Pedro con los jijoeputas de su padre. Lo ve parado fuera de la casa jaloneando a Sabina. La casa que es la misma de los cuatro. La misma a la que regresa antes de irse. Sabina oyéndolo sin alzar la cara. Le ve lo rizado del cabello. Sabina escuchando el recado. Irse al norte. Ella no sale a la puerta. La mira en la cama. Al norte oye la voz de Laminitas. La oye el otro que no es él. La oyó desde semanas antes. A Laminitas no lo ve. Laminitas no puede estar ahí. Laminitas debe llegar. Laminitas lo cubriría. Le va a tapar las patadas. La va a sobar los dolores que ya no soporta. Él que no es el otro. Él que mira desde lejos los techos de San Pedro. Él que no escuchará nunca, jamás, nunca, por diosito que no, no oirá más los jijoeputas ni sentirá a Sabina en la turbulencia de la noche, hasta que salga de aquí, jijoeputa si no sale, con las patas quebradas pero va a salir a ver a Sabina que está más allá, más como pa las luces del pueblo, de qué pueblo, del suyo, dónde está el suyo, o de este que es de cachucos pinches y de mexicanitos putos, los mexicanitos mampos.

Siete:

Arrea. Marca. Llora. Aprieta la boca. El dolor cala insoportable con el puñetazo en la oreja. Se arrastra. Jijoeputas. ¿Grita? ¿Calla? ¿Es él? Tiene que ser él. ¿El Poison lo obligó? Nadie empuja a nadie. Cada uno es como debe ser. Cada quien trae pintada su raya. La vida loca. Todo es ganancia. El racimo de golpes. Se ¿levanta? Trece. Trece. Trece, cómo se llega al trece. Cómo se fue por los montes. Hacia el norte, vergas. Cómo se juntó con los otros. Cómo fue eso. Hace cuánto. Las risas del Poison. Que no se ría el cabrón Poison. Que se calle el cabrón Poison. Que se vaya. Que no lo joda. Que no le repita la cantaleta. Traga tierra. La traga. Está dulce. Suave. Es la tierra de la noche. La tierra que pisa. La que sostiene a los zapatos, los huaraches, las botas que se estrellan en sus brazos. La que arma el dolor en la espalda. Cerote Poison. Las manos en el piso. Avanza. Hacia dónde putas avanza. Se esconde en sus brazos. Se encaja las uñas. Tiene que aguantar. Su clica. Sus bróders. La vida loca es suya. Que no se le vaya la fuerza. Pinches putos. La Mara rifa. Que no se vaya pa bajo. La luz verde es pa otros. Pinches putos que lo acorralan. Que le plantan los dolores en la panza. Los dolores que son más fuertes que sus gritos. Grita. Grita.

Ocho:

Tiene que avanzar. Es la ley. La orden. Enseñarles que tiene los güevos bien puestos. Los aprieta. Los esconde en las manos. Los cubre con los antebrazos. Los güevos son machos. Los lava en el río. Se mira la verga levantada. Sabina la revisa, Laminitas la moja en las noches. La que apunta al norte. Al norte van todas las vergas. Las que gozan las gabachas. Las vergas grandes. Las oscuras. Las vergas de nosotros. Las vergas de nosotros los catrachos chingones. Vivan las vergas catrachas. Las vergas que huelen a coco. La que cubre. La que debe cuidar. Los que no tienen verga no cuentan. Él cuenta. Uno, dos, tres, y llegan los puñetazos que no se cansan. Que cruzan el calor. ¿Hay calor? Calor en su casa. Bajo las mantas. Y Sabina tan cerca. Los pies de Sabina. Los bailes. Cantando. El tatuaje del alacrán. La mira a ella. La sigue. La busca. Le toca las nalgas. Le enseña la verga. Con el ojo derecho no ve. Siente la tierra pegada a los labios. Apenas respira. Sigue en el suelo y se arrastra. Lame la tierra.

Nueve:

Corre. El árbol. La sombra. Los calores se quitan bajo el árbol. El río. Los dos le quitan el calor. Sube a las ramas. Se mece en el aire. Se mete al agua. Siente las piedras en los pies. Dobla los dedos. Atrapa las piedras. Las saca mojadas. Ellas no tienen calor. Las piedras del río son pescados dormidos. En el árbol están los pájaros. La escuela está lejos. Vámonos Laminitas, corre. El Poison salta. ¿Ahí está el Poison? Mojado por el río. Mojado por el dolor. Harto de los mismos juegos. Las rondas frente al cine. Laminitas lo hace entrar. ¿Se regresó Laminitas? Los catrachos no se rajan nunca. Las vergas catrachas no se rajan. ¿Por qué se rajó Laminitas? El cine es mejor que el río. Está en la oscuridad. Las luces del techo. Las luces cierran los ojos. Los párpados clavados por los puños. Mira los paisajes. Ciudades enormes. Barcos inmensos. Mujeres rubias. Vivan los cines. El cine es mejor que el árbol. El cine es un río sin piedras. En el cine están las calles de otras ciudades. Más allá de San Pedro. Más allá de Sabina. Más allá de Honduras. Más allá, más allá, jijoeputa, más allá.

Diez:

Llora. No importa. Nadie es capaz de no llorar. Las lágrimas son de afuera. No dicen de su rabia. De las ganas que tiene de mear. De mear sobre lo mojado del pantalón. De cagar. De dejar que el estómago suelte los dolores. Rompa ese estrujar. Destape la luz en los labios. Cagar. Agarrar puños de mierda. Meterse a la boca la mierda. Puños de mierda. ¿A qué sabe la mierda? ¿La mierda es él? La mierda se mastica. Se ve en el cielo. Mira el cielo en medio de los golpes. Está boca arriba. La luna se hace mierda. Se ensucia. Los brazos abiertos. El pecho se infla. Jala los mocos. Huele la mierda bajo de él. Él es un trozo de mierda revuelta con el lodo. Las patadas cubren los flancos del cuerpo. Ya no avanza. Está detenido en medio de la mierda de la noche primera que pasó lejos de casa. La mierda de Laminitas en la verga de mierda. Que corra Laminitas pa que no lo alcance la puñalada. La mano metiendo el cuchillo. Los ojos de Laminitas.

Once:

Las letras. Sus letras. Andan sin un camino. Sin una salida. J de Jesús. Jesús el hombre. Reza su madre. Jesús de su J. La o como su boca, ardida, levantada, redonda, moreteada, la o, y la j, Jovany, Jovany, la v que es chica, no la b, a quién carajos le gusta la b, es la v de él, la v de Jovany, la a que es la del inicio, la a del profesor. Sin calcetines. Los maestros no usan calcetines. La a del inicio del abecedario. Qué importa el abecedario. A, b, c, d, e, e, e, f, g, qué dice. Dice, qué dice. Dice la a de Jovany. La n como m chiquita, una n de Jovany. Jovany se escucha. Retiembla. Rabia en las letras. Duelen las trompadas. Siguen los puñetes. Siguen las letras. Una v que marca el viaje. Laminitas buscándole las letras en la bragueta. Laminitas sin volver al campamento. Jovany. La y griega. Griega. La otra no. Esa cualquiera. La de él es griega. En Tecún no hay griegos. Hay chinos. Hay cachucos. Hay guanacos. El calor del día. Esas noches que se meten al espanto. Sucias, sucias, sucias. Su nombre es de mugre. No. Su nombre no. Llora con el espanto de estar lejos. De donde nadie regresa. Jovany. Jovany, le gritan de todos lados, desde arriba de los árboles. Desde el dolor en la cabeza. Desde las horrendas punzadas en las costillas.

Doce:

Laminitas se agacha y sin hablar le clava los ojos. Lo mira con esos ojos. Le encabronan tantos los ojos del Laminitas. No debe mirarlo. Que no lo mire. Que no lo mire. Que no diga lo que pasó. Esto es de dos. De nadie más. Que lo entienda. Que no diga por qué se fue. No le diga nada. Que quite la boca de la verga. Se limpia. Restriega las manos en el pantalón. Empuja el rostro de Laminitas. Que se vaya. Que regrese al hoyancón. Los muertos no regresan. Laminitas es la primera lágrima. La primera. Una a una se forman las lágrimas. Flota. Vuela. Su cuerpo es otro. Se mira tumbado en la tierra. Se mira cómo la lame. Cómo entierra el puñal. Cómo Laminitas lo ve. Los ojos de espanto. Los ojos de sorpresa. Los malditos ojos de querer mamar. Que quite esos ojos. Que los cierre. Sus manos aprietan los párpados. Laminitas sin ojos. Laminitas se fue. Cabrón Laminitas se rajó. Se rajó. Se quedó en el hoyancón. Con los cachucos, jijoseputa. Con los dolores el jijoeputa.

Trece:

Mamacita, ¿por qué está limpiando al Laminitas? ¿Por qué lo limpia a sacudidas y jalones? Y llora doña Jaci. Llora quedito para no despertar al papá. Acaricia la cara al Laminitas. Le lava la sangre. Le unta saliva. La saliva. La baba. La baba que le sale al Laminitas. Su mamá lo envuelve. Los ojos de su mamá. Su mamá vive muy lejos, ¿por qué le limpia los ojos al Laminitas? Los pies. Los pies no son de su mamá. Ni de Sabina. Los ve irse. Hacia fuera del hoyancón. Se queda sólo con el cuerpo. Ahí están otros pies, ¿o serán los mismos? Los otros pies que no tienen fin. Los oscuros. Sube la vista al pantalón. El padre. Papá. Le dice papá. Le grita papá. Pide perdón. Que lo quite de ahí. Que el Laminitas es malo. Que lo busca. Que lo inquieta. No quiere y lo hace. Sabina. Es igual a Sabina. Que no le pegue el papá. Que se vayan los dolores. La tierra es agria. Rechina en su boca. La masca. Traga el lodo. No hay nadie. Su cuerpo hacia arriba. Los dolores son del sabor fangoso. La lluvia moja la orilla del río. Rezuma a Tecún Umán. Macera a Ciudad Hidalgo. Empapa a Guatemala. Diluvia sobre la sombra ida de la hilera de hombres.

Uno, dos, tres, cuatro, cinco, seis, siete, ocho, nueve, diez, once, doce...

Trece y ya es parte garruda de la clica trece, ya es de ellos y jala aire que rasguña harto nomás de entrar a las doledoras del cuerpo gritando que la Mara rifa, la Mara Salvatrucha 13, trece como los segundos.

El aireadero tibio que lanza el clima artificial del autobús detenido en la estación El Palmito es incapaz de frenar el deslave del maquillaje que ella, tratando de pegarse lo más posible a la piel del asiento, con movimientos mecánicos limpia del rostro viendo cómo Sarabia, alto y moreno, camina por el pasillo y con un tú y tú y tú señala a los que deben bajar. Lizbeth conoce el numerito. No sólo por las voces pregoneras de doña Lita, sino por haberlo vivido una de esas noches que como otras trata de clausurar de sus recuerdos. Nadie gana algo si no saca los ojos del pasado, entonces, ¿para qué mirar hacia atrás si hasta su verdadero nombre lo ha mandado al tacho de la basura?

Para la panameña lo mejor del futuro está en el azul del Caribe, ahí la clave, es el punto de referencia cuando está contenta aceptando que el mar no siempre anda de buenas, como ahora en que siente los jaleos del oleaje, los nubarrones calurosos que le arrebatan el maquillaje frente a los ojos del que sabe le dicen el Moro, y que no le agrada que así lo llamen, quien la mira como un objeto más del transporte, mientras sigue de largo mostrando el dedo señalador, bordando su retahíla de

…tú y tú y tú…

…que vibra en la quietud de la oscuridad cruzada por las luces de las linternas de mano y del suspiro de alivio de Lizbeth, que comprueba en los nudos de sus muslos que las consejas animosas de doña Lita se hicieron realidad, pues no en vano la mujerona le dijo llevar un preciso talismán-recado de Ximenus, nada menos que de Ximenus:

…no existe nada que atente contra el destino marcado en los ojos de esa niña, puede ir a donde quiera porque porta la protección del Altísimo…

…así una y otra vez aconsejó Lita sin hacer caso de los remilgos de la chica, quien al mirar cómo el Moro sin perder el tranco se interna en la profundidad del autobús, siente que en esa ocasión la Voz Infinita se ha dejado oír en la estación El Palmito y que las estropeadas noches se iban a cambiar por el color de las olas del mar de su país, como dicen que Ximenus había dicho a Doña Lita, que no bebe del vaso sobre la mesa. Con la mirada fija en algún punto del Tijuanita insiste en lo sencillo de este viaje, que ya fue aprobado por Ximenus, y si de la Boca Maravillosa salió la profecía, nadie tiene el poder de desviarla porque en la vida se deben aceptar los triunfos y los frentazos, que nunca faltan, pero jamás se pueden despreciar las buenas rachas, que se manifiestan de mil formas: la luz del sol, el halo de la luna, la temperatura del agua del río, el parloteo de los guacoloros, ya vaticinado todo eso por la voz de Ximenus, quien ha dicho que así como las venturas se dan a conocer, también se debe estar presto para la recepción de los tiempos nefastos que son futuros ajenos al aura de la niña Lizbeth, quien debe aprovechar el encuadre de los astros y no desairar a las buenas rachas, que es lo mismo que tirar los billetes a la calle, pecado de soberbia ante los ojos del mundo y de la Voz Radiante, porque si se quiere llegar a ser cabeza de cartel, no hay sacrificio al que se le pueda etiquetar de inútil.

Doña Lita marca que los más preciados momentos de su vida están cuando tiene la oportunidad de escuchar la Voz del Arcoiris, sin importar que se refiera a otra persona, como lo hizo en el caso de Lizbeth, quien recibe el mensaje:

…todo tiene su valía ante los ojos del Señor, él lleva una contabilidad exacta y si nos pone a prueba es porque quiere saber hasta dónde llega nuestra fe…

Insiste doña Lita: eso era parte de la oración dirigida expresamente a ella, a la niña de Panamá.

…lo pasado es regresivo, se debe ver hacia el horizonte porque colocando una más una a las acciones, se suman las ventajas…

Repite doña Lita, quien cierra los ojos como si estuviera trayendo exacto el verbo de quien todo lo sabe, y golpetea con ritmo la mesa, aspira el humo derramado en todo el Tijuanita:

…los actos en solitario no cuentan si no es que andan acompañados de buenos pensamientos….

Al mencionarlo, Lita alza el rostro buscando los infinitos del cielo, así dice, así repite lo que dijo Ximenus:

…en esta tierra del Señor se debe adicionar y no disminuir, ahí radica el secreto de todo…

Que Lizbeth lo escuchara bien: en esta ocasión no se trataba de un contrato para actuar en algún centro nocturno como había sido lo de Coatzacoalcos, pero que midiera las consecuencias en la reunión con unos señores en Tapachula bien forrados del bolsillo.

—Puede ser la primera cuenta del rosario de triunfos que vas a tener, niña —remarca doña Lita.

A partir de ese momento, porque el anterior, el de la mala pasada de los papeles y los gringos, ya se lo llevó la corriente del Satanachia que nunca mira para atrás aunque lo tiente el aroma de las flores y las canciones bonitas...

—Como tú, mi niña, con ese cuerpo que la Santísima Trinidad te ha dado y que lo quieres esconder en lugar de ofrendarlo en lugares propios sólo porque una noche la Sombra del Malevo se cebó en tu destino, ay mi niña, si ya lo dijo quien lo dijo y nadie puede discutir la palabra de Ximenus.

Y en ese mismo atardecer, un ausente Tata Añorve, tocado con su sombrero roto, sin decir palabra, jalando su embarcación atada a su pecho, cruzó a un par de mujeres a las que miró desde que salieron de entre las cantinas de la orilla del río: una joven morena, casi niña, cubierto el atuendo brillante con vestido de manta, y la otra, la piernuda, la de mirada gris y escote amplio. Tata centró su atención en la joven. La fue mirando a lo largo de la travesía, la miró mientras cruzaban el río y tuvo la seguridad que esa chica estaba a punto de largar de gritos. ¿Qué coralillo interno le iba dando de piquetes?

La siguió con los ojos al subir la cuesta del cauce del río. Se fijó en las caderas tan diferentes a las de su chiquita. El cabello largo tan distinto al de Anamar. Su niña jamás usaría esos colores en las uñas de los pies, y tuvo ganas de decirle a esa muchachita de cabello brillante, olorosa a baño enzacatado y perfume pegosteoso, que los zopilotes siempre hacen rodelas a los fiambres y que lo pensara mucho antes de atreverse a cruzar la noche del camino, porque las ratas devoran a los pajarillos que se apartan de su nido; sabiendo de lo inútil de las palabras que no dijo se quedó en la orilla, con el agua a la cintura, con la mano trazando una disimulada cruz, con la balsa removida por la corriente mansa a la luz de una luna que iniciaba su vuelco, conocedor del trayecto de las dos mujeres hacia la terminal de autobuses, de la compra de un solo boleto, de las insistentes recomendaciones de la mujer de ojos turbios y de cómo esa misma mujer, a quien conoce desde hace años, de quien sabe se llama Lita y es mexicana aunque ella nunca lo diga, seguirá fija en su puesto hasta la salida del camión metiéndose en la oscuridad del camino rumbo a Tapachula.

Hacia donde el autobús lleva a Lizbeth, que después de la revisión en El Palmito, entra a la ciudad y no deja de mirar los autos, la gente en las calles, los anuncios mucho más grandes que el letrero del Tijuanita, que es el de mayor tamaño en Tecún, tan diferente al pensamiento de la otra ciudad, Coatza algo, a la que nunca llegó porque le quitaron los papeles y al recordarlo le regresan los nervios sudados de cuando pasó por El Palmito aunque ahora sea diferentemente igual por la desazón desamparada en la orilla del asiento de un autobús cada vez más solo, detenido en la terminal de Tapachula, y que si no llegan por ella a la central de camiones no sabrá a dónde ir, qué hacer en esa ciudad tantas veces mencionada en las horas vacías del bailadero, cuando la guanaca Katia echaba chillidos de gusto al saber que la amiguita panameña se va a dar el lujo envidiado por las otras chicas; o

Sabina Rivas diga que ir a Tapachula es darle una probadita a lo bueno que se va notando en el norte; o Peredo, sin tumbarse la voz microfonera anuncie que allá es el norte, lo que se llama el norte, y aunque la otra frontera, la del verdadero Tijuana, esté más lejos que el demonio, sin hacer caso a las persignadas de las chicas al oír la palabra demonio, lo que se llama el norte comienza en la capital del Soconusco y de ahí pal norte hasta Estados Unidos...

...mis niñas...

...y Lizbeth con la sonrisa medio caída recuerda la pesadilla de aquella noche en El Palmito pero asiente sin saber que días más tarde en el patio de la central de camiones, su corazón pegará tamaños brincos mientras busca con los ojos llenos de rímel a una persona que lleve una maletica guinda, use una camisa floreada y traiga el pelo pintado de color caoba, al que no vio hasta sentir la mano en su brazo junto a una voz delgada:

—Niña, pon carita de aburrida. O sea, no hagas preguntas y sígueme.

Horas después, antes de meterse la primera línea de cocaína que un hombre quien dijo le llamara don Chava, o de perdida don Chavita, le impuso como continuación de la fiesta y por supuesto de sus honorarios, antes de bailar con un delgadito señor al que caravaneaban todos festejando los chistes del lic Cossio, la panameña, en un deseo de regresar el tiempo, por lo menos en sus últimas horas, pensó en el trayecto de la estación de autobuses a la finca de las afueras de la ciudad, acompañada del tipo de camisa floreada, quien sin mirarle el escote ni lo largo de las piernas, le dijo que las gentes siem-

pre, siempre, esperan lo mejor, y que si la chica
quería más contratos en Tapachula y en otras partes, debía saber que se ganan con las nalgas y no
con apreturas de niña de papá pudiente…

—Aquí, mijita, se vive con los asegunes en la
boca, asegún lo que hagas, asegún si eres cariñosa,
asegún te tratan y asegún tienes chamba…

y que no lo olvidara…

—O sea, el que paga manda y el que manda
no quiere negativas, que pareso cada uno tiene a su
esposa…

…y que además se estaba pensando en ella
para asuntos de mayor fuerza…

Sin que le mirara las piernas, que cruza en la
suavidad del asiento del auto buscando, como nadie le enseñó pero ha aprendido, las señales capta-
das en los ojos de los que en el Tijuanita le invitan
amareto con agua mineral, tratan de acariciarle los
pechos y que a pujidos acompasados se frotan la
bragueta y le piden que cuando suba a hacer su chou
se quite despacio la ropa, mamacita.

—O sea, doña Lita ya está avisada, así que a
darle, que las oportunidades llegan una vez en la
vida, queridita —bosteza el hombre de la maletica
guinda que para nada ha usado.

Y no le dijo ni su nombre, ni a qué horas se
iba a regresar, dónde iba a dormir, si lo del precio
estaba arreglado con la doña, si debía hacer su número de baile acompañado de la música de Marea
Baja que tanto le aplauden los clientes del Tijuanita,
muy distintos a los señores que la vieron salir del
improvisado vestidor junto a otras tres muchachas,
con las que no pudo hablar ni ponerse de acuerdo,
y pelar la sonrisa total en la cara morena, en sus

ojos brillantes que tanto le alaban en su país, en su nariz chatita y aceptar que el hombre gordo, moreno, con un ancho collar de oro, que después supo se llamaba don Chava, le sopesara los pechos ofreciéndoselos a otro tipo, delgadito y de lentes, mientras echaba de gritos diciendo que a los mangos jóvenes Dios los hizo pa darles de mordidas.

Como las que dolieron en el trazo de su cuerpo y las fue camelando conforme abría los ojos ya entrada la tarde del día siguiente al despertar entre un revoltijo de ropas, de escupitajos secos, de vasos rotos y un par de las chicas que alternaron con ella tumbadas en la misma habitación y las botellas pico al suelo y Lizbeth con el pelo pegado a la cara, la punzadura de los dientes ajenos en la carne machacada en varios sitios, en especial los pezones, la sensación de un mazo contra la cabeza y la tortura del malestar del estómago gruñendo en tripas y flatos que no detuvo porque la hinchazón era de gases que ella echó fuera sin que lo picante del olor molestara a las otras chicas, quienes se cubrieron con las sábanas tratando de volver a agarrar el sueño al que la panameña nunca regresó recorriendo la sala vestida en puras bragas negras, ajenas a su tanga roja, que no encontró en la calurosa habitación tan distinta a como ella la vivió la noche pasada cuando los señores de una alegría discreta pasaron a las apuestas en la bebida, a los abrazos rudos, a los jaloneos, a las exigencias dolorosas de alojar por atrás lo que ella a muy pocos le ha permitido, la molestia de chupar una y otra y otra las pichulas alineadas frente a su cuerpo hincado, y hacer cosas que no la sorprendieron más de lo que hubieran hecho las peticiones cobradas extra con los clientes del Tijuanita, o lo que el patrón don Santos le enseñara en ciudad de Panamá, o don Nico en Tecún como coyote jarioso.

Puros cerotes con el nombre de don, que son los peores, como don Chava, como don Cossio, sin dejar de lado a doña Lita, los carajientos dones.

Qué se iba a espantar por lo que hicieron en la fiesta, pero lo que la puso tan en el suelo de su desazón fue que ninguno de los dones aplaudiera su número de Marea Baja cuando se desplaza como ondina por el escenario y desmaya los ojos bien maquillados, una sirena varada en la playa del Caribe, elevando el pecho hacia la luz del atardecer, nada de eso fue tomado en cuenta, no se fijaran en sus cualidades sobre el escenario, que si bien en esa casa no había, ella lo llevaba por dentro, y al terminar el número mandó al carajo las lágrimas, que andaban buscado su salidera y se dejó ir en el amansamiento de las esnifadas de cocaína que le permitieron meterse una cantidad bárbara de tragos, bailar sobre las mesas, poner las nalgas a la altura de los dientes, meter los dedos donde en susurro alguno de los hombres le pedía, pero sobre todo, tomar bebistrajos de alcoholes incompatibles que ahora le amargan la sed calmada con los restos espesos de una cerveza, con las sobras olorosas de un vaso con líquido oscuro, muy diferente a los amaretos con agua mineral que por alguna razón añora en medio del silencio de una casa rodeada de pasto recién cortado y un apiñamiento de árboles de mango, iguales a la comparación que, al inicio de la noche, de ella hiciera don Chava con el lic Cossio.

Una noche que se pegó a la otra sin que nadie llegara a buscarlas. Entre las tres muchachas, que apenas se dijeron el nombre como si todas estuvieran hartas, prepararon algo de comida. Absortas vieron tele hasta que las luces de un auto se metieron en el sendero bordeado de líneas encaladas de la orilla del camino custodiado de palmeras. Lizbeth vio al don de la maletica bajar y sin más dirigirse a la casa. Sin saludar, sin preguntar, les dijo que a la mañana siguiente, temprano, pasaría por ellas.

—Estén listas desde la ocho.

El trayecto de regreso a la frontera lo hizo untada al asiento del autobús, el sol mañanero picoteando en la selva, lleva los ojos cerrados aunque no duerma porque necesita pensar en el sobre que carga, en lo que va a hacer si se pone lista, sin confiar en nadie y menos en doña Lita, que trae el poder de los que usan el don por delante del nombre, y porque el ruidero de las tripas da giros a la molestia de los gases que la mantienen de guardia.

Con las quemaduras de los dientes en los pechos, que no dejaron de jorobar durante la noche pasada. Una sensación tortuosa corriendo por los pliegues del culo. El cansancio metido en el sabor de las encías. La peste del autobús en el calor que no cesa. Un sobre apretado entre las bragas negras y la falda corta. Lleva sí, la promesa del hombre de camisa floreada y pelo color caoba...

...quien dijo se le llamara don Arte, otra vez el maldito don aparece en escena sin música de Marea Baja...

Lleva sí, la promesa de mandar por ella cuando tuviera otro parti de igual categoría. La propuesta encaminada al dinero extra que puede ganar con la venta de la blanca.

—No te preocupes del dinero de tu actuación, doña Lita va hacer cuentas contigo, cuentas claritas, eh, porque la doña nunca se equivoca, o sea, nunca.

Don Arte dejó a las otras muchachas a la entrada de Tapachula, maneja el auto mirando a la gente que pasa, medio ocultándose de vez en cuando, insiste en...

...la buena impresión que se llevaron los señores...

—La clientela es la base de todo arreglo, porque sin clientela andas como perro sin dueño, o sea, como bicha sin propietario, queridita...

Y ella desconfía de los que se ponen don antes del nombre porque siempre resultan ser los dueños que carajean todo.

...y que este don, nomás por su purita estima, le dejara un sobre con un bonche super divino que ha sacado de la maletica guinda...

—Porque yo tengo una maquinita caladora de almas y tú eres de las que me da buenos pálpitos, o sea...

Lizbeth le mira el estómago ancho, la pulsera de oro, lo nervioso de los movimientos y la punta del peine salida del bolsillo de la camisa floreada.

...que el negocio es el negocio y ya más delante se iría viendo cómo amplían las ganancias y o sea, los clientes...

Éste es un gato de los don que quiere hacerse importante el carajo. Un don chiquito, y los chiquitos son peligrosos porque quieren parecerse a los grandotes.

...que nomás se pusiera buza y no anduviera de reina maga con el polvito...

—Esto es confidencial queridita, si te pones lista vendes un poco, con cuidado, con mucho cuidado, o sea, lo oíste, con muchísimo cuidado que ahora nosotros somos las niñeras de los clientes…

Lizbeth alza los ojos y de un solo golpe mira las calles porque está segura de que las amigas le van a preguntar sobre lo que apenas ha visto, retiene la ventolera de la panza y sopesa el paquetico que el gato de los don le pone en las manos, malasombra le caiga al verga ese, pero le está poniendo una bolita fácil que ella imagina poder batear, qué cinchos si no.

…que el oro molido no se regala a nadie por más amiga que se diga, mejor se vende y nadie de la casa pierde…

Lizbeth no mira las calles, piensa en la revisión que le pueden hacer en El Palmito.

El del pelo caoba parece adivinar el pensamiento, el muy cerote, y dice que de ida a la frontera no se detiene a los autobuses, además ella ya tiene el seguro que él le va a dar si no se pone lebrona, o se mete en enredos chismerosos.

—Ten mucho cuidado con las malas lenguas, uh, esas son peores que las nauyacas…

De refilón ve la construcción de El Palmito quedarse atrás. Lizbeth sabe que ya nada la va a detener hasta cruzar el Satanachia, llegar al Tijuanita, esperar que doña Lita le venga a pagar y ella decirle que todo fue de pelos, que quedó muy bien con los señores y que ya la tienen apalabrada para otros contratos.

La doña, recalcándose lo de doña, no tiene por qué saber lo que el de la camisa floreada le dijo en el auto, menos platicarle lo del paquetico que ocultará entre sus revistas de amor… no, ahí no porque todas las muchachas las leen, mejor donde guarda las imágenes de sus santitos.

—De esto ni una palabra a nadie, ni siquiera a doña Lita, ni siquiera a ella porque la riegas, o sea, y a las que la riegan se las lleva patas de cabra…

…que estuviera atenta a su llamado y que el precio pa los amigos era de doscientos quetzales media cucharita, de ahí harían cuentas…

—Tú te estás llevando diez medias, son diez y no nueve, ni ocho, ni siete, son diez, ¿entiendes? Diez. Yo te fío y tú me cumples. Tú ganas y yo gano, yo, yo, ningún otro yo que no sea yo, o sea.

Ella lo miró a los ojos y supo que o le entraba a ese asunto o se quedaba a vestir santitos en Tecún. Otra vez el cerote gato de los don le ganó el pensamiento:

—Son diez, antes de que te bajes lo cuentas pa que veas que yo no hago chapucerías culeras, tampoco te preocupes, o sea, yo siempre ando dando vueltecitas de supervisión refaccionaria y si me ves que hablo con otras, no te espantes, pos será que a ti no te toca la supervisada.

Pensándolo mejor: lo va a meter debajo de las tablas del piso, que es más seguro. Seguro no existe ningún lugar en Tecún, pero no quiere que esta oportunidad se le esfume aunque tenga que hacerle cariñitos a los señores que se ponen don en todo el mundo. Aunque tenga que soportar a este don de tercera el muy cerote. Este maldito don de basural casi nunca pasa pal otro lado. Cuando la vaya a buscar la va a estar esperando a la salida del paso del armadillo, o del limón, el muy cerote.

—Tú vas a saber que llegué, pero de este lado, de este lado.

…y que él le iba a dar el polvito pa que los ingresos se sumaran, pero también pa que nunca extrañara el mar Caribe…

Ya no le causa sorpresa que el don Caca de Zorrillo también conozca sus sueños. No le extraña que no quiera cruzar a Guatemala. Así son los dones del mundo, puros cagados.

—La blanca te va a poner las olas bien cerquita de tus ojos, queridita, o sea.

La blanca que apretó en las bragas negras, ahora suyas.

Al caminar rumbo al Satanachia y subirse a una lancha jalada por un viejo que apenas le dio las buenas noches, miró al sol brillando en el agua. Habían pasado casi dos días de haber salido rumbo a Tapachula. Se fue acompañada de doña Lita, que ahora no está. Regresa con un encargo que le puede ayudar a poner su propio negocio, en donde sin parar baile Marea Baja.

Lizbeth la panameña fija la vista en el viejo que desde el agua jala la cuerda. Muy poca gente alrededor del paso conocido como del armadillo, de donde despega la balsa. El hombre se ha quitado un sombrero roto, vuelve la cara, la mira, hace un pequeño ademán con la mano, una especie de cruz en el aire, y sonríe como si le diera gusto verla de regreso.

Para Cosme Agundiz, que le digan Calatrava le suena a castañuelas. El sonido de las nueve letras lo lleva a parajes lejanos al Suchiate. Lo de Cosme se le antoja algo que le recuerda al maquillaje femenino, eso el nombre, porque el apellido siempre se lo cambian por Abundiz, o cualquier otro que termine en diz. Y si en todos sitios gusta que le llamen Calatrava, no ve la razón de usar su nombre de pila en los momentos clave, por ejemplo, para identificarse con los tipos que suben al autobús mientras les va ordenando cómo tomar sus lugares, sus obligaciones, y que quien está a cargo del transporte es él.

No sabe o no le importa cuál de los amigos le puso eso de Calatrava, al saber que así le decían le cayó de puro gusto el nombrecito, que después de anunciarlo a cada uno de los que van subiendo al camión, repite la cantaleta sobre los derechos humanos, la posición de México con los indocumentados, y que la repatriación con dignidad es asunto prioritario entre países hermanos.

Sabe que el viaje de hoy, con las variantes de cada caso, tendrá las mismas tonalidades de la rutina. Son tantos viajes que ya ha perdido la cuenta. Él siempre es él, no la gente que transporta. Diferente en cada viaje aunque parezca un grupo repetido en una película igualita. Las mismas actitudes.

La mirada hacia el suelo. El olor tan rancio. Las ropas grises.

Todos los indos son iguales. Hacen lo mismo. Nunca dicen lo que piensan. Pinches indos. Por fortuna para los demás, y claro, para Calatrava, de El Palmito salen ya amansados porque el montonal de horas adentro le pesan al más chido de los chidos, tragando nomás agua, tortillas, frijoles y sardinas de lata.

No es el mismo autobús el que tripula ahora que el de antes, que estaba muy jodidito. Mira el pasillo hacia el fondo mientras siguen subiendo los indocumentados. No sabe si fue coincidencia o no, pero desde que los gringos llegaron le dieron un transporte nuevecito, siempre con el tanque lleno de gasolina, el motor como reloj suizo, con el único pero de los asientos, a los indos les da por arrancar el forro y sacar la borra nomás por chingar, los pinches indos —por favor demuestren su cultura y cuiden las propiedades ajenas, máxime si son bienes de la nación... Las gentes tienen sus maneras de ser, y por más que quiera uno nadie se las puede cambiar. Así son los indos, puros cabrones que no le tienen respeto a nada.

Antes de iniciar el viaje, Calatrava declara con cuidadosa atención y comedimiento los derechos y obligaciones de los viajeros. ¿Qué gana con ponerse altanero, si treinta kilómetros más delante, cuando entren a Guatemala, va a tener que lidiar él solo con ellos? ¿Qué gana con ponerse lebrón desde la salida? ¿Y por qué tiene que viajar solo?, quisiera preguntarle a los gringos, a sabiendas que ellos no escuchan a nadie. Si los carajos indos quieren lo chingan y ni quien respingue.

Varias veces el Burrona, el Moro o cualquiera de los otros agentes migratorios trataron de hacerle entender que en Guatemala, o en El Salvador, o en Honduras, para no hablar de otras partes, una guardia armada de mexicanos, en un transporte también mexicano, era asunto imposible.

—Nomás ponte a pensar lo que pasaría si los gringos mandaran hasta Zacatecas, por decir algo, camiones con guardias tejanos, puta, los jefes y la opinión pública iban a pegar de gritos —le explicaban una y otra vez los migras.

Pero Calatrava, zorruno, con el palillo de dientes jugueteado en los labios, los dejaba callados al decir que si los gringos no podían mandar guardias a territorio mexicano, que alguien fuera lo suficientemente listo pa decirle por qué razón estaban los yanquis metidos y mangoneando en una frontera tan lejos de la suya.

—La frontera de los gringos, pa que me entiendan.

Calatrava tampoco juzgó prudente decir que lo mejor sería que los indos viajaran en camiones centroamericanos, y menos que todos los agentes, que se desviven porque alguien más que ellos les digan comandantes, se culiempinen cuando los pinches gringos ordenan en El Palmito, y no quiso decir eso y más que le encabrona, porque las discusiones entre jefes y subalternos siempre tienen un ganador seguro, y le parece una idiotez darle de patadas al pesebre.

—Una cosa es una cosa y otra cosa es otra cosa.

Cuenta cada uno de los que van subiendo al autobús para ajustar el número al que tiene registrado en las hojas oficiales. Ha leído que en este viaje van tres mujeres. Les busca el rostro, la figura, la mirada.

Él sabe a quién decirle las cosas, no es tan torpe de mencionarlo delante de los gringos o de los rajones como Rogaciano, o al mismo Meléndez, pero eso sí, cuantas veces puede relata a los de confianza que antes el asunto era diferente: él solito llevaba a los indocumentados hasta El Salvador. Ninguno era capaz de echarle bronca, como si estuvieran enterados de que él nomás es un chofer y no quiere meterse en ninguna clase de líos.

—De veras, a veces ni se oía la voz de los muy carajos, se iban a los puros murmullos y así todo el viaje, puta, pero desde que llegaron los gringos como que el demonio vino a meter la cola.

Calatrava los trepaba en El Palmito, pasaban la frontera, ponía el morro para el sur cruzando Guatemala hasta llegar a Ahuachapán que ya es El Salvador, y ahí los indos se bajaban tan tranquilitos, como corderitos los carajos, y buenas tardes los pastores.

Entonces Calatrava agarraba el regreso despacio, gozando el paisaje, se detenía en Santa Rosa, o en Sacatepequez a comer carne a las brasas acompañada de chuchitos de pollo que en Guatemala los hacen muy buenos, sin contar que andando en territorio chapín se siente más a gusto que en país guanaco. Lindo es ir por la carretera viendo a qué muchachita darle aventón, con la frescura del aire en el cuerpo, y así hasta llegar a Tapachula, descansado, bien comido y a veces bien cogido que las cachuquitas son querendonas, bien chido, con algunos guaros entre pecho y espalda.

—No muchos, porque luego los jefes le huelen a uno el resolle a trago y pa qué quieres.

Porque Calatrava no olvida que cuando entró a trabajar a migración, la primera sorpresa que le hizo pelar los ojos fue cuando vio que los agentes mexicanos tenían el don de identificar a los indocumentados nomás de olfatearles el aliento.

—Díganme cómo le hacen, jíjole, eso de agarrar indos nomás por el puro olor del aliento, es como de magos.

Y regresa a platicar de sus primeros tiempos cuando los viajes eran puro placer, y después, si le tocaba ir hasta El Salvador, de regreso se iba echando sus tragos y sus chamacas, y ya bañadito y todo, a dar el parte de sin novedad, así, a la pura palabra, aunque luego llenara unas hojitas que se las sabía de memoria.

Pero llegaron los gringos y el asunto cambió: desde otro autobús más chido, hasta los reportes con el montonal de preguntas y la tensión que se notaba en El Palmito o en las oficinas de Tapachula.

—Los pinches gringos no conocen el valor de los moditos pa hacerse entender, y cómo lo van a saber si los pinches gringos ni siquiera entienden a las gentes.

Luego lo clavaban horas en el escritorio, poniéndole un montón de fotos de los indos quesque para que identificara a los cabecillas de los polleros.

—Cuáles cabecillas, si todos son iguales los pinches indos, cualquier verga la hace de pollero.

Y llegó un momento en que a los gringos como que de alguna parte les dieron alas, porque se volvieron jetones y retobosos de a madres.

—Si antes eran tan tranquilos, o sería la coincidencia, no sé, vaya a saber lo qué sucedió.

Y luego con eso del nombrecito, indos, indios, son iguales todos los carajos. Iguales a esos que van saliendo de El Palmito. En fila de uno por uno. Ojerosos. Oliendo a perro sarnoso. Y él los va contando parado en la carretera, a la puerta del autobús amarillo, sin letreros.

Calatrava recibe la lista. Hace un nuevo recuento. Firma los papeles y se trepa al autobús limpio, sin ningún letrero que identifique a un vehículo oficial que transporta inmigrantes de regreso a la frontera, manejado por Cosme Agundiz, Calatrava, buen amigo de todos porque no quiere agarrar broncas ajenas. Si lo que vale son los moditos, porque una cosa es una cosa y otra cosa es otra cosa. Su camión llenito de indocumentados que son deportados por no cumplir con las leyes migratorias de México. Sí señor, y Calatrava acata las ordenanzas de los altos jefes y se mete al espacio del conductor, cierra las rejas que lo separan de los pasajeros, coloca el candado a la barra protectora, prende el motor, lo calienta unos segundos y pone proa al sur, a los treinta kilómetros que median de El Palmito con Ciudad Hidalgo, México.

—Por favor, sean cuidadosos con las propiedades federales —y silba, atento a la carretera, sintiendo lo bonito que es manejar un buen vehículo.

Después cruza el puente sobre el Suchiate, construcción nueva, acabadito de inaugurar por los presidentes de los dos países, les dice a los indos mientras pasa sobre el puente viendo las balsas ir y venir por la corriente de un lado a otro de la frontera.

—¿Pa qué ponen garitas aquí, chingao, si nadie las usa? —mezcla la voz baja con el sonido de sus silbidos salseros.

Tiene que cumplir con los trámites y se detiene en la garita con los agentes migratorios guatemaltecos. Bromea con ellos. Le firman los papeles y bamboleante pasa por las calles de Tecún Umán luciendo un autobús nuevecito.

—Pa que los cachucos carajos estos vean que las cosas que parecen igual a veces son diferentes.

Y a darle rumbo al sur, hasta la frontera con El Salvador, que mientras más rápido llegue más pronto se regresa, dejando de lado lo que antes siempre se preguntaba: ¿Por qué carachos un camión mexicano, con un chofer mexicano como yo, tiene que meterse a Centroamérica a dejar cabrones indos que no sean guatemaltecos? A ver, ¿quién le puede explicar eso, no sólo a él, sino a cualquier hijo de vecino, a cualquiera?

Para Calatrava desde hace rato las preguntas dejaron de tener respuesta, sale de Tecún silbando una guaracha que trata de acallar lo que sin saber la razón presiente. Baja de tono del silbido cuando el rumor se escucha clarito, se hace más intenso al dejar atrás el pueblo. Tecún se ha quedado del otro lado de las plastas vegetales. Los verdes del campo y las muy pocas casuchas se plantan junto a la carretera. El calor parece subir dentro del autobús aunque lleve todas las ventanas abiertas. Nunca le han dado un camión con clima, pero este es nuevo y camina con buen ritmo, como el de la guaracha que silba sin que se trasluzca la preocupación, porque eso sería demostrar miedo y los moditos valen más que cualquier cosa; silba sin decir palabra aunque las voces de atrás suban de tono, casquen frases y leperadas dichas a ningún destinatario y Calatrava las va cachando como mala cruda después de una noche en el Ranchito, a donde le gusta ir porque el cabaret está en México y él prefiere no tener broncas en otro país con algún desgraciado indo que traiga la muina entripada y quiera amansarla con alguien que lo único que hace es manejar el autobús que reparte indos hasta su mera tierra. Bueno, no es el país de todos, pero bajándose en El Salvador cada quien agarra pa su lado, aunque él sabe, y todos saben, que la mayoría de los indos a la menor oportunidad, que puede ser al día siguiente, agarran de regreso pal norte, pa México pues.

Y ora —mirando por el espejo retrovisor se oye su voz sobre su silbido— los indos siempre echan sus puyitas, andan con sus pinches rumorcitos latosos, eso ya lo sabe, pero ora ¿por qué están tan nerviosos, qué mosca les habrá picado? Con la pura mirada recorre el enrejado que lo puede proteger de los golpes y hasta del filo de los puñales, pero no del balazo de una cuarenta y cinco o del tronido de una chimba recortada, de todo son capaces de traer estos carajos, y aunque se supone que los indos no pueden traer armas si fueron revisados al salir de El Palmito y otra vez al pasar la garita de Tecún, nunca falta un listo que a trasmano les haga llegar la fusca o hasta la escopeta recortada; cualquiera trae una en Tecún, que es pueblo donde pululan puros carajos igualitos de maloras a los indos que ahora gritan exigiendo que el autobús se detenga o le van a romper toda su puta madre al verga conductor ese que no sirve ni pa maldita la cosa. Calatrava se acuerda de sus recetas al aplicarlas en los moditos y trata de calmarlos diciendo que él sólo cumple órdenes.

—Yo soy un trabajador igual a ustedes, entiéndanme mis cuates, ¿qué quieren que haga?

—Que te pares, cabrón.

—Nomás llegamos a Ahuachapán y me paro.

—Ni madres, cerote, te paras orita o te rajamos la madre.

—Yo cumplo con mi trabajo.

—Pus por eso, cerote, tú párate y no la hagas de pedo.

—Qué ganan con usar la violencia.

—Párate jijoetu mala madre.

El camión se ha detenido y varias manos tratan de romper el enrejado, lo jalan, lo sacuden, quieren joderlo, pinches indos, quieren cortarle los cojones. Calatrava sabe que no tiene salida y el miedo, más fuerte que su control, comienza a rasguñarle las venas. Algo que nunca antes le había pasado y que en medio del estrépito le zumba: es el miedo entrando con tal rabia y que los indos lleguen a tales extremos. Él sabe que tiene que insistir en que no se pongan así, trata de convencerlos de que abandonen el autobús, carajo, qué ganan con perjudicarme; abre la puerta pero los tipos han olido a la víctima y quieren cazarla a toda costa, y él lo presiente, les mira los ojos y los puños hechos nudo.

Aprieta los dientes. Se protege con los brazos. Toca el claxon. Los gritos y los golpes al enrejado se hacen más violentos. Por afuera la gente mece con rabia el camión y algunas piedras golpean los cristales. Estos pinches indos están como perros del mal. Calatrava se da cuenta de que empieza a rezar pidiendo auxilio al escuchar su propia voz que se detiene en la garganta. Mira a la carretera, algún auto, una persona, alguien que llegue, pero eso es muy difícil, uh, vaya que si es difícil, los caminos guatemaltecos son solitarios como este, como este con el ondular de los vahos del calor subiendo, con la selva metida casi hasta el asfalto monótono, largo hacia adelante que Calatrava ve a brincos porque los indos tratan de volcar el transporte. Y si pasara alguien, ¿quién jijos se va a detener a salvar a un cabrón metido en esta bronca con un montonal de posesos que quieren comerle las tripas?

Entrecierra los ojos, no quiere ver completo el cuadro, la saliva se ha ido, no quiere aceptar que el camión mexicano está a punto de rodar llantas arriba, no quiere verle la cara a los cabrones esos que están por romper los hierros y le van a rajar el alma. Maldita sea, ¿a dónde van a quedar los huesos de un oaxaqueño que se quiso aquerenciar en la frontera? ¿Por qué piensa en el lugar dónde nació? La jaula está a punto de ceder, siente el aliento de los que gritan, ese mismo aliento que los descubre ante la nariz de los migras, cuando unas voces agudas, fuertes, dan la orden de detenerse. Las voces se sobreponen a los gritos y al calor de la mañana. Calatrava trata de recomponer lo que está sucediendo y sólo escucha las órdenes que no entiende a quién se las dan o de dónde vienen.

El chofer siente disminuir la violencia. Todavía hay algunos que tratan de romper la jaula, pero son menos, eso lo nota, se siente, ahora son menos los que jalan los hierros. Los intentos por sacar al chofer de su asiento siguen, pero con menor fuerza; por lo menos eso supone Calatrava, que sigue sin saber lo que sucede; ahora identifica las voces que gritan las órdenes y dos hombres empiezan a jalar a los otros, apartándolos de la jaula de junto al volante. En medio de la trifulca trata de contestarse las preguntas que le llegan de su voz en silencio sudado: Qué es lo que está pasando. Qué sucede. Contestarse lo que piensa queda de lado ante un gustoso bien venido lo que sea capaz de detener a esos jijos de su sucia madre.

Los ve; entre la confusión primero no capta la diferencia, igual que cuando un rostro aparece y se sabe de su conocencia hasta que a los pocos momentos se distingue de los demás y se identifica. Hay otros hombres. Tienen tatuado el rostro y el cuerpo. Calatrava no llevaba maras en el camión, de eso está seguro, entonces, ¿dónde salieron estos?

Uno, el más alto, el que parece dar las órdenes, lleva cuatro lágrimas, dos en cada mejilla. El otro es más oscuro de piel, de cabellos enmarañados, de manos mugrientas, de uñas muy largas, de mirada penetrante. Tiene dos lágrimas. Gritan para que los indocumentados se detengan. Lo hacen con la voz rugiendo, aullada, silbante, altanera. Jalan con fuerza a los que siguen dentro del autobús. Con los puños golpean a uno de los que no se mueven. Reparten patadas a otro que los mira de frente. Insultan y amenazan a los de abajo, que están con los brazos aún contra el transporte. Nadie opone resistencia. Calatrava ve a otros maras en la carretera, que bravos se mezclan con la gente que apenas hace unos segundos trataba de masticarle los pulmones.

Los de arriba bajan. Todos se reúnen frente al camión mexicano. Frente al chofer mexicano. Están en una carretera guatemalteca. Al sur del sur mexicano. Al norte de Centroamérica. El sol cala en los ojos. Ondula el asfalto. Calatrava por un momento piensa en cerrar las puertas y hacer la maniobra para huir, pero lo estrecho de la carretera no le permite hacerlo de un golpe,

¿y si les echa el camión encima?…

ni madres, puede aplastar al montonal de tipos que se agolpan adelante, y él entonces tendrá
que seguir de frente y de frente no se va a México
sino al sur y en Guatemala no hay Dios que lo salve
si es que siquiera puede llegar al Jobo, porque si les
echa el camión encima lo van a seguir hasta el fin
del mundo que está aquí mismo, aquí se acaba el
puto mundo.

Que los latidos no le descubran el miedo.
Respira hondo. Los indos gritan pero sus movimientos no son eléctricos. Ve a los maras, hablan con la
gente y todos vuelven la cara para mirarlo, Calatrava
es un pez en el estanque, un jaguar en el zoológico,
el mono araña del músico del parque de Tapachula,
un chofer sudado, con la palidez remarcando las
arrugas, secos los labios.

Algunos hombres regresan al autobús.

¿Qué van a hacer?

Suben sin hablar. Sin mirarlo sacan sus objetos. Salen de nuevo. Los maras esperan afuera, ahora no dicen ni una palabra. Como si nada hubiera
sucedido. Por un momento la gente mira al chofer
y después, como si recibieran una orden silenciosa,
corren hacia la selva con los maras de guía.

En medio de sus jadeos y sudores, Calatrava
se sorprende al ver que los indos corren, si no hay
nadie en la carretera, si Tecún está a varios kilómetros y ahí no existe ley, ni hay policías ni agentes,
sólo los soldados niños metidos en su cuartel, y los
soldaditos nunca se meten con la población ni para
bien ni para mal, entonces, ¿por qué corren los indos
si nadie los va a detener? Pero corren como si esa
fuera la razón de su vida, esconderse, como lo ha-

cen entre los arbustos y se pierden en la selva, que igual sigue de silenciosa.

Varias veces aspira tratando de recobrar el ritmo de la respiración. Revisa el enrejado. Todo bien. Intenta silbar otra guaracha, pero no le sale. La carretera, como él, parece adquirir la misma tranquilidad que no se registra en los bombazos del pecho del hombre. ¿Por qué lo defendieron los de la Mara? No lo sabe y en ese momento no intenta comprenderlo. Las sienes le palpitan en medio del sudor, que es intenso. Arranca de nuevo el camión, que responde muy bien con el motor zumbando parejito. Qué buenos los camiones que les llegaron con los gringos y ahora el autobús le estorba. Es el emblema de su soledad. El anuncio amarillo que demuestra su miedo.

¿Qué mosca les habrá picado a los mareros?

Fijándose muy bien hace la maniobra. Se escucha el sonido del motor sobre su respiración. Pone el frente rumbo al norte. Hacia su norte, que es el sur de su país. Avanza despacio, sin que el temblor le impida manejar. Jala aire. Sabe que al llegar a la garita guatemalteca los de migración no le van a preguntar nada, aunque las risitas sean más que maliciosas.

—Cabrones chapines, ya los quisiera ver en mi lugar.

Después hará un alto en Ciudad Hidalgo pa darle de vueltas al asunto, a dejar que el miedo agarre su nerviosidad natural, a comer piguas al mojo de ajo y unas tres cervecitas. Nada más por aquello del olor del aliento. Hará que el tiempito se resbale un poco, un par de horitas para regresar a dar el parte, en donde no dirá todo sino lo que los gringos esperan:

"Los indocumentados, azuzados por elementos que salieron de la floresta, detuvieron el transporte y por medio de amenazas y usando la fuerza, obligaron a este conductor a permitirles abandonar el vehículo que los llevaba hasta la frontera con la hermana República de El Salvador, según las instrucciones recibidas por la autoridad competente…"

Tampoco dirá que al terminar de zamparse las piguas, con el olor a marisco y ajo entre los dientes rascados por un palillo, en la tranquilidad que sólo aparenta porque está seguro de que al rato el asunto se va a saber en toda la frontera y no faltará quien diga que lo vieron tragando piguas, se veía muy sereno el hombre, eso quiere que digan, no que estuvo a punto de cagarse de miedo, y antes de pagar sintió la mirada de alguien meterse en el sabor de las piguas.

Con el dinero en la manos alza la cara y los ve: el par de tipos están parados cerca de la entrada del restaurante. Uno, el más alto, lleva cuatro lágrimas tatuadas, dos en cada mejilla. El otro es más oscuro de piel, de cabellos largos, de manos mugrientas, uñas picudas, de mirada caladora, lleva dos lágrimas en las mejillas.

Los tres se observan, sin hablar se miden.

El chofer no tiene otro remedio que caminar hacia ellos.

Total, está ya en territorio mexicano y es funcionario de migración, chofer, sí, pero es funcionario.

Los otros avanzan despacio.

Los tres sudan bajo el sol que no amansa la brisa del río.

Calatrava quiere decir algo, pero la voz del tipo alto suena antes, habla sin dirigir los ojos hacia un punto determinado, como si le estuviera hablando a su acompañante o al bochorno de la tarde, o al Satanachia que corre por ahí cerquita:

—Ricas que son las piguas.

La voz parece salir de otro lado que no es la boca del tatuado.

—Lástima que los putos difuntitos ya no las pueden gozar los pobrecitos batos.

Cerca los tres, dos de un lado de la calle, Calatrava del otro. Los triciclos circulan furiosos, como si anduvieran agarrando al último pasajero de la vida. El calor raja los trechos de cemento en las aceras rotas.

—Por ai anda un bato que pa la próxima nos debe una.

Cosme Agundiz, oaxaqueño que tiene el montonal de años viviendo en el Soconusco, sabe que está en deuda con los mareros. No sabe por qué le endosaron esa factura, pero está seguro de que la va a tener que pagar. De lo que no está seguro, ni siquiera al cálculo, es del costo que los indos tuvieron que pagar antes de dejarlos libres. Si es que los dejaron ir a todos. Entre los deportados había tres mujeres. Los maras no hacen favores sin cobrarlos y él les debe uno.

Uh, y si no dejaron ir a las tres muchachitas, quién sabe si los indos les deban un favor. Lo más seguro fue que antes de dejarlos ir, si los dejaron, les hayan robado hasta la camisa. Les hayan quitado todo. Igual lo hacen en el tren antes de tirarlos a las vías. Les tumban sus dineros si los agarran en la selva. Pinches maras…

El de las uñas largas acerca el rostro:

—Wísper y Spanky, pa que no se te olvide, bato.

El chofer lo mira sin dejar la vista mucho tiempo en ellos.

—Wisper y Spanky —le repite el tipo.

Los dos tipos caminan rumbo al Satanachia moviendo el vaivén de sus tatuajes. Avanzan con la vista al frente. Las personas se hacen a un lado sin mirarles los ojos. Sus cuerpos se comienzan a hacer parte de los árboles, de los carritos de pasajeros arrastrados por un triciclo. Se confunden con el olor del pueblo. Las casuchas y los perros van ocultando a los que dijeron llamarse Spanky y Wisper, pero Calatrava aún trae en los ojos las figuras tatuadas y la voz garruda entre las guarachas que no silba. Las lágrimas, cuatro en uno, dos en el otro, él sabe lo que representan. Huele a marisco y ajo. Acepta que les debe una y que tarde o temprano va tener que pagarla.

Se trepa al camión y toma rumbo al norte. Sin prisa va por la carretera sabiendo que unos kilómetros más delante tendrá que llegar a El Palmito a llenar el pinche cuestionario que tanto le gusta a los gringos, porque desde que llegaron las cosas son de otra manera, muy diferentes a como estaban antes.

Ya no es lo mismo manejar el autobús echando tipo con las catrachas que son tan gozosas y además sabiendo que los pinches indos viajaban muy modositos y sin remilgos de nada. Ahora ya no, ahora tiene que pensar bien en eso de andar piloteando solo como dedo en las carreteras fuera de su país.

La Mara carga secretos que nadie debe averiguar y él tiene con ellos una deuda. Spanky y Wisper, repite los nombres. ¿Pa qué acordarse de los nombres? Y quiere dejarlos de lado, pero nadie es capaz de quitarle los moditos a la mente, que cuando no quiere pensar en algo es porque lo está pensando.

Él debe pensar en el sueldo, eso es, el sueldo y las buscas, pero la salud es más importante. No hay lote en el camposanto que sea mejor que una paga, por más buena que sea. Tiene que pensar en eso.

Y recuerda los golpes enrabiados en el enrejado, y los gritos que demostraban una ira terrible, las ganas de romperlo a pedazos. Carajo, como si él tuviera la culpa de que los montones de gente a todas horas a güevo se quieran meter a México, andar de cábulas en la frontera buscando una manera de largarse a los Estados Unidos, y ni lo hacen, se quedan a ganar lana o a andar de vagos en la frontera, que al fin si los regresan, al día siguiente ya están dado lata junto al río.

—Una cosa es una cosa y otra cosa es otra cosa.

Los gringos leen el parte, lo hacen tomándose su tiempo. Cotejando cada línea. Anotan y consultan sus papeles que cargan para todos lados como si fuera una Biblia.

Los vergas gringos esos nunca dicen palabra.

¿Siquiera sabrán cómo se cocina la vida en la frontera?

¿Lo que piensa esa gente?

¿Él, por ejemplo?

¿Los agentes como el Burrona y sus cuates que les fascina que les digan comandantes?

Ni madres.

Los gringos nomás se quedan mirando, lo mismo que si no entendieran y nada les importara más allá de echar patrás a los indos que no sean guatemaltecos, aunque todos sepan, también los pinches gringos, que al día siguiente ya estén de regreso,

> los muy carajos de los indos,
> los muy carajos de los maras,
> los muy carajos de los gringos.

Así es, señores y jóvenes amigos, han llegado ustedes al lugar más famoso entre los famosos.

Tienen la dicha de estar bajo las marquesinas que alumbran el universo del amor al que todos aspiramos gozar eternamente.

Ustedes han penetrado al templo del erotismo, donde medio centenar de beldades han preparado con paciente minuciosidad cada una de sus armas amorosas para hacerles pasar horas que serán inolvidables.

Penetren al meollo de la gruta del placer del Soconusco, de la gran Guatemala y de todo Centro América.

Vayan entrando. Distribúyanse en las mesas repartidas de tal manera que desde cualquier ángulo puedan disfrutar de las dulzuras y deleites que la noche obsequia en este su centro nocturno, gloria y prez de la franja fronteriza desde la selva hasta las olas del mar.

Pasen al interior. Dejen que su espíritu se envuelva en las mieles del sublime deleite.

(Pero antes, en un acto de honestidad nunca repetido fuera de este sitio, creemos que es nuestra obligación advertir que de las cincuenta exóticas perlas que con pompa y boato enorgullecen nuestro local, ninguna es mexicana, y escuchen el porqué: esas potrancas son matreras y levantiscas, esta es la razón por la cual en este, su centro de diversión únicamente se les da cabida a los esplendores que tengan etiqueta del sur.)

Pero sigamos, pongan atención en la calidad suprema de los objetos del deseo, por ejemplo, admiren sin recato a aquel grupo de catrachitas cuyos traseros erguidos y sus bocas palpitantes harán aullar de placer a los más circunspectos.

Noten la guapura en esas gráciles chapincitas que con orgullo pasean su color café asoleado y su majestad selvática.

Admiren a estas guanaquitas pícaras derramando generosas las mieles de su embeleso.

Disfruten del panorama que nos regalan otras hermosuras que en menor cantidad, pero no de menos jerarquía, nos llegan de otros países hermanos.

Recorran el palmito de aquellas super nicaragüenses rompe brasieres.

Camelen a las colombianas temperamentales, tan apreciadas por ustedes que en mucho valoran también a las panameñas jolgoriosas que le atizan a la tumbadora de la vida como si fuera carnaval, o a las ticas, por cuyas venas corre el fuego del trópico selvático, emblema y jactancia de la patria hermana que las vio nacer.

Sí mis amigos, de muchos países del sur provienen las odaliscas reclamadas por nuestros visitantes, que constituyen la columna vertebral de esta región del mundo.

Nosotros jamás negamos el servicio, ni siquiera en fechas tan especiales como Navidad, año nuevo, día de las madres y las fiestas patrias, en que nuestro chou se convierte en un homenaje a la tierra que nos ha visto nacer.

Cincuenta deleitosas odaliscas dispuestas a remover las escondidas pasiones porque tienen dispuesto su tiempo y su espíritu para entregárselos a cada uno de los que posean la gracia de estar en este paraíso donde sus bellísimas mujeres jamás serán parte del mobiliario, porque nuestra política es el permanente cambio para que nuestra clientela jamás se agüite con los mismos rostros, por más hermosos que sean.

Ustedes, aquí, podrán admirar a medio centenar de espectaculares demostraciones artísticas y, en vivo y a toda pasión, ver lo ebúrneo de sus perfiles mientras ellas, con habilidad propia de su temperamento, dan cabida en cada centímetro de su cuerpo al ritmo de la música de moda.

Cada una de las cincuenta muñecas danzarán acompañadas de la musicalidad de las notas del sistema de sonido que abarca cada rincón hasta los oídos de nuestra clientela admiradora de las figuras del momento: un Juanga cimbrante, un romántico Arjona, un Maná ultramoderno, o al grupo de Jaguares, artistas que por medio de las maravillas de la técnica musical se dan cita en este su sitio de moda, dentro de un variado caleidoscopio de estos y otros intérpretes que hoy por hoy acompañan al ramillete de nuestras linduras.

Sí, estas preciosas muchachas llevan en sus venas la pasión por el arte. No fingen ni se asustan de mostrar lo que el supremo hacedor les ha obsequiado en demasía y que sobre la pasarela dignifican, porque la belleza es don sin paralelo.

En este lugar se les da preferencia a las vestales que sólo sirven al placer. Bellas damiselas, sí. (Que al contrario de las mexicanas, no pretenden hacer valer sus desfasados reclamos ante autoridades laborales que, desconfiadas, pudieran minar la conducta alegre de quienes sólo tienen en mente la idea de ser sacerdotisas de su infinito alborozo.)

(Estas nuestras niñas jamás se atreverán a decir en público el número exacto de sus añitos, pero a voz encubierta se les da a ustedes la seguridad de que esa pequeña que algún visitante afortunado pueda tener entre sus brazos, hace unas semanas festinaba la posibilidad de su primera visita mensual y que su obvia falta de experiencia será suplida con el alborozo de los encantos que de manera natural poseen, y que están reservados para todos aquellos que aquí lleguen, porque cada quién es dueño de su destino, y por lo tanto sabedor del lugar que en el casillero del placer tiene la tabla de los valores del deleite.)

(Con discreción, y por supuesto que fuera de los salones de este su centro preferido, ofrecemos deleites sin límites para aquellos que busquen la ternura que regala la edad de querubines sin siquiera vello.)

Cerveza bien fría, del país, o si se prefiere, de marcas extranjeras. Rones de Guatemala, de Nicaragua y de El Salvador. Brandys y tequila. Guaro de toda clase. Se cuenta también con bebidas especiales para el consumo de nuestras damiselas.

Todo esto amén de la música continua para que a su compás ustedes se deslicen por la pista acompañados de las huríes que son los fuegos fatuos de la casa.

Tampoco faltarán las continuas sorpresas, como la que ustedes podrán tener si alguna de nuestras princesas acepta entregar su voluptuosidad en los reservados que exprofeso tenemos en la parte posterior de nuestras instalaciones, o del baile señero que pueden realizar sobre la mesa que usted ocupa, en un acto que podemos calificar como de personal deleite.

O bien, como parte sustancial de la fiesta, cualquiera que cuente con quetzales extras, con pesos de más o unos dólares inactivos, pues aquí se aceptan las tres monedas, puede tener la dicha de gozar, en sitios adecuados y sin miradas acechantes, las más íntimas caricias de estas niñas. (Que apenas ayer llegaron de sus países con la carita asustada, los pechos planos, los piojos entre el cabello, las caderas sin curvas y miren ustedes, observen los milagros que se realizan, ya que ahora estas mismas niñas son parte consustancial de este admirado sitio.)

Antes de despedirnos, es necesario recordar que dada nuestra experiencia se tienen previstas toda clase de contingencias y caprichos. Tenemos servicios plus y extra plus. Diversas modalidades para llegar a la cima del embeleso. Fotos, videos y estímulos varios.

Y es más: si alguien de nuestra selecta clientela requiere de beneficios extramuros, la chica señalada podrá salir del local y presentarse en el sitio que el cliente ordene, ya sea hotel, residencia o salón, pues cada una de las niñas cuenta con el permiso necesario para no tener sobresaltos con las autoridades migratorias.

Por último, debemos informar que en un esfuerzo de modernidad y gracias a la tecnología de los sistemas de radiofonía celular, consultando los anuncios en los diarios de la región encontrarán las inserciones donde aparecen muy claramente los números respectivos para que, por medio de una discreta llamada a un teléfono móvil, que es anónimo para resguardar las identidades que así lo crean conveniente, alguna de nuestras joyas acudirá a su llamado. (Que en este caso, y dadas las condiciones sui generis, está sujeto a tarifas especiales a cambio de que ninguna reglamentación existirá si alguno de ustedes desea refocilarse con cuerpitos apenas destetados, sin importar el sexo del o de la complaciente.)

(Con la discreción debida, podemos asegurar que aquí es paraíso abierto: las estorbosas leyes migratorias y si las coptadoras reglas moralinas no tienen cabida en nuestros servicios, usted podrá disfrutar a su antojo de sus caprichos o deseos.)

Así que, amigos, pasen adelante.

Esta noche, como todas las noches del año, estamos a su disposición. Por ello nos vestiremos de gala, echaremos la casa por la ventana levantando la copa de las ilusiones cumplimentadas.

Baila el río con la brisa.

Ondea el perfil de los matorrales.

Alivia apenas el sudor en las cervecerías ruidosas de la ribera.

Mueve los débiles brillos de los focos en las calles de los dos pueblos.

Arroja flores y hojas al agua.

Mueve los árboles de ambos lados, que son tan iguales y a su vez resaltan en cada orilla. La del sur, los sauces de ramas hacia el suelo. La del norte, las palmas reales de hojas asoleadas.

El aire riza el agua. Cubre y descubre sus minúsculas islas.

Los brillos de la corriente reflejan los puentes grandes que cruzan el Suchiate, se llama así, el Suchiate, y no como le han puesto los que en su corriente pescan malas consejas. Suchiate, y no como le dicen esos hijos de la pudrición de los peces. Los que no respetan a las niñas y dejan en la soledad a los viejos.

Añorve es del río.

Es él quien lo ama sabiéndolo propio.

Lo ha cruzado miles de veces desde que llegó con su padre, y por eso conoce sus tardes tranquilas, sus malos humores, las inundaciones y los meses de aguas flacas. El río no lleva el hierro de ningún patrón, y no hay quien pueda apropiárselo aunque muchos así lo deseen, sobre todo un alguien.

Añorve está aquí desde que las balsas se armaban con llantas de autobús, mucho más chicas que las de ahora, y no existían estos puentes tan grandes y que poco usa la gente de la frontera en su diario ir y venir: los utilizan quienes tienen auto, o manejan transportes de carga, autobuses que regresan indocumentados o turistas que se atreven a recorrer las desoladas carreteras guatemaltecas, las tramposas rutas mexicanas.

Tata Añorve está aquí desde antes que llegaran las turbonadas de gente buscando el norte del norte. Antes aún de que las guerras en el sur expulsaran a miles cuyo único fin era salvar la vida sin pensar en ir hasta el otro extremo de México porque el norte no era búsqueda de vida cinematográfica o de programas televisivos, sino simple escape de los asesinatos y los secuestros nocturnos.

Desde la altura de los puentes se ven las balsas iguales a la de Añorve, salpican el agua, desprecian esas construcciones que se destiñen inútiles en el paisaje. Añorve sabe que los puentes fueron hechos para otros seres, ajenos a los que usan balsas como la de él.

No puede ni quiere buscar otro trabajo diferente al que le dejó su papá. El tiempo le ha dado el conocimiento de cómo acercarse a las orillas para conseguir clientela. De cómo caminar siguiendo el ritmo del agua o nadar cuando la corriente brava quiere ganar espacios. Ha aprendido a usar piedras, sacos llenos de arena, tablones enlamados, bordear los deslices del río trabajados con la arcilla del cauce para buscarle las comodidades a los pasos por donde la gente aborda las balsas. Él es él y no uno más de los cientos de balseros que cruzan el Suchiate en un trajín que desconoce festividades, días de guardar y reuniones funerarias.

El río no cesa y la gente a su alrededor suma las mismas horas de su corriente. El Suchiate es el calor, los peces, las aves, los pueblos frente a frente y las balsas iguales atadas a hombres semidesnudos jalándolas sin detenerse nunca. De hombres iguales para los ojos de los torpes, porque los forasteros no saben que cada nave tiene la huella de quien la usa: hoy mexicano, mañana guatemalteco. Navíos que como el paso del agua jamás duermen la siesta cruzando vidas. Transportando objetos. Un sinfín de vidas. Toda una abundancia de objetos.

Añorve sabe que de aquí sólo podrá huir si su niña se lo lleva de la mano. Entre ola y ola, entre cuerda y cuerda, entre paso y paso, busca los ojos del que sabe le arrebató la voz de ella. Lo hace cada día cuando le toca bogar, y lo hace también durante el otro: el que usa para esperar en la orilla viendo a las barcas meterse al agua sin jamás tratar de identificar la que será suya al día siguiente. Entonces mira y espera sin que el ardor se le escape del cuerpo.

En el Suchiate todos miran.

Espera y la corriente del agua no disminuye el traquetear que le punza, ni las horas en el trabajo lo tranquilizan; nada siente cuando los paisanos y los de enfrente le dan el pésame diciendo que la vida tiene sus precios y que no debe perder dos existencias cuando no tiene más que una si la niña ya no cuenta.

Decidió vivir lejos de su antigua casa para no pisar de nuevo el suelo donde vio el cuerpo de su hija tumbado y los ojos buscando el recoveco que los alejara del miedo. La paz no le llega ni siquiera en las horas en que regresa y se esconde en su casa lejos del pueblo, la que ahora habita, solo, sin ruidos callejeros, sin el olor de la gente, con la selva bordeando la construcción de carrizos, a donde estará hasta que la niña lo tome de la mano sintiendo la suya perderse en lo delgadito de los dedos, en los suavecito de la piel de Anamar.

No puede quedarse todo el tiempo en la lejanía de su casa y huir de las aguas, porque esas son sus únicas propiedades en el mundo de acá abajo y en el de las nubes. No puede porque no quiere abandonar la orilla ni siquiera cuando a los chapines les toca la jornada de trabajo.

En su casa de carrizos las voces que lo desvelan le mantienen el odio. Pero no puede quedarse ahí sin salir porque en la orilla del río se suceden los palpitares que le exigen vengar la risa de la niña y su presencia. Pero no quiere que ese odio se le escape del alma. El temor y el odio que sintió al ver el cuerpo de Anamar y descubrir el terror de la niña antes de salir del mundo.

No existe ser humano a quien se le pueda negar el último segundo sin paz, y a ella se lo negaron.

El pánico es peor que la muerte misma, y ella lo tuvo.

Y la muerte no se acaba, continúa en el dolor de los que se quedan.

Como Añorve en la orilla del río.

Como Añorve en su casa de carrizos.

Los guatemaltecos también le regalaron los consejos y las palmadas de alivio que en nada le quitan la ronquera del alma.

El río silba, le dice secretos, lo aconseja, lo regaña, le pide calma para recuperar las fuerzas, lo insta a soñar para seguir pensando, para seguir buscando a los culpables.

Añorve trabaja con el agua a la cintura, imagina playas de otros cauces donde los recorridos nada tengan que ver con la gente que pasa de un lado al otro. A él nada le importa si los tipos de mirar apresurado, sombrero de fieltro y botas norteñas, cruzan con oscuros envoltorios bajo los ramos de flores. Ni que los hombres de cabello corto, de ropas apretadas, de botas sin adornos, apenas cubran las armas enredadas entre las verduras. Tampoco hace gestos cuando los jovencitos de risa tímida llevan más allá de la orilla los paquetitos que él sabe contienen la cocaína que tanto cala en la ambición de la gente.

No quiere ver dónde descargan las armas, ni la droga. No desea imaginarse, porque los siente parte de su tragedia, ni quiere suponer dónde se pudre el muerterío de ilusos que vienen del sur, después de ser hallados en las orillas de los canales de riego o en las apreturas de los árboles.

Lo que a él le interesa son los vivos, aunque estén cojos porque perdieron la pierna bajo las ruedas del tren. Los mancos que vieron desaparecer su brazo en la tarascada del ferrocarril. Los que han sido castrados en la selva. Las mujeres violadas. Los hombres robados. Esos son a quienes puede unir a su causa. Quiere saber de cada uno de los cientos que siguen caminando como fantasmas por la ribera del río, viviendo en las casuchas de las afueras de los pueblos, arrastrándose por las limosnas.

Él quiere estar cerca de esos cientos que viven y tienen algo que cobrarle a la Mara. Esos son los que le interesan. Los que podrán unirse a él. Cómo decirle a los ilusos que no se atrevan a subir en los camiones contratados por los polleros. De qué forma contarles del calor que arrasa con el aire en los espacios tan castigados por los cuerpos uno sobre otro. Gritarles a los tontos que nunca se dejen llevar a pie por los senderos de la madreselva que no tiene hijos y se los cobra a los que sin malicia se meten en sus dominios.

A esos quiere decirles lo que la manigua tiene en sus celadas.

Para los otros, para los canallas, no tiene consejas ni ternura. No se conmueve con los alijos de pastillas, ni tampoco mira los billetes pasar de mano a bolsillo. Mal paridas cargas que le mantienen lo torcido del gesto.

Sabe que existen seres que, como a él, no se les quita el sabor a podrido terco en los dientes, que ya no se limpia ni en los días en que le toca estar libre. Que el crujir de la tristeza nunca se vaya de sus venas, porque eso lo mantiene con los párpados sin respiro.

Busca con los ojos los ojos de ese otro al que le ha soñado el rostro que es igual al de los otros, los que odia y deben pagar por sus crímenes. La historia que existe bajo una de las lágrimas muertas de ese mismo semblante que él, con los ojos abiertos, mira en cada detalle. Añorve busca a uno igual a los otros y a los otros que son iguales. Por eso recorre las orillas, de ida por el sur y de regreso por el norte, desde los puentes hasta más allá de la selva, de la apretura de los árboles hasta el floreadero de embarcaciones. Busca a uno que ostente los tatuajes en el cuerpo, pero odia también al resto.

Se detiene en los otros cruces del río: va del Paso del Coyote hasta el Paso del Rastro. También observa el suyo, el Paso del Armadillo, el que usa siempre. El que su padre le enseñó que usara. Este es, el del Armadillo, ninguno de los otros aunque atento por ahí descanse, en el del Coyote o del Limón, donde rasca la tierra recordando a un árbol chiquito que daba miles de frutos ácidos y del que ahora sólo queda el recuerdo y el nombre.

Medio duerme la siesta bajo los árboles cercanos a su Paso porque ahí le gana la querencia y desde ese sitio los olores y los descubrimientos se enroscan en su adentro y nada hace sospechar a los tatuados siempre vigilantes, prestos a huir o a matar. Medio duerme la siesta sin perder de vista a los cientos de viajantes que al pisar este lado del río suspiran pateando el suelo para aceptar que han llegado a la realidad del norte.

Para qué prevenir a esos ilusos cuando Añorve aún no tiene la necesaria fuerza en su garganta. Pero llegará el momento de decirles algo. De atraer uno a uno a los que llegan soñando. De inyectarles la rabia que ellos mismos desde el sur cargan.

Que cuando se topen con lo que existe sepan que hay otros, como tata, que también mascullan sus rencores. Tiene que hacerles entender que el norte no existe porque el norte está donde todo es sur.

Sabe que, a la larga, cada uno de esos que ahora él no previene serán parte suya, y que no los previene porque es inútil hasta que los migrantes aprendan el dolor en su propia carne, y que Añorve posea la fuerza necesaria para destruir todo aquello que se parezca al espíritu maligno que se llevó a su niña.

Unirá a los dolientes cuando el balsero sienta el fuego de la energía para cobrar el precio del rescate que es el alma de quien se robó la ajena; porque el alma, la de cada uno de los malvados, no importa que esté podrida, es el precio que tienen que liquidar para que la niña y Añorve puedan irse en paz y bogando por el río.

Como boga por las amaneceres.

Olfatea la ribera en las horas del sol ardido.

Piensa en la soledad de su casa rodeado de carrizos.

Con las cuerdas atadas a la cintura camina sobre los islotes de arena suave.

Se sienta sobre las raíces de los árboles.

Escucha las historias.

Aprende las maneras que tienen los tatuados de actuar.

Espía los escondrijos cercanos a la estación.

Les da estrategia a los ruidos.

Cuenta los sonidos de los balazos en la oscuridad. Los pitidos del tren que llegan nítidos desde lo que alguna vez fuera una estación.

Despierta los oídos ante las quejas de los que no han podido ir hacia el norte y viven esperando que algo cambie su destino.

Aspira los olores mezclados.

Lame las gotas de lluvia.

Mete los ojos entre las luces de las dos orillas.

Entre lo enmarañado de la selva.

En los desniveles de la ribera.

Mira los cuerpos que se deslizan rumbo a la estación del tren.

Descubre a las jovencitas que van a trabajar entre los ruideros del baile.

Las ve regresar con la suciedad en la ropa.

Intuye la angustia entre los hombres que afloran del cauce y congestionan las orillas, que esperan en las hamacas, que beben en las cantinas, que buscan cómo pasar sin ser vistos.

Quienes pagan lo que sea por los documentos que les den una nueva identidad.

Que pululan por las orillas con los ojos puestos en cualquier cosa que brille.

Los tropeles que llegan del sur.

Quienes suspiran en los cuartos de los hoteles.

Los que deshacen el tiempo dentro de los burdeles.

Los que en el suelo duermen en las estaciones migratorias.

En los centros de acogida.

Los que viven en el parque.

Los que lloran por regresar a su país.

Los que aguardan el sonido del silbato del tren.

Los que huyen de los tatuados.

Los que odian a los mareros.

Muchos de todos esos gritarán su mismo furor cuando llegue el momento de cobrarle a los asesinos su cuota de rabia.

Añorve, sin hablar, descubre todo lo que creía conocido y ahora le resulta ajeno. Aprende. Sabe que en las orillas del río y en las veredas de la selva se reúnen los tatuados. Que suman cientos, quizá miles. La manera que tienen para hacerse parte de las sombras cuando se trepan al tren. Conoce el nombre de sus contactos. Los escondrijos donde asaltan y asesinan a los que quieren ir al norte. Por qué sitios caminan en las noches. Va descubriendo los hilos que los cubren, al tiempo de conocer a otros que, como él, también los odian. Como aquel al que asesinaron no a una hija, pero sí a su hermano. O violaron, no a su hermana, pero sí a su madre. Aquel al que le quitaron los ahorros de su vida. Esa que le cortaron los pechos. Son tantos como él. Tantos como su tristeza. Que ellos como él esperan.

Ha descubierto que en las orillas del Suchiate no existe nadie que no espere.

Que todos siempre esperan como él bajo la brisa.

Metido en el agua.

Tumbado bajo el techo de su casa lejana al pueblo.

Que del estómago no se le quita un chilladero de aves nocheras.

Bajo la brisa que lo desvela.

Con la misma lentitud que causa murmullos de azoro entre sus pacientes, Ximenus Fidalgo se levanta de su asiento. Las luces indirectas dan tonos móviles a las tinturas de su rostro. Escucha el run run del clima artificial que se desvanece en el aire del consultorio vibrante de murmullos, rezos y cantos que salen de los Cristos de la pared.

Ximenus acaricia los crucifijos del escritorio. De entre el silencio nochero de Ciudad Hidalgo se cuelan los ruidos del tren que ya ha partido de la estación, metiendo sus herrajes a la selva.

En la altura de su figura cierra lo ojos para ver a la gente corriendo para alcanzar al convoy, subirse a los vagones y viajar aferrada a los nichos hollinosos.

Sigue el trazo del camino sabiendo lo que va a suceder.

Deja atrás al ferrocarril, adelanta la imagen. Planea sobre lo apretado de la selva. Va de un sitio a otro. Se cuela entre los surcos de plátano, entre hondonadas, nidos de araña, madrigueras de tlacuaches, enormes árboles. Se detiene en el lugar exacto donde poner los ojos.

Espera, ya sabe que los vehículos se han detenido y los hombres, después de bajarse, se internan en la selva hacia el punto que Ximenus ha determinado. Los agentes migratorios mexicanos caminan alumbrándose con las linternas de mano. Los flechazos de las luces de las linternas van descubriendo nubes de insectos, el trazo de las raíces de los árboles, lo apretado de la maleza y los puntos donde los agentes de migración se ocultan entre los árboles de mango, los enramados espinosos.

Los ojos de Ximenus penetran la oscuridad, se acercan a las vías desoladas, lejos de las luces de los mexicanos. Se detienen. Allá, del otro lado de la vía, está la Mara Salvatrucha, puede ver las calaveras, la serpiente bífida, la cruz gamada, el rostro de la Virgen María y las letras de los tatuajes del Poison que se estremecen a la seña que hace al puñado de tatuados que siguen sus órdenes.

Un poco más hacia el sur, el Parrot, brillante del cráneo y arañas sobre los hombros, murciélagos de afilados colmillos en los bíceps, lanza un corto chiflido y sus hombres se agachan.

Al norte de las luces de las linternas de los agentes mexicanos que se ven más cerca, los del grupo del Rogao, en cuclillas, contestan con chiflidos que simulan el graznido de las aves.

Los tres grupos de maras vigilan la maniobra de los policías mexicanos. Ximenus espera. No hace ningún movimiento. Tiene los brazos levantados paralelos al piso. Escucha. El sonido del tren bufa en el recodo de la espesura acompañado del silbato antes que el brillo del faro salga de la curva y comience a subir la cuesta.

Las linternas de la ley se mueven desplegándose sobre el terraplén de gramilla gris que resuena bajo las botas de los agentes de migración.

El Rogao se talla las lágrimas grabadas en las mejillas, desde sus sobacos el calor refunfuña, el latir bailando de emoción en el pecho, se levanta y su movimiento es seguido por sus hombres.

Se escuchan los chiflidos del Poison contestados por los del Parrot y la noche se hace de pitidos.

Bajo el calor de la oscuridad, un par de hombres de migración se desprende de su grupo y camina por entre la yerba y los arbustos, bien plantadas las piernas sobre el hierro, se detienen sobre la vía. El dúo apunta sus linternas contra el tren que avanza. La luna deja ver completos a los dos mexicanos que visten de camisa blanca y adornos en las mangas.

Ximenus ve a los tres cabecillas maras, que con señas frenan a su gente cuando el tren también ha frenado su marcha.

Al acto de linterna en sortilegio, el tren poco a poco disminuye la velocidad con el trabajo de detener lo que tanto ha costado iniciar. Las dos máquinas que jalan un sinfín de carros bufan haciendo la segunda a las órdenes de los dos migras parados en los durmientes de una vía que corre dentro de la floresta.

Nuevos sonidos ruedan por la selva.

El ferrocarril se va deteniendo, refunfuñando en el ruido.

Las luces de las linternas sobre el tren descubren trozos de hierro, fragmentos de rostros, humos blancuzcos, cuerpos que se quieren untar al ferrocarril cuando las órdenes hechas ladrido lépero y los gritos que lanzan los agentes migratorios se dirigen hacia los que incrustados donde sea viajan arriba y se confunden con el resoplido de los motores que descansan.

El Rogao nada intenta, sabe las costumbres. De un vistazo ha contado a los agentes; los tres grupos de mareros son más numerosos que los mexicanos, pero no hace ningún movimiento, mantiene escondidos a sus hombres, sólo silba con otra modulación recibiendo la contraseña llegada de varios puntos desde arriba de los furgones de carga. Desde sus escondrijos, el Poison, el Parrot y sus hombres, también escuchan.

Nerviosos los tatuados, resollando como búfalos después de la carrera, siguen ocultos. Ximenus, al igual que los cabecillas, sabe lo que pasará y espera desde la altura inmensa de su porte.

Algunos maras han pasado por esa misma repetición y otros es la primera vez que están ahí: Jovany en la penumbra, como Jovany tragando la tercera cápsula, Jovany dentro del olor de hojas podridas de la selva bien metido en sus venas dando brincos, el olor ácido de su cuerpo, con las aletas de la nariz abiertas y la saliva fluida en la ausencia de dientes.

Ximenus Fidalgo regula la potencia del clima artificial, acaricia al crucifijo de mayor tamaño asentado sobre su escritorio. Algo murmura. Siente el palpitar en los dedos que une. Cierra los ojos y mira la escena.

Los demás agentes de la migra salen de los escondites y avanzan en abanico contra el tren detenido de donde los indocumentados siguen descolgándose para tratar de hundirse en la espesura del follaje. Se escuchan los gritos que suenan desafinados en un sitio bajo la noche.

—¡Párense, hijos de su chingada madre!

Las voces se hacen eco en su mismo redoblar, se extienden a lo largo de las primeras decenas de metros del ferrocarril, vuelan hacia las orillas arboladas.

—¡Que se paren, cabrones!

Ve a los agentes correr tras los migrantes, que como pueden se descuelgan sin importar la lucha que se tuvo que dar para conseguir el sitio que ahora abandonan. Las amenazas gritadas giran bajo la percusión de la selva, se unen al sonido de los garrotes golpeando a los que tratan de huir esquivando las manos que buscan atrapar a decenas de los que apenas unos minutos antes viajaban en el tren, ahora una culebra dormida.

Bajo una pochota que manda sus ramas hacia los lados y hacia las nubes se van acumulando a los detenidos. Sin preguntas o reclamos se les ata con cuerdas nudosas. La rebatinga continúa y los gritos han roto el sueño de los monos araña. Alebrestado a los jabalíes. Hicieron correr a las iguanas. Y el calor se enfurece en el paraje.

Los mareros siguen esperando con la tensión entre los tatuajes. Saben, como también Ximenus sabe, que los de la migra no podrán detener a todos, el número de agentes es reducido para los cientos de indocumentados, como muchos son para los pocos vehículos en que transportarán a quienes la Voz Iluminada negó su autorización viajera.

Custodiados, los detenidos caminan rumbo a la carretera donde los esperan las camionetas que acumulan la carga empujada unos sobre otros en el piso sin fijarse en cómo se apiñan ni quién queda abajo. Las órdenes y silbatazos disminuyen. La calma del paraje vuelve a su ritmo. Las linternas

mexicanas se van retirando y el tren inicia su resoplido. Puja una vez y otra. Las ruedas calan el hierro de las vías. El rebumbio dentro de la selva va
disminuyendo. Las linternas se hacen ralas, se esfu-
man y de pronto todo queda como si nadie hubiera
sobresaltado el sueño de los saraguatos. Pero no es
así. Hay ojos que vigilan, los maras que están alertas y los migrantes que aún siguen al acecho.

Ximenus Fidalgo de nuevo levanta los brazos a
la altura de sus hombros. Alza la cara que roza el
techo. Aspira lo fresco de su habitación y mira la escena que se desarrolló como siempre ha sucedido.

Los transportes oficiales, retacados de personas, toman rumbo a la estación El Palmito, donde
se registrará a los detenidos bajo la mirada de los
oficiales gringos. A quién le importa lo que se quedó atrás, si se han llenado las hojas de la estadística
y en ella no hay huellas del sabor al miedo que se
bandea por la selva oscura, de ese mismo miedo
que cargan los pálpitos entre gozosos y sorprendi-
dos de los que pudieron escapar saliendo de sus escondites y con recelo correr de nuevo hacia el tren,
que avanza otra vez marcando su ida en los faroli-
llos oscilantes del carro final y el sonido de las máquinas perderse en la selva

De nuevo, al igual que a la salida en Ciudad
Hidalgo, corren tras los carros que reptan oscilantes,
pero es demasiado espeso el follaje, demasiada la carga
del miedo y la desazón, y los obstáculos se hacen densos y pocos logran subir otra vez al tren, que aumenta
su velocidad cuando los chiflidos desde tres puntos
dan la orden que estalla en lo que parecía dormido.

Al contrario de los cerotes mexicanos, los
mareros no gritan órdenes ni aprisionan a los que la

cercanía se los permite. Aprovechando el descontrol, centran su accionar en las mujeres jóvenes, en las bichitas que llevan ropas holgadas, también en los batos de pantalones vaqueros, en los que cargan bultos pequeñicos. Los de la Mara Salvatrucha saben a quién agarrar y por qué, batos locos. Aquí está la única 13, batos putos.

Los rejodidos agentes agarran lo que sea pa llenar la perversa estadística, la Mara Salvatrucha no; sabe lo que se debe tener a la mano, lo que tiene un valor. La Mara posee ojos mil. Millones de papilas. Centenares de oídos. Voces múltiples. Manos tan largas como la oscuridad. Aliento de halcón.

Jovany dispara el puño contra un tipo que quiere continuar su camino.

—No la hagas de tos, bróder.

Jovany se siente dueño de la noche, las malas ondas se quedaron atrás y el tipo que se dobla por el golpe es parte de la curación. No quiere volver a mirar la cara de doña Jaci cuando abrió los ojos pidiendo piedad. Los ojos de las mujeres siempre dicen del miedo. Como los de este tipo. Que lo mire de otra manera desde el suelo. Así no, así sólo las hembras lloricosas, las pinches batas carajas. Y le atiza una patada en el rostro. Que cierre los ojos ese jijoeputa del Laminitas, que no lo mire así como la infeliz de doña Jaci, que no le ponga la mirada del carajo de su papá, los putos chillidos de la jodida niña brujita; esos alaridos que uno tras otro suman los cuatro que pusieron las lágrimas en las mejillas. Las suyas. Las que repasa con los gestos mientras agarra a otro que cruza frente a él y le pega en la mitad del estómago. Que no se mueva el puto bato. Y atrapa a un tercero sin hacer caso de unos gritos pidiendo clemencia que no sabe si salen de los que tiene a sus pies o de los que en racimos los otros bróders le están dando luz verde a los carajos estos que se quieren poner a la alza con la Mara 13 y eso es jugar con la pálida sin temerle a la huesamenta, porque la Mara es la pálida, la mismísima señora de la noche que los protege, como Ximenus dijo cuando bajó y subió la cabeza aceptando que la niña Anamar debía ser la cuarta lágrima del bello Jovany, que mira a los que tiene en el suelo mientras el Poison chifla y los hombres se detienen.

Suda Ximenus Fidalgo, no importa el clima artificial, suda y el maquillaje no se desbarra por el rostro. Siente sus alas girar en la copa de los árboles. Domina el panorama. Escucha y mira.

Los tatuados han puesto en fila a los hombres. Ninguno intenta escapar. Se repite una escena conocida por la migración mexicana, pero ahora el miedo es más intenso, se palpa en la respiración, en los ojos luneros, en los débiles quejidos. El Poison blande una escopeta recortada. Otros traen puñales y pistolas escuadras. El Parrot carga en la cintura una Luger de cachas plateadas y una delgada metralleta en las manos.

Hasta el consultorio de Ximenus llega el olor y la vibración en ese claro de la selva, mira al Rogao, a Jovany y tres más como van revisando la ropa de los indos,

a jalones voltean bolsillos,

a mentadas hurgan entre las costuras,

a carajazos rompen los nudos,

a trompicones se quedan con el dinero,

a miradas acumulan los retratos,

a dientazos olfatean la comida antes de guardarla,

a destellos revisan los papeles.

Los migrantes, hechos nudo de miedo, por alguna razón agachan la cabeza. Ximenus sabe que extrañan los olores a fritangas de las calles de Ciudad Hidalgo. Añoran sus fronteras del sur. Los dulces de coco. Las gallinas en cazuela. Los jarros de agua fresca. Los olores de su pueblo. La brisa de sus sierras. Los calores de sus costas. Piensan en lo dejado atrás como si fuera un sueño roto por un dolor hecho pánico que impide enfrentar a los guardianes tatuados. Están mudos, temblando, y nadie reclama, ni el alto que en murmullos dijo ser ecuatoriano, o el mulato que dice venir de Venezuela y no quiere problemas, o el que pide que por al amor a Dios le ayuden a seguir su camino, si al cabo son paisanos en tierra extraña. Los indocumentados, de pie, muestran los calzones rotos, las camisetas deshilachadas, las costras de los días sin baño, los ojos aterrados que no pueden ir más allá de la oscuridad de los árboles.

El Poison camina dejando oír el sonido de las suelas de sus botas militares. Huele a mandarina, café y mariguana. Silba un juego de notas.

Del grupo de migrantes, cinco mujeres han sido apartadas hacia el sur del paraje. La oscuridad las tapa y apenas se distinguen, custodiadas por un trío de tatuados que las miran sin hablar.

Ximenus Fidalgo tuerce la boca en algo que parece ser una sonrisa hecha murmullo. Un rezo que no se realiza. Un mensaje que no se bruñe. Una mirada que abarca a la hilera de hombres donde uno, velludo del pecho, tiene enfrente al Poison recitando a gritos que:

—La ley es la Mara Salvatrucha 13, sólo la Mara 13…

…Que los batos locos son la mera neta y guay de quién lo dude:

—Vergas cabrones.

—Recen, batos putos.

Que si Dios los oye, si les da licencia, se dediquen a contarle a todos los de la frontera lo que les pasa a los putos que no se agachan…

…los de la 13 son el Papa, y al Papa se le hincan, le besan la mano, y a la clica 13 también, putos…

…ya parece que el Papa se vaya a meter a la selva o a treparse al tren o rezarle a la Virgen pa que no le rompan el alma, ja…

…hasta el Papa se iba a quedar lívido, como está el velludo que ya no se cubre la entrepierna porque pa qué carajos se cubren los que ya no tienen por qué cubrirse, si pa morir nacimos…

…porque la vida se hace de minutos extras y a ese carajo lebroncito se le terminó el tiempo…

…y el velludo pela los ojos y Ximenus sabe que el tipo no sabe lo que está sucediendo ni la razón de haber sido el escogido cuando el Poison le mete el primer cuchillazo en el estómago y un segundo en el cuello y un tercero que le abre la garganta y las manos del herido tratan de apagar la sangre sin que el velludo deje de mirar la sorpresa que Ximenus acepta con el sonido de la voz cantando algo para muy de su adentro que sigue, continúa en el susurro mientras el velludo se va para abajo y se deshace en el sangrado y las mujeres lloran y los demás hombres robados del tren chillan cuando el Parrot sin medir algo le clava el puñal entre las cejas de un moreno alto cuyo aullido mueve a los pájaros en las copas de los árboles que desbalagados andan en jirones porque abajo los movimientos siguen cuando los tatuados de improviso detienen los cuchillos permitiendo, gracias gracias diosito santo, a los demás hombres irse con la consiga de contar y recontar lo sucedido pa que los demás putos vean lo que vale la Mara 13…

…por si algún ojete le queda alguna duda…

…siquiera un poquito de ganas de ponerse eléctricos…

…y a los hombres del tren se les deja escapar, gracias virgencita, con la orden de regar la noticia por toda la selva; los liberados corren para cualquier parte sin fijarse en el rumbo, brincan los obstáculos del boscaje, no miran para atrás, quieren sentirse lejos sin importar ninguna de las cinco mujeres que empiezan a ser rodeadas por los mareros:

…por los meros batos locos de la mera clica 13, pinches putos,…

…que cantan regué y fuman y tragan pastillas y toman de las botellas y se abrazan entre ellos y se ríen, se quitan la ropa a jalones, tasan a las hembras, las camelan, les gritan, se echan sobre la cinco mujeres que Ximenus sabe serán batidas a estrujones, usadas por todos los orificios, obligadas a satisfacer a uno mientras lamen al otro, al otro que quizás acaricie la nuca del compañero mientras grita maldiciones y espera meterse con…

…aquella que se resiste en los puros ruegos, en las invocaciones a la familia que tienen, en la piedad por la madrecita sagrada de ustedes y el Poison que la familia de la clica es la clica y nomás la clica…

o la regordeta de más allá que pide perdón por sus hijos, y Jovany dice que nadie tiene hijos, que los putos papás valen lo que valen las lágrimas,

y aquella mujer, la de junto al laurel, esa ya no llora, está con los brazos caídos y es desgajada por varios,

o la de más allá,

la tetoncita,

la que está untada cerca de las vías del tren, esa misma, inmóvil se zarandea por los jalones y apretones de ellos, esa misma que está desguazada, sin respiración, y la siguen usando, la que Ximenus sabe y los tatuados también que no se levantará nunca más de su mismos líquidos nunca, cuando ya no se escuchan los sonidos de nada y la selva retoma su silbar nocturno.

Ximenus abre los ojos, lanza las cartas siete veces del modo tradicional y cinco más de la forma invertida. Repasa el trozo de palo de Yagé.

Los dedos de uñas infinitas, en esta ocasión pintadas de rojo sangre, buscan el control de las luces. Lo apachurra y la oscuridad se bate contra su Centro de Ceremonias.

Escuchando los rumores del Tacaná, Ximenus se tiende sin dormir.

Lejos está la selva. Dentro, las vías y los redrojos de los migrantes que empiezan a ser rodeados por los animales de la noche olfateando los cuerpos, descubriendo su inmovilidad sobre el suelo.

La guaracha pudiera ser una repetición terca de la misma, algún ritmo que se cuela desde la putrefacción de las calles hasta las redes de la hamaca donde don Nicolás Fuentes huele su aliento sin tener ganas de levantarse ni siquiera a lavar la boca. El pie impulsa apenitas una mecida suave que le deja volver el rostro hacia las rayas del televisor anunciando algún hecho en Medio Oriente, tan quién sabe dónde, y la luz tenue de la tarde-noche se cuela por entre las maderas de la puerta que también dejan pasar los sonidos que vienen del río, muy cerca de la casa del excónsul, no, él nunca dejará de ser cónsul, de don Nico que suspira y se limpia las lagañas con la punta de la piyama manchada.

La tercera pistola comprada en un mes está sobre la silla de al lado y no habrá nadie que se la robe, don Nico se va a quedar día y noche vigilándola, nunca jamás nadie lo va a involucrar en actos horrendos. Harto está de que esos malnacidos roben sus pertenencias, así que de salir a comer algo en alguno de los merenderos del pueblo se va a llevar la pistola y si alguien se atreve a meterse a su casa y él lo descubre, le va a tumbar la sonrisa con un plomazo, y acepta que esa rabia salga desde el fondo de la flojera.

Alza las manos frente a sus ojos sabiendo que es probable que los temblores se detengan en el momento preciso de jalar el gatillo, y no porque él haya usado alguna vez una pistola, ni siquiera cuando los reclamos de doña Lita se hicieron culebrones, ni siquiera en los tiempos en que Julio el Moro Sarabia lo andaba tratando de meter al asunto de las drogas, y ahí no, porque de ahí no se sale sino muerto y ya muerto de nada le iba a servir la pistola para enfrentarse a los profesionales que saben usar las armas como parte de su cuerpo, y él ni siquiera tuvo el valor de usarla, aunque fuera al aire, sólo para descargar la ira cuando de la Secretaría, al no poder comprobarle nada, le pidieron su jubilación, pero le aseguraron tener información sobre los crímenes del Carrizal, y don Nico les contestó con múltiples veces que eso era mentira. Falacia, calumnia; que él supo del asunto hasta después de los hechos, nunca nada antes. La pistola se la vendió un tipo que dijo ser amigo de Jovany, pero ¿existirá Jovany? ¿será parte de los cuentos que alguna vez le hiciera Sabina para tenerlo atado a sus charlas en el Tijuanita?

Don Nico no está muerto, aunque algunos así lo quisieran, mira la pistola y sabe que contra la gente oscura del contrabando de armas nada podría, pero sí contra los malditos tatuados que son los que lo han estado robando, y aunque jamás haya tirado un balazo no significa que un buen día no lo haga, si la rabia ya le llenó el buche y todos tienen un momento en que se la juegan aunque después se arrepientan.

¿Y de qué demontres tiene que arrepentirse si él nunca fue más allá de las visas? De nada, que lo escuchen los que quieran oírlo, él no tuvo que ver con nada del Carrizal y tampoco lo supo antes. Si de algo pudiera ser culpable es de buscar amor, de seguir obstinado en su busca aunque ahora no se aparezca en la habitación; amor que es palabra limpia, diferente a como son los asuntos siniestros en la frontera.

El pueblo dio su veredicto, por eso nadie en las calles de Tecún le falta al respeto; el robo de las tres pistolas que él ha comprado tiene color de tatuaje, y si las adquirió es porque no se sabe lo que puede pasar con la violencia cada día más cerril ahí, afuerita, no hay necesidad de irse a la selva, en cualquier momento puede darse otro Carrizal en la mera plaza de Hidalgo o ahí, en las calles de Tecún Umán, donde antes no sentía nervios porque la credencial de cónsul le daba una seguridad que sobre la hamaca la siente tan descompuesta como el televisor al que nunca ha podido colocarle bien la antena portátil.

No olvida que ha sido el cónsul de México por diez años, nada de ex, ha sido y es el representante de un país inmenso ante uno pequeño, y que atrás de don Nico se halla el poder del supremo gobierno asentado en la capital azteca, porque él es cónsul, nada de ex, y si ahora otro ocupa su puesto es porque la vida no se detiene y las mentiras no cesan; él nunca se irá de Tecún a pasar como cero a la izquierda en una ciudad tan terrible como lo es la capital de México, que estaba bien para visitarla unos días sólo para los asuntos oficiales, pero no para vivir ahí, como debe pensar muy serenamente lo que le está pidiendo desde Querétaro su sobrina Catalina:

"Véngase tío, aquí lo vamos a cuidar"

Insiste por carta Catalina, la jefa de la cultura de por allá; le puede dar una asesoría a su tío, que es diplomático de carrera con tantos años en el servicio exterior y que no tiene por qué quedarse en ese pueblo guatemalteco que su sobrina no conoce pero que por las referencias no ha de ser muy estimulante.

"No me haga el desprecio, tío, y véngase conmigo a trabajar, estoy rodeada de gente a la que no le tengo confianza."

Y es que Catalina es nueva en el cargo y quiere dar su sello al puesto y quitar de un plumazo lo que su antecesora hizo, como le quieren hacer a don Nico estos funcionarios que llegando desean apropiarse de lo mucho que él acercó a dos pueblos que siempre han tenido sus raspones…

…que Catalina se olvide de él…

…si precisamente le está pidiendo le ayude a hacer lo mismo que a él le hicieron, desplazarlo con mentiras, ahora que ya no tiene ánimos para caminar por la plaza, saludar a los cambiadores de dinero ni a las mujeres que por ahí acechan, ni siquiera de ir al Tijuanita si la cerveza lo hace orinar a cada rato y se mancha los pantalones y le da vergüenza que lo vean así, le entra sueño a la tercera botella de Gallo…

…sí señores, él siempre tomó Gallo…

…porque si se vive y se quiere formar parte de los avatares de un país, es justo hacer lo que los demás chapines hacen.

Y entra al Tijuanita con el tipo bien echado palante, la mirada cachonda, el saco de lino blanco, el jipijapa hat movido a manera de abanico, la leontina de oro y deja ver el palmito antes de sentarse, saluda a las muchachas, moviendo la mano a las que están lejos y de beso a las que le van a decir que el señor cónsul viene muy guapo esta noche.

Pide la primera bien fría, medio espulga las boquitas como algunos centroamericanos le dicen a las botanas, y que Sabina Rivas lo fuera a acompañar si es que no le tocaba chou, y que si estaba con un cliente por favor le avisaran que el cónsul de México estaba ahí para saludarla, y la voz de Ruperto, el Ecua, interrumpe la petición porque ya se anuncia la presencia maravillosa de Sabina la Sabia que aparece tras de las cortinas oscuras y con unos pasitos arrastrados se deja ver por la concurrencia: un puñado de jovencitos de gorra beisbolera repartidos en algunas mesas, no muchas porque esa noche el cabaret no está en sus mejores momentos, y frente a los chicos delgaditos y morenos ella se inclina para mostrarles la hendedura del culo medio parchada por la tira de la tanga metida a profundidad, desdobla la escuadra de su cuerpo, se yergue y mira a don Nicolás vestido de lino blanco que bebe solo en una mesa de pista, y le hace una seña pequeña pero definida al cónsul que la observa, le admira el cuerpo espigado, los pechos firmes y las caderas delgadas, como a él le gustan y no las gordas que creen que las nalgotas son lo máximo, a él le agrada acariciar las nalgas pequeñas, como las que tiene Sabina que las muestra en forma mecánica al iniciar otro baile porque ha cambiado la música disco, y el cónsul se da cuenta que esa noche la catracha anda con el ánimo al nivel del aserrín del suelo porque así lo demostró durante los giros y repegones que se dio contra el tubo que a don Nico siempre le recuerda los usados por los bomberos en las películas donde la alarma por el registro de un siniestro suena en la estación y los apagafuegos se lanzan por el tubo desde el segundo piso hasta el estacionamiento de sus transportes, así es el tubo plantado en la mitad del escenario donde no hay bomberos que apaguen el incendio que causa Sabina con sus piruetas mostrando todo el señorial cuerpo...

...señorial...

...lo calificó antes el anunciador, lo califica el cónsul que contesta el saludo mientras le da otro jalón a lo frío de la cerveza Gallo pensando que Sabina hace su trabajo sin ningún gusto, como si estuviera a punto de llorar.

¿Qué mosca la habrá picado a la pobrecita?

Don Nico cierra los ojos y no quiere girar la cara hacia la izquierda porque desde hace unas semanas le viene dando un mareo inexplicable que le hace pensar que la hamaca está a punto de venirse abajo, por eso pone la cerrazón de los párpados hacia el frente, hacia el techo de palma por donde a veces ha visto correr a los alacranes y piensa en los años en que tuvo la fuerza necesaria para dar o regatear las visas,

¿Por qué tardó tanto en darle una a Sabina?

¿Se la habrá dado?

Si aquella noche ella, pese a que primero se negó a contar lo de su familia, entre trago de amareto con agua mineral, cerveza como cheiser y brandy después, ella le acarició el brazo cubierto de lino blanco y le dijo:

—El pasado de nosotras es agua revuelta que nadie quiere beber, ni siquiera un bróder leal.

A don Nico palabra bróder siempre lo confundió porque le venía a cuento algún hermano, como los que tuvo allá hace tanto, pero supo que por bróder la catracha se refería a él, a su amigo cercano. Y después eso de leal que siempre le suena a niño héroe batallando contra los gringos en Chapultepec, pero que en la boca de la catracha le sonó a cañonazo de fin de siglo porque en los ojos de la jovencita se dio una señal que abría las compuertas de lo que por meses negó decir y que aquella noche no lo dijo de golpe sino lo fue retaceando, adornando a veces de lágrimas, a veces de insultos o de silencios que pintaban más que las palabras después de repetir eso de que las historias de ellas son agua sucia como la que tuvo que beber al día siguiente que se marchó de su casa en San Pedro para vagar por las calles de su ciudad tan caliente como está siempre la temperatura de Tecún Umán.

—Ora adivino por qué anduve de rascabullas en los cafés de los extranjeros, algo me decía que uno de esos patojos me iba a quitar el hambre…

Como aquel tipo que levanta la cabeza y ve a una niña: la mira de soslayo, chiquita, de unos doce, trece años, el cabello crespo, las líneas del cuerpo apenas insinuadas en el vestido, los ojos echando luces, camina sin ninguna prisa, mira a la gente, a los autos, y entonces el hombre, que después ella sabría se llamaba Mario Antenor, la llama y le pregunta:

—¿Sabes por dónde queda el Museo?

Ella alza los hombros pero no se mueve.

Él le pregunta que si quiere sentarse a tomar un helado o un café con leche y ella asiente con la cabeza y se acerca.

El hombre le arrima una silla y ella acepta el café con leche y unos panes y el señor, Mario, le dice que es muy bonito San Pedro, que él viene de

Texas a visitar las ruinas de Copán, que sabe hablar en español porque su papá era salvadoreño, que viaja solo y si ella se anima él le puede pagar para que lo guíe por la ciudad y le enseñe los lugares más bonitos, un trabajo para ganar unas lempiras que en algo le pueden servir, y la mira poniendo ojos de afecto que Sabina supo descubrir más tarde en la mirada que algunos ponían cuando trataban de hacerse los zorritos y ella los comparaba con la mirada de Mario Antenor que la invitó a que lo acompañara para recoger algunas cosas y después se fueran a caminar por la ciudad sin que en ese momento ella le contestara, aunque lo pensó, que sólo un turista se pone a caminar por San Pedro a esa hora en que el sol puede enloquecer al más bravo.

—Eras muy chica, Sabina, el desgraciado ese se aprovechó de ti —dice el cónsul abanicándose con el jipijapa hat y ella con el gesto muestra desagrado por la pausa ahora que ya no tiene retenes y la bebida le da vuelos.

Mario camina desenfadado como si la niña fuera parte de su familia. Ella va seria, fijándose que por las calles del centro otras muchas chiquitas la observan con ojos de asaltar a la presa que sigue hablando del viaje a Copán, si Sabina no conoce las ruinas, son una belleza, mañana lo podría acompañar, un viajecito de menos de dos horas y en la tarde ya estaban de regreso, claro, cobrando su sueldo de guía hondureña, y la niña con el sabor de la comida en los dientes sonríe un poco no fuera la de malas que alguna otra le lograra quitar la cena y la tranquilidad de no regresar a su casa.

—Estaba ya hasta el moño, don Nico…

…de los insultos de su papá como si ella tuviera la culpa de lo que Jovany hacía y ella entre sueños nomás lo aventaba, cuando podía, porque a veces lo pesado del cansancio la regresaba al sueño que le confundía los dolores y esa sensación de agrado caluroso que masticaba en las mañanas al ver a Jovany y éste bajar la cabeza escurriéndose hacia la calle sin jeringarla con las bromas que antes hacia al jalarla los cabellos o darle una nalgada pese a los gritos de la mamá.

—Ya esténse chiquillos malcriados, pérense nomás que llegue su papá…

…al que no quiere volver a ver nunca por más que tenga la misma edad que Mario Antenor, quien le pide discreción a la entrada del hotel porque no hay que hacer cosas buenas que no lo parezcan si Sabina es su guía oficial y que necesita hacer unas llamadas por teléfono, y mientras ella revisa los mapas que le puso sobre la cama, Mario dijo que antes era necesario que ella se bañara porque esta su nueva amiguita de San Pedro andaba un poquito descuidada, y si quería ir a pasar una temporada en Texas él la invitaba para que viera cómo se vive allá en el norte.

¿Cuántas historias había escuchado don Nico en el mismo Tijuanita, en las reuniones, o en sus oficinas? Cientos, miles, todas parecidas, es la maldita necesidad la que gana en este juego, pero pensó también que la palabra bróder lo anda jaloneando, y piensa en el hermano de ella que él no conoce y que según Sabina dice no ha visto desde hace mucho tiempo…

¿Después de lo que sucedió en el pueblo de ellos, Sabina tendrá todavía alguna relación con él? ¿Hasta dónde es cierto lo que le cuenta a trancos, bebidas y lloriqueos? ¿Y los papás? ¿Dónde se habrán quedado los papás? ¿Por qué ese asunto mete a la catracha en unas negruras que le arrancan los chillidos?

Capaz que los mentados papás ya están viviendo en Tecún y tienen funcionando un restaurante de comida hondureña.

Piensa en Roxana, en Paty la peruana, en la salvadoreña que le decían la Sirena, en aquella otra que se hacía llamar la Bikina, en tantas más que acabaron poniendo un salón de belleza o un merendero con buenas comidas de varios países de Centroamérica, y viven con todo y familia en Cacahoatán, en Huixtla o en el mero Tapachula, a donde él poco viaja porque no importa que sea mucho más grande que Tecún, pero allá él no es nadie como sí lo fue aquella noche en que vestido como un príncipe llegara al Tijuanita sin saber que la catracha Sabina le iba a contar lo que supuestamente nadie más que él conoce, ahora, y claro, en aquella ocasión en que todavía andaba luciendo lo guapera y era cónsul en activo, aunque aquella noche sólo fuera oreja de Sabina que con el tronar de los dedos de la mano pide otra ronda:

—Lo que son las cosas, en el cuarto de Mario Antenor fue la primera vez que me bañé en una regadera…

…y que el agua le saliera tan a chorros y siempre tan calientita…

Y Mario sin más, después que le dijo que no tuviera desconfianza, si él era ciudadano americano y que respetaba a una chica tan linda, sin más se metió a la bañera mostrando una erección que Sabina no conocía porque lo del hermano era de otra manera, no como lo hacía el tejano de madre salvadoreña, que dijo iba a ayudar a bañarla, y mientras le pasaba la esponja y lavaba y lavaba los pechos y las nalgas, le habló algo en inglés que ella por supuesto no entendió pero que en otro tiempo y en otro idioma después, supo que se trataba de las mismas palabras que los hombres dicen cuando andan harto calenturosos y a punto de venirse sin importar lo que la mujer sienta, y primero dijo que la iba a ayudar a bañar y le anduvo retoqueteando las delgadeces, chupándole los pezones chiquiticos, la secó al mismo tiempo que la volvía a mojar con saliva, se colocó un condón y mientras le daba al trepadero, se puso de nuevo a hablar en inglés hasta que lloró mientras se echaba de quejidos, el muy verraco.

—Sentí un dolor bailando en el centro de mi corazón…

…don Nico quiere tomarla de la mano pero prefiere no distraer a la muchacha que habla con el rostro puesto en la oscuridad de la sala, allá por donde se entra a los reservados…

—Ya no podía ni quería regresarme pa mi casa, don, qué raro, pero ya no era mi casa, era como si siempre hubiera sido pertenencia de unos extraños.

Las guarachas forman parte de la vida del oidor.

Cada una de las melodías tienen tales notas que son capaces de ir dibujando los tatuajes de la existencia, no, tatuajes no, esa no es la palabra, deberá pensar en decir meandros que suena a caminos usados por el río que don Nico siente tumbado en la hamaca, sin querer levantarse aunque el hambre le dé tirones en la panza y la pistola se vea tan inútil como el temblor en sus manos.

Firmes entonces, en aquella noche del Tijuanita cuando Sabina decía que el tejano le regaló unos dólares y unos consejos que tenían que ver con el baño y la limpieza, la dejó dormir en el hotel y le dijo que él conocía a unos amigos que se la rolaron en los siguientes días, puros gringos los cerotes, pero como si fueran hondureños, don, porque...

—Nomás por el inglés y las ropas eran diferentes, pero no por el color de la piel, ni como eran pa hacer sus cabriteos en la cama.

El cónsul ve los dedos de Sabina meterse tensos entre las crenchas levantiscas, la escucha jalar los mocos, observa el trazo del rímel esparcido al lado de los ojos cuando le dice que no es necesario contar lo demás porque es la misma historia de las otras del cabaret, cada una tiene su historia y es siempre la misma...

...tan facilotas de creer que son diferentes, pero había algo que desde esa vez le quitaba el sueño, le dijo haciendo una pausa que años después don Nico recordaría porque supo que la historia de Sabina se iba a desgranar sin barreras...

...me quita el sueño desde que lo ando cargando...

...no quiere hablar de los enredos con tipos porque todos son iguales, don, los hombres unos son más bravíos y hurgadores, otros son tan mansitos que luego resultan los peores, lo único diferente era que por más que luchaba porque ni siquiera pasara por su mente, sobre todo cuando con alguno de los que enganchaba en la zona de los turistas llegaba al momento de encuerarla y camelarle los entresijos, era que así, como salido de la hediondeces de la rapiña, ella pensara que a Jovany nunca lo vio desnudo completo, y él a ella tampoco…

—Digo ya de grandes, porque cuando éramos patojos ya ni me acuerdo…

…y que si alguna vez se hubieran quedado solos toda la noche a lo mejor a él le hubiera gustado que le hiciera eso que tanto le reclaman los hombres que les haga con la lengua, buscando toda la región de abajo y no sólo en lo levantado de la pichula.

Diez años fungió como cónsul de México en el norte de Guatemala, diez años de servicio ahí, porque a eso debía aumentar los veinte que fue oficial de pasaportes en la Ciudad de México, para que la muerte de los indígenas le descompusiera su vida, y el año completito que ha pasado sin que nadie le pida favores, sin que el Burrona, que era el más zalamero y de pronto desapareció, lo invite a tomar en el Ranchito porque al migra mexicano le punzaba las tripas meterse en Tecún, donde don Nico se siente como en su casa y no acepta consejos de que visite otros lugares donde puede pasarla mejor, si él ya está acostumbrado a vivir junto al río, oír lo que se dice de Ximenus Fidalgo, de su perversidad, sin usar nunca esa palabra…

…¿habrá tenido algo que ver con lo del Carrizal?…

…y del dominio que tiene en toda la región, y no le importa si doña Lita tenga cada vez más muchachas trabajando y no le pida ayuda con las visas, si ya nadie le pide ayuda para nada…

…¿todavía vivirá Lita?, nadie le habla de ella, nadie le platica nada…

…como Sabina le platicó la noche aquella del Tijuanita cuando él llegó buscando batalla ombliguera y ella andaba como perro sin dueño y entre chou y llanto, entre trago y luces, brincara de lo que sentía por el hermano a cómo le fueron las cosas en San Pedro con los turistas…

…alcanzaba pa la renta y los abalorios, hasta la tarde de la redada, ella se echó a correr pero la alcanzaron en la esquina donde estaban unas patrullas y a ella y a un montonal de chicas que trabajaban en la zona hotelera las metieron a unas camionetas y se las jalaron a unos separos y sin preguntarles siquiera por su nombre las encerraron en unas celdas y sin más se las fueron pasando de gorra en gorra, de pito en pito, de mamada en mamada, y ella nunca les dijo quiénes eran sus papás, menos dónde vivía si ya no iba a la casa de ellos, porque entre otras amigas rentaban un cuarto en el barrio de Chamelecón y después de darles unas trompada en el estómago y de un par de semanas en que no hubo noche que no le cayeran por lo menos unos cinco policías a los que les valía madre el dolor en sus partes si llevaban amigos de la calle para tupirle a la pira, la echaron a la calle con la amenaza de que si la volvían a ver trabajando de puta cerca de los hoteles, le iban a rajar la cara y a cortarle las chichis…

…muchachita cabrona, si apenas andas en edad de estar en la escuela en lugar de andar de putilla…

El Suchiate siempre suena aunque los tontos no le oigan el canto. Cómo le gustaría haber compartido la vista del río con don Miguel de Cervantes, de ser cierta esa leyenda de que don Miguel anduvo haciendo gestiones para que lo nombraran gobernador del Soconusco, y si antes Guatemala era de Chiapas, ahí se hubieran encontrado los dos. Aunque fuera casi sacrilegio piensa que juntos hubieran inventado historias, como esa que los viejos dicen de Eva Braun, la amante de Hitler, que de incógnito pasaba temporadas en las haciendas cafetaleras de la región, si hasta unos familiares tiene esa señora Braun a la que don Nico no le conoce ni la cara, y en las rayas del televisor ve el rostro de Cervantes rodeado de ciudades destruidas por las bombas aliadas, y de seguro don Miguel hubiera terminado un libro con el capítulo del Carrizal porque hasta al mismo autor del Quijote le amargaría el olor a tanto sangrerío.

Desde la hamaca que se mueve lenta, don Nico oye una brisa incapaz contra la temperatura alebrestada en el sudor y en las rayas del televisor donde se pierde la imagen de don Miguel junto a una casucha llenas de muertos, narrado por una voz que menciona unos asesinatos en la sierra.

La muerte es la única que no necesita visa.

¿Por qué no le dio la visa a Sabina?

¿Se la habrá pedido algún día?

¿Por dónde andará esa mujer?

Aunque él ya no era un jovencito cuando la conoció, le gustaba andar bien planchado y con el traje limpio, pues claro, si él era, no, no era, es el cónsul de un país; él es como si fuera; no, no es como si fuera, es como el presidente de México, no igual pero representa una patria, la de enfrente, la que está pasando el río, y se toca la barba que no se rasura desde hace quién sabe cuánto, y piensa de nuevo en Sabina Rivas, la que decía ser hermana de Jovany, del que el tipo que le vendió la tercera pistola dice ser su amigo. La pistola que va a usar, que de alguna manera va a tener que apretarle el gatillo si el blanco es alguien que lo acuse otra vez, que lo atraque de nuevo, o el que sea, lo que sea, necesita oír el disparo, porque la va a usar, quiere oír el tronido del balazo correr por el pueblo y se sepa que don Nico está vivo.

Lo que son las cosas, ahora necesita de un balazo para anunciar su vida, ¿y cómo lo hará en su muerte? Vamos, que las notas de la guaracha fumiguen a los alacranes del techo, que suenen los timbales, que le borren la visión de una casa de bajareque que él nunca vio pero la supo llena de sangre, que le quiten las visiones, pero no de la historia que escucha casi sin interrumpir, cuando con el pañuelo blanco primero limpió el pico de la Gallo bien fría y después al sudor porque el clima del Tijuanita puja en medio del humo y del calor que vence las cervezas y hace que los muchachos de la gorra beisbolera se hayan quitado la camisa, griten y torpes bailen entre ellos, muy cerca del cónsul, a quien ni siquiera miran porque él sigue con los ojos puestos en los pechos de Sabina que se inclina hasta su oído y prosigue el relato desde el momento en que un tipo de barba la contrató con diferentes palabras de las que usan todos.

—Se veía como un hombre serio don, menos calenturiento y apresurado…

Ya en el hotel, sin muchos rodeos, le dijo que se desnudara, así dijo, desnudara y no encuerara, como los demás le decían. Que se desnudara toda porque la quería ver completa.

—Uh, así siempre dicen todos…

Pero este no le corrió la vista con los ojos echando lava sino que la tasó palmo a palmo antes de acariciarla sin prisa, besarla con ardor pero sin estrujones, tocarla en los puntos que ella nunca pensó que le agradaría tanto y sin jalones colocarla sobre sus piernas sentado en la cama y hacerla que simulara un jinete de los calores mientras con pulso dulce le restregaba los dedos arribita del pelo enramado de sus partes. La besó suave en el gemido del final que ella supuso que el hombre de barba quería esconder en el pecho, como si le diera pena echarlo fuera, y al terminar, mientras se lavaba en el baño, sin mirarla de frente y con la voz que recalcaba palabra a palabra, le dijo:

—Eres muy tonta si no te largas, aquí tu porvenir es muy reducido…

Que tomara con mucho cuidado sus palabras, y que si ella aceptaba la iba a poner en contacto con gentes que supieran apreciar las cualidades y la belleza de una chica…

…tan mona como tú, catrachita…

…y le acarició las mejillas en un movimiento que ella sintió extraño después de lo que había pasado, de cómo había sentido el sexo del hombre meterse tan hondo como nadie antes le había hecho sentir, hasta mero adentro de sus adentros, quizá fuera la postura y la ayuda del dedo abajo de su ombligo, vaya a saber, pero lo sintió de tal manera que le llegó el recuerdo de Jovany y tuvo ganas que él estuviera con ella, o por lo menos que el hombre le hablara de la vida de Jovany, le contara algo, la volviera a usar con esa violencia enmielada para que ella pudiera unir el recuerdo con el presente, pero no, sólo le acarició la mejilla de una manera desigual a como ella pudiera pensar, y le agradó ese acto cariñoso, diferente a los que recuerda hacían los turistas al verla en la calle sin que en ese momento fuera a pensar que iba a depender de ellos hasta la llegada de ese señor que se llamaba Danilo, Danilo de León, a quien sus amigos…

—Y tú, catracha de mi alma, me puedes decir Corazón de León, que era un rey del tiempo en que los perros se amarraban con longaniza.

—Apenas iba a cumplir los catorce, don, pos cómo no le iba a hacerle caso al Danilo, sí, así se llama, seguro lo ha de haber visto porque luego por aquí se da sus vueltas, don.

Danilo no la echó del hotel; la mantuvo a su lado por varios días sin separarse. La llevaba a dar la vuelta, le compraba muñecos de peluche, anillos lustrosos, camisetas con leyendas en inglés, broches de plástico que simulaban ser de carey para que amansara lo crenchoso del cabello, pero sobre todo dejaba que Sabina comiera helados, dulces de chocolate y desayunara panqueques con huevos fritos montados, patatas en bolsa y refrescos hasta que se hartara, y ya después, en el hotel, nunca la forzó con poses dolorosas ni la obligó a lamerle los dobleces abajeños, sino que era a ella a la que le entraban las ganas de que el hombre le hiciera cosas que Sabina motivaba con dulzura y sin sentir asco.

—Era yo la que tenía ganas de sentir, don, Danilo siempre fue muy cariñoso.

Por primera vez en el año que lleva desempleado don Nico piensa en una sola idea sin que las turbulencias se le echen encima; del televisor sale la voz relatando el asesinato de un grupo de indígenas centroamericanos y el excónsul con el pie empuja a la hamaca que oscila en la oscuridad de la habitación de su casa pegada al río del lado guatemalteco.

El hambre se ha calmado como si también estuviera esperando el fin de los pensamiento que ni siquiera se estremecen con el sonido de la música, que es la de la maldita Nicolasa que no sabe decir qué le pasa…

…como sí lo supo hacer Sabina en el Tijuanita aunque el cónsul supiera de antemano que la historia de Danilo iba a terminar con el enganche de la chica a manos de los que la llevaron al Monavento en Guatemala después que la hicieron pagar el embarnecimiento en fiestas que se dieron cada vez más al norte de San Pedro hasta que una mañana le avisaron que por un tiempo iba a dejar su pueblo porque le tenían reservados grandes planes donde ella era la atracción especial, y en una casa de un pueblo llamado Chimaltenango, que para Sabina fue lo mismo que cualquier otro aunque las chicas que vivían con ella le dijeron que estaban muy cerca de la ciudad de Guatemala, y en Chimal, como le decían las chicas, les dieron clase de baile, de canto y de cómo ser amables con la clientela, porque así y sólo así era la forma de sobresalir en el mundo del espectáculo.

—No había baño para mí sola, pero era grande y tenía una ducha bien chida, con agua calientita.

El cónsul nunca fue de guarachas, menos esas malditas que desde la calle le apergollan la vida. Antes le fascinaban los boleros brincoteados que tocaban las marimbas. Le agradaba sentarse en su oficina y desde ahí, bien fresquito, escuchar el ritmo marimbero llegado del otro lado del río, y si bien él sabía que la marimba al parecer suena igual en cualquier lado de esa frontera, la música del lado mexicano le era entrañable, más que la escuchada en las fiestas de Tecún, en los actos oficiales a los que debía ir dada su representatividad, o las varias veces que la interpretaba un grupo que plantado en la plaza de armas, a un lado de los que cambian dinero en la esquina, bajo la sombra de los árboles se daba a tocar como para alegrar a un pueblo que siempre anda con las prisas del traslado inminente hacia el norte que es México y hacia un norte que está más allá del norte del río donde las marimbas calaban a los inocentes, daban respiro alegre a los trapicheos que jamás cesan aunque los torpes crean que por la noche todo es silencio y duermevela y es cuando las sombras viajan, matan, hacen las locuras del amor que Sabina Rivas le iba contando mientras el cónsul en activo sudaba pese al saco de lino y las cervezas que bebía sin dejar que el tiempo las fuera calentando.

La catracha acerca su boca al borde del vaso de plástico del cónsul, le bebe el aliento y parte de la cerveza, se nota más ajada que sus diecisiete años y que el cónsul conoce por haberla interrogado en su oficina.

¿Le dará por fin la visa?

Él así lo quiere, pero sabe que si se la da, la chica dejaría Tecún en menos de lo que él puede pensar. Ella carga con la prisa enorme de largarse. Por esos lugares de afuera anda Jovany...

...¿será cierto que el hermano existe?...

...y eso la pone tan nerviosa que no se controla y le entran las malas sombras como las que el cónsul vio desde su llegada horas, muchas horas antes.

El Tijuanita anda como si le quisiera hacer la segunda a Sabina y por un momento la música ha cesado pero no la charla sin tino de los muchachos de la gorra beisbolera que piden otra botella y sacan dinero arrugado y el mesero los ayuda a contar con el descuento que la velocidad en sus manos realiza.

El cónsul bebe y ve, calla y escucha a la Rivas decir que todo es un cerote tan grande como el monumento de la plaza de su pueblo, al que nunca ha regresado después de que Danilo Corazón de León la llevara a Chimaltenango, donde se quedó con las otras chicas que no conocía hasta que llegó doña Lita, las revisó apartando a unas, entre ellas a Sabina.

—Mis niñas, gracias a Dios ya les llegó por fin el momento de cobrar por las tristezas.

Luego les habló del norte, el de Estados Unidos, de lo que se pueden comprar con los dólares. A palabras les fue dibujando cómo eran las calles y los aparadores, las luces de los anuncios enormes, las tiendas sin horizonte, de los vestidos y de las discotecas, los edificios grandes como pirámides y que pusieran mucha atención:

—Allá tienen varios caminos: uno, el que se casen con un buen muchacho, y otro: que pongan algún negocio, porque deben saber que Estados Unidos es tierra de oportunidades.

Al decir eso se detuvo. Las fue mirando una a una. Les fue tocando el rostro para hacer que levantaran la mirada.

—¿Ustedes tienen una idea de lo que quiero decir con eso de oportunidades?

Y sin detenerse les dijo que también estaban en juego las decisiones de los Poderes del Supremo porque nadie es capaz de pasar por la vida sin la protección de los Ángeles Celestiales, y que ella, por fortuna y gracias a su amor por El Verdadero Verbo, tenía los amuletos que le ayudaban a ayudar a las muchachitas tan bonitas y tan sufridas como lo son todas y cada una...

—De ustedes que han sido elegidas por la Luz Infinita que yo con humildad represento para que tengan su oportunidad en la vida.

Marca las palabras al compás de las manos.

—Todas tienen las mismas posibilidades pero no todas lo logran, por eso es necesario aprenderse de memoria las reglas, y no sólo aprendérselas, sino practicarlas, tenerlas en el alma siempre como si fueran la Santa Biblia.

El cónsul sigue las palabras sin calmar las ganas de ir al baño. Deja que la presión en la vejiga se haga insoportable para obligarlo a levantarse. La música ha regresado al Tijuanita, se anuncia la aparición en el escenario de Katia, llegada directamente de San Salvador, y los meseros redoblan sus atenciones en los muchachitos, un par de ellos doblados sobre la mesa, las bocinas repercuten la voz de Thalía y hacen que la catracha acerque de nuevo su cara a la de don Nico, que con movimientos pausados se seca el sudor.

—Y nos dio una serie de recomendaciones que no podíamos ni debíamos olvidar.

La primera de ellas era el silencio y la lealtad, porque a las que andan de chismosas el gusto se les acaba muy pronto. Debían entender que en el mundo existe la maldad que quiere destruir a las flores de la vida, como lo son ellas. Les habló de obediencia, de tener siempre presente los favores recibidos, y el deseo de superarse para ser mejores cada día ante los ojos del Señor, don Nico.

—Ahora pienso que ¿quién es ese Señor del que hablaba la doña?, ¿uno de estos cerotes engorrados que se caen de bolos, don Nico? ¿Usted cree que alguno de estos mierdas pueda ser el Señor?

Corazón de León la visitaba de vez en vez, al llegar, ella sentía que el pecho le daba brincos de gusto, hacían el amor y en medio de los abrazos sudados ella se dio cuenta por primera vez, y lo fue comprobando a lo largo de los meses y con otros hombres, que cuando le llegaba el cariño y las ganas de que algún tipo fuera su marido, cuando los latidos le decían que por ese hombre cambiaba los sueños de irse al norte o triunfar como bailarina, entonces como mala yerba Jovany se metía en la ilusión, siendo inútil sacarlo haciendo cruces iguales a las que ojalá tuviera la tumba de sus padres en San Pedro, al que no va a regresar ni difunta porque no quiere oír la historia de las lágrimas de Jovany y la muerte de sus padres, y aun así, sabiendo lo que no quiere ni decirse a ella misma, y aunque en ese tiempo nada sabía de la suerte de sus padres, era el rostro de su hermano el que como enredadera siempre tapaba el rostro de ese otro que le había despertado el cariño, ese otro, el que fuera, y entonces Sabina con insultos y manotones cerraba la esperanza, tratando de igual manera que a los demás, desdeñosa y grosera, al que por días fuera su encantamiento enamorado.

Eso lo supo después, no en el tiempo en que Corazón de León la visitaba, que era la época del entrenamiento, como doña Lita les decía en sus visitas a la casa en Chimal, cuando la llevaban a los festines privados en sitios que ella no supo si eran del lado mexicano o del guatemalteco, para rifarla como niña señorita que se debía pagar por su estreno, y Sabina echaba por delante los trucos de los quejidos y la sorpresa por lo que supuestamente por primera vez veía, y por la mañana regresar a Chimaltenango a esperar la llegada de Danilo y ella se le echara gozosa en los brazos, como una ocasión en que festejaban el cumpleaños de Cristal, la morena costarricense, y ya solos, después de hacerle sentir esos gozos que le arrebataban los sudores sin poder echar del sentir a Jovany, el de barba, Danilo, así como si nada fuera importante entre ellos, pasando su mano por el rostro de ella, le dijo que una niña como Sabina tenía el camino ya marcado en el mundo del chou bisnes, que nada la debía apartar de eso, que lo entendiera, y que doña Lita la llevaría de la mano por ese camino que se iba a iniciar en el Monavento, un lugar de la categoría de alguien como Sabina, que si bien ese centro nocturno no está en la frontera, sí muy cerca del río Suchiate, que es la entrada a la gran jugada, y por lo tanto debía utilizar al Monavento como una escuela para prepararse antes de triunfar en escenarios de mayor fama, que para eso estaba doña Lita, conocedora de todos los ambientes, que siguiera sus órdenes sin jamás olvidar lo que ya se le ha dicho: silencio y lealtad, obediencia y hartas ganas de tener dinero, y que después del Monavento iría a trabajar a la mera frontera, a un lugar maravilloso llamado Tijuanita…

…donde ella bebe cerveza Gallo y combinaciones de amareto con agua mineral, escucha el tronadero de la música, acerca su boca que huele a mixturas varias a la compañía del cónsul de México en Tecún Umán quien acelera la cinta, se ve desvistiéndose, lavarse la boca, echarse a dormir, despertar al día siguiente, ir a la oficina, revisar los papeles, entregar visas, hacer oficios dirigidos a su área en la Secretaría, caminar por las calles, asistir a ceremonias oficiales, dormir solo, frente al espejo ver sus arrugas cuando de pronto todo gira en las vueltas de la hamaca, en las rayas del televisor y entonces el excónsul, no señores, el será siempre el cónsul, siente el cansancio, palpa la pistola, huele su aliento y ve lo manchado de la piyama y los muertos en la casa de bajareque gritan desde el suelo.

Es ya el excónsul que no quiere visitar ningún sitio...

y menos el Tijuanita, que así le dicen también al pueblo...

y le gana la flojera que le barrunta desde hace un año en el sudor manchando la piyama que no se ha cambiado desde no recuerda cuándo...

y no quiere levantarse de los hilados de la hamaca que le arden en la espalda...

y se mueve muy lento al empuje leve de su pie...

y está viendo una pistola que debe cuidar para que los malditos no se la roben, frente a un televisor hecho de rayas...

y unos alacranes que con la cola levantada pasean por el techo de la casa muy cerca del río que parte a los dos países con el sonido de una guaracha que habla de una Nicolasa...

dime, dime...

¿qué le pasa que no puede dormir el cónsul?

O sea,

pa qué se va a amargar la vida contando en su sopa los gusanos del arrepentimiento, hay que tragárselos sin hacer gestos, con la risa a todo trapo, saboreando la cucharada, que si se aguanta eso es que ya se tiene la piel curtida pa reclamar los espacios que por ley de existencia le pertenecen a quien se los gane, los tarugos creen que es deshonor sacarle provecho a cada momento si las oportunidades están muy peleadas, hay más gente rondando, más peligros, en una palabra: más competencia, altero de trampas que la vida tiene nomás por vivirla, ahí está la chorreadera del sida como nieve de vainilla, el dengue que se encanija en el cuerpo, las amibas que andan en el aire, y con todo eso hay una caterva de cabrones que no entienden y tienen un montón de hijos,

o sea,

los hijos sin ton ni son acaban por buscarle la ruina al más pintado, y el Burrona no acepta nada que contradiga su filosofía que expresa siempre y cuando lo escuchen nada más los amigos porque delante de los jefes es callado, medido, y a solas se repite lo de ayúdate que Dios te ayudará, sobre todo cuando los gringos lo amenazan con echarlo del servicio por las torpezas en el manejo de los asuntos migratorios que son prioridad nacional, señor

Artemio, siquiera no le dicen Burrona delante de los desconocidos, y si se lo dijeran se aguanta, que peores miados se ha bebido,

o sea,

el Burrona anda siempre con las pulsaciones a tope si tiene que cumplimentar las órdenes de los gringos que en la oficina nadie les da gusto en nada, y si fuera sólo eso, pero no, además tiene que quedar bien con el lic Cossio, soportar lo cascarrabias del general, que como buen guerrero da instrucciones sin entregar las herramientas necesarias, así nomás, al puro valor de la palabra, y los de abajo ingeniárselas pa sacar las comisiones adelante sin ninguna ayuda,

o sea

que no es lo mismo cuando se trata de asuntos que Valderrama cataloga de confidenciales, uh, entonces el general revisa paso a paso señalando obligaciones, exigiendo cabal cumplimento de los planes, amenazando a los que pongan en riesgo el operativo; los milicos gallean igualito que si anduvieran en los desfiles patrios y la población civil fuera de rango raso,

o sea,

los altos mandos están metidos en los asuntos más enredados y no se vale que expriman nomás a los de abajo, que tienen necesidad de protegerse pa no servir de trepadero de mapache, y aunque las cagadas le llegan como aguacero de mayo, ni modo, hay que tener el suficiente papel pa limpiarse, pero eso sí, que nada se le meta al alma, que es el único lugar donde deveras se resienten las cosas,

o sea

que él capotea las embestidas, le da tiempo al tiempo, como lo hizo en Puerto Madero con la pan-

za llena porque le tupieron a los camarones al mojo
de ajo y naturales, a los ostiones del Pacífico que
son tan grandes y a un pámpano empapelado que
parecía tonina y al calor de los tragos del bajativo el
Burrona sintió la beatitud en la cercanía de L y habló mirando las olas que se enredaban en el sol del
crepusano: que los migrantes eran unos pinches
indios cagados llenos de enfermedades cabronas,
odiaba verlos con sus carotas siempre de una tristeza terrible, pinches manipuladores,

o sea,

pa que no se le atorara algún desgraciado re-
mordimiento él cargaba nomás con dos sentimien-
tos: el amor, bueno, no amor pero sí gusto por L, y
el otro, el miedo que trae dentro del corazón: que
lo fueran a despedir de migración porque ya estaba
impuesto a tener un ritmo de vida,

o sea,

nadie puede vivir con el puro sueldo pelón,
los extras son lo valedero, más riesgoso, sí, pero
marcan la diferencia, y L nunca replicó a lo que el
Burrona fue diciendo al impulso de la bebida: la
gente tiene una idea y cuando se carga con la edad
suficiente no hay poder que se la cambie pa no quedarse en el cabuz,

o sea,

que L debería entender que no es fácil pal
Burrona ir a las reuniones de trabajo y quedarse en
un rincón o buscarle los entreveres a la diversión
sin hacerse notorio, pasar desapercibido es tarea
difícil pero efectiva, no hay que darle motivos al
general que se encabrita si vuela una mosca, o al
ingeniero que tiene una mirada que alumbra cualquier vereda de la selva nomás de echarle los ojos a

un cristiano, cualquiera de esos dos, y qué decir del lic que también trae lo suyo con su pinta de mosquita muerta,

o sea,

estando esos tres que son la cima del poder en la frontera hay que andarse con mucho tiento, uh, si alguien brinca un pasito de más o le pierde la cara a los que mandan o se pasa de tueste o cumple mal las órdenes, lo echan abajo de las ruedas del ferrocarril, más si se sienten traicionados, el Burrona no quiere imaginar de lo que son capaces, no en vano los jefes llevan añales clavados en las mamaderas del presupuesto, en hilvanar los entramados del poder, y en andar de regalosos con las gentes del Distrito Federal porque hasta eso,

o sea,

estos señores ya ni siquiera buscan los contactos en Tuxtla Gutiérrez, ahí nomás está el podercito del gobierno local y los jefes son toros de alto calibre que saben por dónde moverse, salpicar billetotes en muchas direcciones, y a ver, ¿quién es el angelito que le hace ascos a un torrente de dólares?,

o sea,

L sin hablar, igual a los gringos que nunca dicen palabra, y el Burrona también guarda silencio porque todos tienen áreas secretas, él cumple con lo que los jefes le dicen pero saca algo de más para su cosecha, como lo hacen el Moro y el verga Trujillo, y el jefe de la gobernación, el Delegado, y Meléndez, y la doña, el dueño del Hotel Plaza, o los tres pelagatos que publican unos periodiquitos de dar lástima pero que pesan en la gente, unos fotógrafos de prensa, varios financieros, agricultores, el que se quiera y mande, aquí raro es el que no le entre al entre, y todos calladitos que hay pa dar y regalar en esta zona tan lejana a todo, esto lo calló frente a L pero sí dijo que cuando los amigos en la cantina La Mesa Redonda comentaban los discursos oficiales, les entraba una como risa escondida,

o sea,

los amigos nomás ponían ojos de perico pidiendo bizcocho cuando oían en las noticias que el general había decomisado quién sabe cuántos kilos de mota, uh, si la pinche mota no la quieren ni los pepenadores, y no había ni un comentario de los kilos de cocaína, de metanfetaminas y demás chochos que pasaban por la frontera; que el lic Cossio comandaba una investigación contra el crimen organizado cuando es él quien lo solivianta; que el ingeniero por fin solucionó el problema de la tierra sabiendo que a bajo precio él vende las armas de contrabando a los que andan trapicheando con los terrenos campesinos,

o sea,

que los amigos al oír las noticias se daban de codazos, ¿quién iba a creer que Cossio deveras cuidaba el orden? y le daban a la cerveza sin miedo ahí en La Mesa Redonda, porque en otros lados el miedo es como cuchi mañoso en esos caminos de la selva a deshoras pa recoger la mercancía y después llevarla a donde le ordenan y se tiene que viajar solo que es de mucho peligro pero a veces mejor que andar con un compañero que traiga el demonio de la ambición y le ponga un cuatro que lo desaparezca, y quién va a reclamar algo si luego luego iban a declarar que las organizaciones criminales, que por fortuna van perdiendo la batalla en la guerra de la honestidad contra el vicio, causaron una baja más entre los leales servidores de la nación,

o sea,

y la baja anunciada pudiera ser el Burrona y él no quiere que se la hagan de revoltura patriótica, y se levantó de la silla de palma pa escenificar las poses de los jefes, pero nomás eso, puras poses, puro palabrerío porque lo que se maneja en lo oscurito es lo que da ingresos, insiste el Burrona a L, que sirve de oreja al despeñadero verbal del tipo grueso, de cabello entintado de color caoba, que sigue bebiendo tequila en copas chatas y habla de la venta de armas a los seguidores de clérigos de todo tipo, de los que presionan pa sacar provecho con las santas aventuras del alma, insiste que a los polleros y a los que quieren serlo se les pone un tapetote pa que funcionen, de lo que pagan los dueños de los burdelitos pa que no se los cierren,

o sea,

en las reuniones de los amigos, frente al tequila sabroso como ese que bebieron; de los pescados empapelados como los que comieron; de los trozos de carne asada que otro día darán cuenta de ellos; en esas reuniones de amigos que conocen las tripas del asunto, con risitas y cerradas de ojo se burlaban de las declaraciones oficiales tan lejos de la realidad a la que el Burrona teme porque él anda en estos vericuetos y se puede quedar tumbado en cualquier lugar de la selva y ni quien diga nada,

o sea,

no importa que el Burrona ponga cara de macho y vocifere con los colegas si en verdad anda con la cagalera del miedo colgada como mala vibra y no hay minuto en que no brinque al oír el teléfono, o se peine una y otra vez cuando con mucha discreción, porque no hay precaución innecesaria, el general o el ingeniero o el lic lo mandan a llamar a deshoras pa que ayude en tal asunto, o que se incorpore al grupo que va a ver lo que está sucediendo con determinado operativo confidencial,

o sea,

el Burrona conoce cómo se cocinan los asuntos y a veces lo platica con Melitón Grajeda, o con Meléndez, con el mismo Moro, o cuando se le puso cerca a don Chava porque andaba de buena onda al calor de los tragos y el Burrona le dijo que no había nadie que pusiera el grito en el cielo por las ganancias, y que si no se las llevaban ellos se las llevarían otros, que ni siquiera en los periódicos se hablaba mal de los jefes y de don Chava, todo estaba en calma, sin sobresaltos, los jefes pa nada tenían que hacerle caso a los inconformes, que son unos envidiosos deslenguados que dicen que la frontera del sur está convertida en una olla de mierda y que el gobierno federal debería fajarse los pantalones pa ordenar el caos; eso siempre se viene diciendo, le contestaron, y el Burrona tiene la impresión, y así se lo dijo a don Chava al valor de los tragos y de lo contento que andaba el señor, que si el problema no le toca a la gente de una manera directa se tapan los ojos y que si el lic y los demás jefes estuvieran afuera del bisnes, otros carajos que nunca faltan le pegarían de mordidas al pastel,

o sea,

el Burrona no tiene por qué cargar los remordimientos de nadie si él cumple con la familia, es amigo de los vecinos, se somete a las reglas del fraccionamiento de Barrio Nuevo, va a la iglesia, comulga igualito que lo hacen los demás, que según ellos no tienen manchas en la piel del alma y por pazguatos andan apretados de dinero y él no,

o sea,

que ruede el mundo, a la vida se viene a gozar y él no quiere que le regalen nada, sino que lo pongan dónde, nomás que no sea en el ferrocarril porque ai sólo los más jodidos viajan, y el Burrona no entiende cómo alguien se atreve a subirse a ese cacharro,

o sea,

lo graneado baratón está en los autobuses que viajan por carretera, y en esos terrenos ellos son los mejores, él, Meléndez, el buen Grajeda y otros, como el Moro que nomás de oler a los pinches indos ya saben de qué país andan huyendo, sagrada nariz de los migras comandantes, como la del Moro que a veces le da miedo por lo retobado que es y no tiene una visión del futuro, anda como chivo loco metiendo la pichula en la nómina y no,

o sea,

en esto se debe tener un objetivo aunque los costos sean altos, al Moro no le interesa el futuro, no quiere casarse y tener hijos, ocupar su lugar entre la sociedad, le vale madre vivir donde sea, al Burrona no, él se quiere jubilar en Veracruz, o en Cuernavaca y ahí descansar de todo sin los sofocos que lo embargan día y noche porque en este trabajo no hay horarios ni calendarios, dice la canción de quién sabe quién,

o sea,

nadie tiene el futuro asegurado, hay que construirlo conforme las oportunidades vayan llegando, al Burrona nadie se las regaló, que carajos, las fue ganando una por una, porque hay otros que las tienen a vuelo de mano, se las ponen peladitas y en la boca, y el Burrona tiene que capotearlas como sea, soportar las intemperancias de los malditos gringos que nadie entiende su actuación, una vez jalan pa allá y otras pa el lado contrario ante una situación similar, ¿quién carajos los entiende?: nadie, menos el Burrona que además les teme, significan su cese si a los pinches gringos se les hinchan los güevos,

o sea,

el Burrona tiene bien marcados sus terrenos, sus miedos, sus avances, implora a sus amuletos pa que nunca lo manden a la parte de la frontera inmensa, la que nadie puede cuidar, a ver, que le digan de un garañón que se atreva en la selva más allá de la cordillera donde nace el Satanachia por esos pueblos que apenas conocen la luz eléctrica, los caminos son largas soledades bachosas, las salidas hacia el norte están tan vacías que al cruzarlas los indos se desvanecen en las nieblas falsas, o se hacen lodo de los pantanales, vuelan en el aire de los precipicios, ni quien lo ponga en duda, ese es territorio de las sombras, de los demonios, de las fieras, de las balas, de los desamparos, es terreno donde se refugian los tatuados a esperar que se calme la histeria porque traen harta justicia persiguiéndolos, ahí es comarca de los maras que no tienen patria, de los hervores del calor, a ver, ¿quién es el trinchón que se mete a donde nadie se atreve?,

o sea,

pa qué buscarle chichis a las gallinas si el mogollón está aquí mero, en Tapachula, en Ciudad Hidalgo, Talismán, los pueblos de la comarca digamos, ai el peligro es duro pero no imposible, el

Burrona está vivo porque no lo han mandado a cubrir otros terrenos, está vivito y coleando ojalá por muchos años pa después gozar de su descanso; a él que lo pongan a funcionar en los alrededores, donde está las brevas doradas, por ahí en Puerto Madero, en las goteras de pueblos como Cacahoatán, que lo pongan cerca de donde el tren tiene su reino, el bendito tren que pega más insectos que un mosquitero, que jala las hordas que quieren irse y creen que el tren los va a sacar del calor y nomás embauca a los jodidos que traen pocos dólares,

    o sea

    que nadie se atreva a borrar la leyenda del tren, uh, la historia corre por toda Centroamérica, que nadie se atreva a desdecirla porque el negocio se termina, y eso el Burrona no quiere ni pensarlo, que no le hagan caso a quienes dicen que el tren mata, porque mientras todos crean que Tapachula es ciudad que ilumina con sus tentaciones en el primer paso hacia el norte del norte, la película seguirá dando color a esta parte de la región que es donde están los surcos en que él tiene su cosecha, aquí y no en la otra larga parte de la frontera llena de selva y alimañas, lugares como Echeverría, Flor de Cacao, Benemérito de las Américas, en esos parajes ni siquiera hay gringos porque se les aguada el fundillo, ni policías, ni migras, es la soledad, y dicen que donde nada existe existe todo: las pistas pa avionetas, los camiones de redilas que cargan indos como latas de aceite de coco, los paquetes de armas, las putas sin edad, los tragos sin marca, los campos abandonados donde viven los maras, y él no va a ser tan bruto de meterse a esas tierras donde no hay garitas ni retenes, no hay quien se enfrente a las bandas, y los soldados o son cómplices o se echan en las hamacas esperando que no les truene un balazo; no señores, nadie tiene el cerebro tan fundido pa meterse allá, menos él, ni tampoco los otros compas que saben que el cosido del tinglado se arma en la zona cercana a Tapachula, la ciudad a donde tiene su casa el Burrona,

    o sea,

él sabe que a los días hay que contarlos de a uno por uno, no mirar por meses, y menos por años, por eso implora en las noches, va a la iglesia, sigue los consejos que le dan las santeras en la Congregación, escucha los mensajes de Ximenus a través de doña Lita, carga con sus amuletos, pero sobre todo ahorra, trabaja y forra por abajo su colchón con ruda y yerba santa, camela a las putitas, las surte de cocaína pa que la consuman o la vendan, que ese es asunto de cada quien,

    o sea,

busca los extras a como de lugar, y en sus rezos y echadas de suerte, en las limpias con ramas santas, pide se le permita seguir hasta completar su futuro, y con fervor ruega a las Voces Iluminadas lo ayuden pa que nunca lo vayan a mandar a la otra parte de la frontera, sino que lo comisionen en el aeropuerto de Tapachula, que es ruta de indos que traen dólares, la ganancia es de lujo, el personal les da servicio plus y cuando llegan al aeropuerto del De Efe, los agentes de allá hasta disfrazan a los indos de paisanos mexicanos,

    o sea,

la lista de peticiones pa sacar en avión a los indos es tan larga como el río, y si no le dan chance en el aeropuerto que de perdida los gringos no le

jodan la carrera porque el Burrona aumenta los aho-
rritos cada hora del día, aunque se dé el lujo de la
tele por parabólica que es lo máximo, y puede gozar con los partidos de futbol desde España, las mises
universo, los juegos de fut americano, darle y darle
al control de la tele pa ver todo el mundo, las bodas
reales y tantas cosas que se pueden tener a la mano
con la antena,

o sea,

que la vida buena tiene su costo y el Burrona
está dispuesto a pagarlo, con el miedo de que le
caigan judiciales que no estén en el ajo y a balazos
quieran meterse a la jugada grande, o que el lic
Cossio le ponga un cuatro, el Moro lo quiebre en
alguna vereda de la selva, Meléndez sea un asesino
a sueldo, o que un pinche marero le quiera poner el
nombre de Artemio Medardo a una lágrima de sus
cachetes, o lo manden a la frontera lejana,

o sea,

tiene que andar con los pies de plomo y no
fiarse ni de su sombra porque a los que se agüevan
les pega una mordida el Chamuco y no hay remedio que cure la herida,

o sea,

el Burrona desde que se despierta anda con
las antenas bien alzadas pa seguir las instrucciones
de los jefes, correr si los gringos le truenan los dedos, cumplir con lo que mande a decir el general o
el ingeniero, y a sacar la más raja posible cuando
capea indos si de ellos obtiene lo mejor, porque ese
conteo es como las gotas de agua: de a una por una
llenan albercas y más rápido se llenan si seguidito
caen los chubascos dinerosos de la blanca, los
chorrazos que se obtienen cuando se hace de la vis-

ta gorda en los alijos de mayor grandeza que pasan desde el sur y todos saben la clase de personal que los custodia, puros cábulas con placa, aquí todos son cábulas, el lic Cossio, el Moro, los indos, las putas, todos, Meléndez, todos, y el Burrona no es tan pendejo de hacerse a un lado de las ganancias si además sabe que a los que no le entran al asunto los despiden, los congela el Delegado, si les va bien los concentran en la base del Distrito Federal y si les va mal los desaparecen,

o sea,

el Burrona no quiere eso, sería tanto como cortarse las alas sin llegar a sus metas, y mientras rece a los santos, no desoiga los consejos de Ximenus, vaya con frecuencia a la Congregación, ponga sus buenos manojos de ruda debajo del colchón, se bañe con agua de albahaca, que con la discreción debida tenga a L a su lado porque eso le da harta confianza, baje los ojos ante los gringos, no se conduela de los llantitos de los indos y esté siempre con los ojos abiertos en las noches de la selva, pero sobre todo, sobre todo, que nunca piense en delatar porque se le acaba la carrera, mientras nada de eso suceda, Artemio Medardo la va a gozar porque este mundo es de los que avanzan y él no quiere que pa siempre le sigan diciendo Burrona,

o sea

Sin faltar ni uno solo, cada 31 de octubre doña Lita pasa la noche sin dormir. Así lo ha hecho desde niña, cuando su madre le dijo que si aguantaba el sueño en esa fecha su vida iba a ser tan larga como las horas de su desvelo.

La víspera del día indicado, en medio de órdenes y oraciones, se prepara: no come grasas ni picantes que le puedan afectar las tripas, ni una gota de bebida que contenga alcohol, ayuna en sexo, desde muy temprano reza y, vestida de blanco hasta la ropa íntima, prepara infusiones de yerbas que regalan tan buen sueño que al llegar la noche del 31 ella tiene la frescura necesaria para pasarla sin cerrar los ojos, mojada con repetidas cubetadas de agua de ruda pero sin desnudarse, manteniendo los ropajes íntimos como prueba de su manda, y así entrar triunfante a la mañana del uno de noviembre, dedicado a Todos los Santos, pero sin quedarse en esa barrera, sino llevarla todo el 2, dedicado a los Fieles Difuntos, hasta las doce y un minuto del 3 de noviembre, festividad de San Martín de Porres, y así tener un alargado extra para no darle oportunidad a los Guardianes de la Luz de que le escamoteen los años ganados a las horas de la vigilia.

Desde el primer momento de su relación, aun antes que Lita rompiera con su segundo matrimonio, Felipe Arredondo no objetó esa costumbre, pero dijo que jamás la visitaría en el tiempo de las vigilias de Todos Santos.

—A veces Dios nos pone a prueba y uno tiene que entenderlo, mi mexicanita.

Como tampoco la visita con marcada rutina porque no quiere darle achaques a ese amor que libre de ataduras carga desde los años en que Lita dejó a su segundo marido, quien le reclamó airado los quereres con el cura y de lo que en Tecún-Tijuanita se chismorreaba.

Entonces Lita, enjarrada de brazos, con el cabello al aire del río, le dijo que:

—Después de la Voz del Universo, no puede existir en el mundo otra fuerza más grande que la de los Soldados del Señor.

Cuando el segundo marido ya no tuvo estatura para oponerse a la decisión de su esposa, sin discusión le firmó unos papeles de divorcio, agarró sus pocas pertenencias y se fue a México, a Tamaulipas de donde era, no sin antes decir que las brujas y las cruces andan de la cola juntas, lo que Lita repitió a carcajadas hablándole de inmediato a Felipe Arredondo, quien al enterarse de la ruptura, sin reírse de lo de brujas y cruces, viajó desde su parroquia, feliz, sabiendo que llegaba el momento de cerrar el capítulo en los hoteles de Ciudad Hidalgo y dormir en la casa de Lita sin estar con el Jesús en la boca y la ropa lista para salir corriendo.

Para entonces la doña llevaba años de andar cuidando niñas llegadas del sur, y Arredondo, que no el cura sino el hombre, supo que cercar a Lita con barreritas moralinas era lo mismo que desviar el curso del Suchiate, y le dijo que él no buscaba más que el cariño fiestero y ella suspiró contestando que estuviera seguro: nunca le daría un solo momento sin gozadera.

Y jamás ninguno de los dos ha roto la promesa que establecieron como compromiso llevando a cabo dos ceremonias: una en Tecún por ser una población dentro de la patria de Felipe, y otra en Ciudad Hidalgo, México, país donde nació Lita, aunque lleve tantos años de radicar en el sur del Satanachia que no falta despistado que la confunda con cachuca...

—Mejor di chapina, mi mexicanita, se oye mejor lo de chapina, ¿no te parece?

En Tecún Umán, sentado junto a los demás fieles, sin que Felipe reclamara un sitio especial por su condición de clérigo, asistieron a la misa de doce de la mañana del domingo, y entre canto y rezo, en voz baja, Arredondo poniendo su boca junto al oído de ella, adoptó su condición de cura bendiciendo con oraciones en latín su propia unión para después festinarlo en casa de Lita, a donde asistieron amistades cercanas o de compromisos laborales; en primer lugar el licenciado Cossio, a quien mucho se le agradeció su presencia sabiendo que casi nunca asiste a festejos lejanos de Tapachula, y menos si son privados y fuera del país.

También estuvieron don Nicolás Fuentes, cónsul de la República Mexicana en la ciudad fronteriza, quien tocado con sombrero panamá bebía cerveza sin parar. Por ahí andaba Sabina Rivas, que si bien no iba de pareja con don Nico, era sabida la preferencia que el funcionario tenía por la catracha de pelo rizado. Katia, que siempre alegra cualquier reunión pero sabe ser discreta si la situación lo amerita. Julio el Moro Sarabia, que es seco y con una bronca interna a punto de brincar como tigre, pero necesario en los negocios serios de la frontera, en las reuniones botaneras, sin olvidar algunas fiestas familiares.

Como lo era este caso en que al parecer bien a bien nadie conocía la razón del festejo, aunque algunas voces señalaron que se trataba de oficializar a la pareja, de darle estatus en Tecún, y Lita, entre vuelta y vuelta, entre trago y cigarrillo, porque la blanca circulaba en el baño, con discreción, no porque alguien fuera a decir algo, sino porque no se debían hacer obvias algunas cosas, Lita, feliz junto a Felipe que era el mar de carcajadas, dijo que siempre debe existir un pretexto para reunir a algunos amigos fraternos y que decir salud entre gente preciada era como elevar rogativas al altísimo.

Eso fue lo que doña Lita buscó al invitar a gente tan especial como al general Valderrama, al ingeniero Santoscoy y otros que no pudieron asistir. Pero sí lo hicieron Danilo de León, al que desde lejos y sin perderlo de vista, Sabina le contaba los pasos. Don Chava, siempre tan dicharachero y dispuesto a la broma, sobre todo con las mujeres. Ruperto el Ecua, que ayudaba a servir pese a que se le dijo que ahí estaba como amigo y no como mesero. Peredo, hablando con la voz engolada del que vive del micrófono. Otros personajes más como Lizbeth, que era reclamada en cada círculo, aplaudida por su atuendo tan estrecho y tan bello, camelada en especial por don Chava y convidada a bailar por todos. Arrinconados y de pocas palabras, un par de oficiales de la guardia nacional guatemalteca bebían sin demostrar júbilo ni siquiera cuando Lizbeth y Sabina ofrecieron un número con música

de Marea Baja en donde las chicas en forma exagerada adoptaban poses que hicieron reír a la concurrencia y a carcajadas a don Chava, que dicen fue el
que más la gozó.

Con qué gusto fue recibida la famosa marimba de los Hermanos Montaño, imprescindible en
cualquier festín que se respetara, cuyos elementos
soltaron las manos en arabescos con las baquetas,
atendiendo peticiones alegres y a veces nostálgicas
como las que Felipe hizo después de una apología
marimbera metido en los pasajes de su juventud
antes de que entrara a servir intereses superiores.
Así dijo cuando los que lo escucharon sabían a qué
intereses se refería Felipe, a quien en Tecún Umán
nadie le llama padre.

Fue, siempre lo recuerda Lita, un festín
inolvidable, y la sorpresa de la tarde que por ahí,
con el peine como arma y un vaso que nunca
soltó, estuviera unos minutos el Burrona, a quien
nadie le dijo así, sino comandante Artemio
Medardo.

Comandante, como a los agentes de la migra
mexicana les encanta que les llamen sin importar
que este grado no exista, y en este caso la sorpresa la
daba porque era conocido que el Burrona, hasta
donde le era posible, evitaba visitar las tierras de
Tecún Umán, lo que fue muy comentado días después de la fiesta en donde corrió trago del bueno,
un gran cochito dorado mandado a hacer en Tuxtla,
alteros de piguas al mojo, butifarras de San Cristóbal, tasajo de Comitán, chiles de Simojovel con frijoles refritos, tamales de las tierras alta de Guatemala,
popusas y tortillas hechas a mano, cerveza Gallo
enfriada en hielo que no es lo mismo que en refri-

gerador, eso cualquiera lo sabe, todo a mares porque la concurrencia lo ameritaba.

La segunda ceremonia se llevó a cabo casi en secreto; casi, porque algunas personas lo supieron pero nadie asistió. Felipe tuvo que aceptarla, pues era condición a la cual jamás ella negociaría ni por las promesas más ostentosas: Ximenus Fidalgo los recibió una noche en sesión especial sabiendo que el consultorio nunca abre sus puertas después de la siete de la tarde. Más de media hora los hizo esperar en la antesala vacía, sin ningún ayudante, como en su momento lo fue la hermana Anamar, y que ahora ocupa otra joven llamada Casilda, a quien doña Lita recomendó para asistir a Ximenus, quien por medio de la luz en los ojos del Cristo y abriendo la puerta sin que ninguno de los dos supiera quién lo hacía, Felipe, medio embroncado por no haberse negado de una manera cortante a aceptar ese rito, y Lita, radiante como si se tratara de su primera comunión, vieron a Ximenus detrás del escritorio, con los brazos extendidos a la altura del pecho, la luz remarcando los parches negros del maquillaje en contraste con lo blanco de la pintura alrededor de los ojos, los labios y su periferia chapeteada en rojo.

Los recién unidos, que no casados, vieron a la figura de Ximenus, hundida en un olor entre sándalo y yerbabuena, desplazarse hacia ellos. Tiempo después lo comentarían en charlas que Felipe buscaba cortar lo antes posible porque era notorio que le causaba, si no miedo, por lo menos nervios.

La pareja, tomada de la mano, admiró la entrada de Ximenus que barría con la cabeza el dintel de la puerta, lucía un vestido de tela brillante abajo de una capa y unas hombreras descomunales rematadas en forma de pico; todo de colores negro y rojo, al igual que el cuero que delimitaba el hondo ondulado de unas botas hasta los muslos, sostenido el cuerpo por unos zapatos de plataforma desmesurada.

Felipe Arredondo, guatemalteco de nacimiento, cura de Mazatenango, escuchó una especie de murmullo cantado, incomprensible en sus palabras, pero bien seguidas por Lita que unía su voz susurrante a lo que Ximenus dijo antes de pasar la mano helada por el rostro de ambos, con los anillos brillando como astros, zumbar más fuerte en la voz, regresar a su sitio, elevar la vista hacia el techo que le quedaba cerca, no mover ni un músculo y quedarse en medio de otro aroma más penetrante, hasta la salida de ambos.

Antes de que el cura pudiera articular palabra, Lita, con voz de arrumaco, dijo que como fin de ceremonia iban a cruzar, con una vela marrón prendida, cinco veces ida y vuelta el Satanachia, cantar cualquier melodía pero que fuera alegre, y hacer el amor en un hotel de Tecún, sin importar cuál, pero eso sí, a la medianoche, exactamente a la medianoche, debían estar sobre el suelo mexicano, instalarse en otro hotel, ahora en Ciudad Hidalgo, para hacer lo mismo que en Tecún sin tomar trago en ninguno de los dos sitios.

—La pasión tiene que cobrar su precio.

Y contrataron para los diez viajes a un balsero viejo, de sombrero raído, que los fue mirando sin entender la razón de que una pareja vestida con ropa que nunca usarían los migrantes, cargando y cuidando una vela inmensa, fuera y viniera de un lado a otro del Suchiate y lo hiciera esperar pagando por hora el tiempo que tardaron en las dos orillas. El balsero, por haberla cruzado varias veces, conocía de vista a la mujer, que iba feliz, jugueteando con el agua sin dejar de ver la enorme cera, y el acompañante serio, como ausente, aunque escuchó que en voz baja rezaba algo al Cristo de Esquipulas.

Lita llevaba abrazado al cura, que sentía en la boca del estómago un ruido que los rezos no pudieron borrar por más calenturas que Lita desparramara en la cama de los dos hoteles; no fue sino hasta la mañana siguiente en que salieron del hospedaje en Hidalgo y fueron a los merenderos a comer tilapia a las brasas embadurnada de axiote y caldo de iguana con chile de árbol, no sin antes orar mirando ambos hacia distintas partes del horizonte, cuando a Felipe Arredondo, quizá por la comida o por el calorcito del día, se le empezó a quitar la quejumbrera en las tripas.

A partir de las dos ceremonias, Lita tuvo sexo con aquellas personas con las que los negocios la obligaban, y sólo con ellas, y permitió que Felipe Arredondo probara las veces que quisiera a las chicas que la doña iba preparando para el trabajo en los bailaderos, para el jolgorio retozante en las fiestas particulares, o como camellos en la venta de los Alivios para el Sueño Inmortal, como ella les decía a las metanfetaminas, al crack, a la cocaína y a lo que el Burrona o el Moro o Meléndez le llevaban en forma de polvo o de comprimidos, sabiendo que mientras menos preguntara sobre esas ventas mejor le iba a ir; la mujer, experta en el negocio, prefería trabajar con las chicas aunque siempre tuviera un ojo avizor a las actividades de las que ya estaban dentro del asunto del Sueño Inmortal, pero eso sí,

que ellas creyeran que a la tonta de la doña la enga-
ñaban haciéndole creer que eran las chicas quienes
en secreto atendían ese negocio, en el que casi la
totalidad de los asistentes a la fiesta aquella de su
unión secreta con Felipe Arredondo tenía intereses.

Y de nuevo le repite a Lizbeth que una de las
mejores recetas para vivir largo y tendido es no dormir el 31 de octubre, no dormir pero ni un solo
segundo, y la panameña la mira en silencio, cabiz-
baja, nerviosa, con los ojos sin rímel y llenos de
agua.

—Así que tú haz de tu vida un sayo pero no
te confundas y creas que andas por la libre.

Le dice a una inquieta Lizbeth que insiste en
aceptar el contrato que La Noche de Eros le quiere
dar en Tapachula porque a un cliente del Tijuanita
le encantó su número de Marea Baja y ya ha venido
tres veces con los papeles del arreglo por una semana, y que si ruedan bien las cosas se puede quedar
más o hasta ir a Tuxtla Gutiérrez y vamos a ver más
delante, dice que dijo el hombre llamado Melchor
Corona.

—Con ese nombre no puede ser más que rey
mago.

Y la doña dice que de principio está bien, pero
que es necesario que el tal Melchor tenga una charla de aproximación con ella, con doña Lita, que sin
decirlo piensa en Danilo, aquel gavilán que ante-
pone a su nombre el de Corazón de León, y que
tanto la ayuda ayateando a las desbalagadas de Honduras y de El Salvador, principalmente, sin dejar
del lado el resto de otros países a donde se les
embarranque una guerra, o una contraguerra que
son las peores, o uno de esos ciclones que no dejan

títere con cabeza, o una de las repetidas quiebras de gobierno que tantas y tantas fugas desesperanzadas hacia el norte causa...

...como cucarachas corren pacá...

...mirando la esquina iluminada dentro del Tijuanita donde Lizbeth anda con los síntomas de la nerviolera por ayuno de la blanca, y al recordar los desplazamientos masivos de la gente del sur, a la doña le da en cara el rostro de Corazón de León, sus maneras, sus galanteos, y se da cuenta de que los reyes, en el calor de esta parte de la tierra, también andan con su séquito de creyentes y de pirujas, bueno, mejor decirles chicas que la vida de pobrezas les ha querido torcer el rumbo, pero que por fortuna tales niñas no están solas en este valle de lágrimas porque existe una doña Lita...

—Yo...

...que por ningún motivo va a permitir que a sus pequeñas las engañen con chicles y dulces garapiñados.

Y enfrente está la panameña que mueve las manos maraqueando el sonido de su voz cortada, igual que si interpretara cumbias retrecheras:

—Dice don Melchor que en Tapachula el trabajo puede ser doble porque en las noches bailo en el cabaret y en el día puedo apoyarme con las llamadas al celular que tienen.

Eso Lita lo conoce, es uno de los negocios del ingeniero Santoscoy, y si el tal Rey Mago habla de las citas por teléfono móvil, es porque el inge anda metido en eso, y ella no puede dar un paso en falso mandando a la panameña al negocio por la libre, si nadie puede salirse del control del inge, es como si quisiera manejar la droga sin que lo supiera

Valderrama o el lic Cossio, puta, le cortan las verijas, le pegan de balazos, le tronchan las piernas bajo las ruedas del tren, así que, como siempre hace cuando el asunto tiene sus colgaderas, jugó a la evasiva amable diciendo que lo iba a consultar con la almohada y vio a Lizbeth esperar más palabras y al no haberlas tomó rumbo a los cuartos donde las chicas viven de día en el bar Tijuanita y por las noches sirven de cogedero sabroso, porque sabroso debe ser desnudarse y desnudar dentro de esos olores, algún día ella le va a decir a Felipe Arredondo que nada más por ver qué se siente se metan a uno de los cuartos a revolcarse como locos, a cubrirse de esos olores, y que al terminar, si el cliente quedó satisfecho, el cura le pague un fajo de quetzales: lo de la tarifa más la propina por buenos servicios, aunque después ella se los devuelva con intereses cachondos, sólo pa que los dos se burlen de la vida colocándose máscaras de otras personas, por lo menos ella sí se burla, porque a Felipe a veces se le amotina lo clérigo, el muy cerote.

Pero eso sería después, no debe revolver los arrumacos del cuerpo con la negociación cotidiana, ahora se trata de vigilar los pasos de Lizbeth que anda ya metida en la prendidez, y eso tiene sus bemoles porque no es una sola a la que tiene que conducir en los carriles adecuados, son muchas, como debe vigilar los dimes y diretes de cada una de las muchachitas, trabar bien las amarras pa que en ninguna parte se suelte la hebra que doña Lita maneja con la firmeza que dan los años de hacerlo, porque mientras Ximenus le siga otorgando su gracia, el paso de los años se contará solamente en las aguas del Satanachia, y la mujer estará ahí, a su lado, para

validar la costumbre de no dormir durante los días
en que la festividad de los muertos, en el uno y dos
de noviembre, alargue su vida más allá del vuelo de
las garzas.

—No voy a dejar que ningún cerote nos quite la ilusión —le dijo a Rosa del Llano antes de tragar el primer sorbo de café de la mañana aluzada de calor, dura en el sofoco apenas combatido por el abanico de techo en la habitación del Guadiana, con un mueble de madera donde se esconden las cucarachas, en el tercer piso del hotel estrecho, con la ventana que da hacia el oriente pero sin dejar de ver el río como si lo hubieran construido con el ánimo de que todos los huéspedes, desde los cuartos que dan a la Avenida 5, tengan la constante presencia del Suchiate a esa hora de la mañana ya cruzado de balsas, luminoso, rodeado de vegetación, con el continuo revuelo de los pijijes en bandadas.

Después de la noche en que lo atraparon los migras en la estación El Palmito, nunca más le iba a creer a los enganchadores que mandaban a los ilusos en el autobús de pasajeros diciendo que tenían arreglados a los agentes mexicanos...

...nomás diles que eres mexicano, de Cacahoatán, que el presidente de ahí se llama fulano, y el de todo el país mengano, y pasas, hermanito...

...malcabrestos cerotes que no tienen compasión de nadie, por eso Dimas Berrón, guatemalteco, de la familia Berrón, conocida desde Escuintla hasta Suchitepequez, jamás iba a caer en las trampas de esos malcabrestos que no tienen sangre de cristiano sino de yacaré, ah, pero ora sí, no en vano las semanas en Tecún Umán le han retorcido el colmillo y ya no va a caer en trampitas donde sólo los novatos pagan las consecuencias, esos que a ciegas se meten en los peligreros del verbo sudoso de los polleros que ofrecen las perlas de la virgen con tal de jalarse los dineros y a cambio puras sarnosas mentiras de diablo matrero…

…y Dimas Berrón, nacido y criado junto a los verdores de Cotzumalguapa, cerquita del río Santiago, que en nada se parece al que tiene enfrente, le pegó otro sorbo al café frión que la esposa había apenas medio calentado en el hornillo eléctrico, apenitas, porque los del hotel registran los cambios en la corriente eléctrica y los cobran como extras, ydeay, igualito que si fuera electricidad de oro molido, pucachas que si la cobran los malcabritos.

—Mirá vos, las prisas dan consejas arrebatadas —le había dicho Rosa del Llano la mañana en que él llegó fingiendo calma que sabía la mujer no tragaba, a contarle que en El Palmito lo detuvieron sin que los agentes aceptaran el cuento de que era agricultor mexicano…

…los carachos nomás me olieron y me echaron de regreso…

con la voz ensueñada le dijo que el dinero se lo decomisaron los aztecas, así le contó, diciendo también que Dios arremanga pero no tuerce porque por Gracia Divina no se había llevado todo el guardado de quetzales, pero no le quiso platicar lo cerca que vio la muerte en manos del marero porque la mujer, con la que tiene dos hijos que se quedaron al cuidado de la suegra, le tiene pavor a los tatuados, ha oído lo que la gente dice de los maras, y no quiso aumentar el miedo sobrecargado de su esposa que no sale ni a la calle porque aborrece Tecún, dice que es como la cueva del diablo, que ahí no conocen el respeto, todos traen la cara del maligno, y Dimas no quiere que ella tenga más argumentos y lo presione pa que se regresen a Cotzumalguapa y se olvide de querer vivir en una patria tan lejana y con tanto dinero como dicen que se vive en los Estados Unidos.

—Es más que una ilusión, mamita, es pa que los chinis tengan otra vida que no se parezca a la nuestra —mientras le da otro jalón al café esperando de qué manera decirle que ora si ya tiene todo arreglado; Epaminondas le había presentado a una señora bien amable que les dijo a los dos que no fueran majes y le anduvieran haciendo caso a las gallinas culecas, mejor se habían de fijar nomás en las que ponen huevos, pa eso estaba un migra que ella conocía, seguro mil por ciento.

—Aquí todo lo que vale está del otro lado —les dijo la mujer de nombre Lita…

…porque de nada valía cruzar el río y andar de paseador en la orillita si lo mero cabrestoso estaba tierra adentro del lado de los aztecas.

Así dijo la señora que según la información de Epaminondas Escudos, éste ya le había investigado las referencias y de todos la señora era su mejor seguro pa irse hasta por lo menos a un territorio, o estado como ellos le dicen, al que le nombran Tamaulipas que está en la línea y de ahí nomás un brinquito pa la otra frontera.

—Esa es la mera buena, mi amigo, no ésta onde como majes nomás andamos vagando —aclara Epaminondas. Él viajaría solo, primero iba a ver si las cosas se daban como las pintan, ya despés mandaría por su esposa y los tres cipotes, pero como el amigo Dimas tenía a la señora ahí mismo, pus era natural que también jalara con ellos pero que tuviera en cuenta lo del pago, doña Lita cobraba poco pero el retecabrón del migra mexicano no, con esos no valía la pena ni buscarles la buena con alguna regateada si a lo mejor nomás por sus puritos güevos se trepaban al triple los malcriados, pero pa eso estaba la señora Lita que parecía chapín, sin estar seguro de eso.

Dimas Berrón supo que en este trance Rosa del Llano tendría que acompañarlo porque era peor enfrentarla a la soledad en Tecún Umán, donde sólo saldría viva de puro milagro porque este pueblo está tan lejos y es muy diferente al suyo aunque los dos sean de la bendita Guatemala, sí, pero en Tecún se huele la podridez y la gente no mira cara a cara, andan como gavilanes huidizos, ni pensar que ahí se fuera a quedar Rosa del Llano, o lo más peor, que se regresara ella y su alma por los caminos rumbo a Cotzumalguapa, nomás saliendito de Tecún se la iban a cargar los mefistos, y le ganó el ansia de hacer las cuentas en lo que les iba a costar el viaje por los dos, lo de él y lo de su esposa porque en eso de la pasada, dijo Epaminondas, los que viajan pagan lo mismo así sean cipotes, no digamos si se trata de la mujer del viajante, y tuvo que hacer un esfuerzo en no darle en llegandito la noche anterior la buena nueva a Rosa pa decirle que lo pastoso de la espera tenía ya una salidera, que era cosa de parlamentar con la tal doña esa pa ver qué garantías le daba, y si le miraba la buena fe en los ojos no iba a continuar con las pensadas sino se iban a arrancar pal norte porque seguir y seguir atorados en el Hotel Guadiana era como momificar su vida chorreándose por las rebabas del Suchiate.

No quiso que el calor le arrebatara la tranquilidad a la esposa y sin quitarle el ojo al río dejó la taza de café y le dijo que lo más seguro era que al día siguiente por la noche iban a agarrar camino; su amigo el salvadoreño y él así lo habían decidido, por lo que platicó con la señora Lita, una mujer que luce mirada y maneras confiables, iban a echarse el viajecito ellos dos, Epaminondas que es de El Salvador, y una pareja más de hondureños, nomás eran cinco, eso les daba más garantías porque un regimiento de mojados son más notorios a la hora que surja alguna traba, que por más lejana que sea siempre se debe llevar bien calada en los asegunes.

Con la doledera que se le recuela en el bajo vientre desde que tuvo a su hijo Balbino, ella traga el café casi frío y mira la habitación del Guadiana, con una tele chiquitica, de cama dura bajo una colcha rojiza, el abanico del techo que más hace ruido que avienta el aire caliente, las paredes sucias y sin cuadros, los vidrios llenos de mugre en la ventana donde su esposo ve para fuera, las cucarachas que andan levantando las antenas en busca de lo que sea, y Rosa del Llano Santacruz de Berrón está a punto de hacer lo que jamás ha hecho en su vida: gritar y tirar la taza, decirle al hombre que la terquedad es de chafarotes de pueblo y ellos lo son, tienen un terreno y el campito algo da, tan da que les ha permitido estar ahí casi por un mes aguantando las maldades de este abominable pueblo que más parece mexicano que guatemalteco; ella conoce a los chapines, cómo no los va a conocer si son su raza, y ninguno se parece a la gente de Tecún, donde nadie ve por su prójimo y andan a la caza de los quetzales sin mediar el cómo, y escucha a Dimas decir que una señora ya les tiene arreglado el pase en combinación con un agente mexicano que no es bueno, porque según le han dicho nadie que sea azteca puede ser de confianza pero un fajo de dinero convence hasta los más pencos y sabe que no tiene otro camino, ni siquiera el de regreso, mira la fotografía de sus cipotes, les recorre el rostro, le pide a la virgencita que los proteja de los malos, y el marido sigue en la cháchara de lo que va a cambiar su vida cuando lleguen a los Estados Unidos, y a Rosa del Llano se le recrudece la tristeza que sabe peor cuando se acopla al miedo y más le gana al saber que se van a meter a un país de sombrerudos empistolados que matan nomás porque el aire les zarandeó los bigotes.

—¿Qué tal si mejor nos regresamos, Dimas? —le acaricia los brazos.

Y su esposo no la escucha, menos se puede meter a su pensamiento, a tocar las cuerdas de los pálpitos del aterradero que cargó durante todo el viaje, apretando los ojos, tapándose de los que la encueraban con la pura mirada, del sufrimiento en el camino que nunca dejaba de ser bravo, de los animales que andaban por ahí cerquita, de las ramas que le tasajeaban la piel, y cuando ya estaba a punto de tirarse a cualquier corriente de agua llegaron a este pueblo que pertenece a Guatemala pero como si fuera la entrada a los dominios del señor de la noche.

—¿No será mejor que lo pensemos más despacito? —y soba las manos del hombre.

Entonces Dimas le dijo sin responder a la pregunta que iba a salir porque tenía una cita con el amigo Epaminondas pa que entre los dos le dieran una última calada a la doña y que dispusiera todo porque a lo mejor, si Dios daba licencia, esa misma noche agarraban rumbo al norte.

Pos claro que es natural que Rosa tuviera miedo, si él también lo tiene. Nomás de trabajar una tierra que es nueva da agarraderas y jorocozones en la tripa, a imaginarse lo que se siente meterse a la boca del jaguar como si fuera juego de cipotes, pero no es conveniente seguirle a ella la desazón si con una es más que suficiente pa jorobarlo todo, pos con dos juntas se hacen lagunas de pánico, y él tiene que estar listo pa lo que sea y mientras más rápido mejor, porque él ya tiene callo, ya lo pusieron a pensar que por la buena es más difícil que correr por los vericuetos de la sierra de Yepocapá, y que los arreglos de dinero salen más baratos que las vainas de usar disfraces por más calenturosos que sean.

—¿Ydeay? —dijo al salvadoreño cuando lo vio llegar apresurado, sudoroso, echando la respiración como venado, y Epaminondas comentó que la popusa ya estaba a punto y que mañana en la noche iban a dar el pase al otro lado.

—Estate tranquilo, nomás necesitamos mil por cabeza. Mitad antes y la otra parte cuando estemos en sitio seguro. Doña Lita ya habló con el ñor mexicano, pero quiere echarse una platicadita con vos pa que todo quede como papilla de coco.

La mujer, con colgajos de oro en el cuello y en los brazos, falda colorida, miraba al otro lado cuando llegaron a la orilla del Suchiate. Sin quitar la vista del lado norte apenas los saludó y se dio a decir cómo se iba a llevar a cabo la pasada; que así como veían facilito cruzar si alquilaban una balsa, el problema venía más delante, allá por donde andan los agentes mexicanos pescando migrantes cuando los del sur se atreven a meterse en las ciudades mexicanas sin que nadie les diga por dónde...

—Lo mejor es ponerse en manos de los que saben, y sobre todo, tienen los contactos pa poder librar la pesadilla.

Y siguió con lo sencillo que se ve, porque nadie joroba a nadie si se anda por la faja de la frontera, pero ya quisiera ver al tompiatudo que tiene la calera de irse pa dentro...

—Ai es donde tuerce el cuello el jabalí, esos vergas desde lejos huelen a los que no cargan documentos.

Que el viaje era de nomás cinco personas, ellos dos, la esposa de aquí el amigo Dimas y un hondureño con su esposa, así las dos ñoras podían hacer mancuerna, porque si bien estaba todo a punto, tampoco fueran a creer que era como función de cine...

...no, hay que tener mucho cuidado y lo más importante, del otro lado seguir las instrucciones del mexicano, y lo último, mañana a las ocho de la noche nos vemos en la plaza...

...por razones que ellos habrían de entender, prefería no decir por qué punto iban a pasar...

...pero les aprevengo, lleven la ropa indispensable y no anden por el pueblo con cara de ya me voy, porque por estos rumbos los pijijes son muy hablantines...

…nada de carguitas buchaqueras que nomás estorban y a la hora buena no saben dónde tirarlas pal carajo…

…¿está claro?

Mil por cabeza, la mitá mañana en la noche y la otra mitá cuando estén a salvo. Esas últimas horas las debían pasar en reposo, tranquilitos, de ser posible que ni salieran a la calle…

…mientras menos les vean las caras, mejor.

Aunque Dimas Berrón no era de tragos, aceptó tomarse una cervecita en uno de los sitios de junto al río. Epaminondas Escudos andaba en la euforia del asunto, que por fin se les haría el milagro de pasar al norte, hablaba sin esperar las respuestas del chapín, que como ido miraba las casas bajas de Ciudad Hidalgo del otro lado de la corriente del río sin poder quitarse de la cabeza la noche en que lo agarraron en El Palmito y lo cerca que estuvo que el marero le apagara el resuello.

—¿No será que nos quieran joder estos? —de pronto Dimas escuchó su voz preguntando.

—No, hermanito, le aseguro que traigo bien investigada a la doña, ¿vos cree que uno no le guarda amor al dinerito ahorrado?

—¿Y los dos catrachos?

—Igual, hermanito, ya los vi y tienen las mismitas ganas de nosotros.

—Y usté qué se lleva?

—Pos lo que traigo puesto y nomás, hermanito, pa qué cargar estorbos —y el guanaco le pegó un trago largo a su cerveza antes que Dimas se alejara rumbo al Hotel Guadiana, estrecho, de mampostería, pintado de color amarillo, muy parecido de forma a los varios que a cada paso se levantan en Tecún Umán.

Iba con el cacareo del guanaco, con la historia que se le parecía a la suya, iguales a las que en estas semanas ha escuchado en la frontera. Si no hay cristiano que no ande con la ventolera de irse al norte…

…¿quién puede decir algo si los ven que agarran viaje en la noche de mañana?

Pero la doña debía conocer muy bien las formas y era mejor cumplir y que no le salieran que por descuidado se iba pa bajo lo del cruce.

—La pasada es lo de menos, cualquiera se la echa, lo mero fermentoso viene adelante —rezumban las palabras de doña Lita, se meten en la cabeza de Dimas mientras ve a Rosa del Llano recostada en la cama, abajo del abanico mira la tele, y él le dice que mañana le van a dar la última pincelada al sueño, pero que por ese día y el otro tienen que estar más tranquilos que si estuvieran durmiendo la siesta en su casa de Cotzumalguapa, con los hijos afuera jugando al pato sin alas, y se le acerca y le dice que el calor en la calle está macizo, que un bañito en la regadera le caería de perlas, y ella le intuye la respiración, el macaneo en los ojos pardos, las ganas de guardarse algo en el corazón y sabe que le quedan unas horas, una noche, un día más en ese hotel que odia y que por algo que no entiende, cuando Dimas le mira el cuerpo y ella se ve lo abombado de los pechos, le toca el cabello que se derrama negro sobre la frente, ella siente que el Guadiana es una cárcel inmunda antes de entrar a lo que ni siquiera se imagina por más que Dimas le haya platicado de lo grande de Estados Unidos y que trabajando duro muy pronto se podrán llevar a los hijos que no deben crecer con esas apreturas del hambre y los muertos de las guerras que no los dejan ni siquiera disfrutar de las fiestas del patrón del pueblo y se deja acariciar las nalgas y que el agua se le meta a los ojos y mueve las caderas instando a que el hombre termine porque a ella las ganas se le han chispado desde que está lejos de su casa.

Antes de dormir esa última noche, Dimas, burlando la vigilancia de la administración que prohibe no sólo cocinar alimentos en las habitaciones sino meterlos de la calle, como dice el letrero pegado en la puerta del baño, llevó medio pollo a las brasas que es lo mejor que hacen en Tecún porque quería comer viendo la pequeña tele, apretados en la cama, el calor arrebatado, con las cucarachas corriendo, y así no salir a la calle donde siempre existe un cerote que le pone mirada de querer meterse con la señora, y eso le encabrona el alma como si le hubieran puesto chile de árbol en la varonía, y los dos comieron en silencio que la última noche en el Guadiana no había mucho de qué platicar si a la siguiente iban a mirar al norte, iban a dejar atrás todos los escalofríos que dan los combates contra la miseria, como él dijo antes de decirle que confiara en la Virgen y que muy pronto estarán lejos de esta frontera que tanto los lastima nomás de olerla.

—Se lo juro mamita, va a ver cómo le damos un giro a la vida.

Y Rosa cerró los ojos apretando su cuerpo al de él pese al calor que no bajaba ni con la brisa del río, que al igual que los pijijes, apenas daba vueltas sobre las orillas, y ella, metida en la suciedad del cuarto del Guadiana, deseaba ser pájaro y volar de regreso a casa.

Al salir de Tecún Umán, de Tijuanita, como la gente de por ahí le dice al pueblo, Lizbeth la panameña llevaba bien ceñida la bolsa y apretado el dinero debajo de la ropa, sola y su alma porque doña Lita juzgó que la chica tenía experiencia pa viajar por su cuenta y riesgo, que la blanca no le quitaba el juicio a tal grado de mandar todo al demonio, y Lizbeth salió del bar Tijuanita cuando el sol quería bostezar en la costa; pasó por las calles muy parecidas a las del Barrio del Chorrillo en su ciudad, llenas de gritos y de mugre, y se trepó a la balsa jalada por un hombre de arrugas marcadas que usaba un sombrero roto, de palma, quien a la mitad del río, como si le hablara a los guacoloros que aún daban vueltas en el aire antes de ir a dormir a los árboles, le dijo:

—A la maldad no le gana ni el río, el triunfo llega cuando el Señor da la orden.

El hombre avanza paso a paso, hundiendo los pies en el fondo del río, ella le mira la espalda, la cuerda, el sombrero de palma, las nubes bajas corren hacia el crepusano que se derrumba hacia el lado del mar. Escucha las palabras arrastradas por una brisa que no puede contra el calor.

—Las fieras no tienen respeto por nada.

El viejo no tiene cabida en los encuadres de la panameña. Es de esos hombres que le ponen farolas

rojas a la intuición de la morena. De los que desconfía, como de don Arte, porque no le revisan el
cuerpo.

A ella le causa desagrado que con ojos de in-
sulto le revisen el cuerpo, pero cuando la mirada es
caliente y no turbia, siente rico que le pasen la vista
con ojos felices, no con ojos de diablo.

Todos los don son diablos, como el cerote
Arte.

Pero el balsero la mira como si no existiera.

Igual si fuera ramaje que arrastra el río.

Este viejo no es como los otros malditos don,
este ni siquiera es don y por eso ella duda, y le ganan las ganas de meterse una línea que le quite esa
sensación de desamparo.

Este viejo tiene otro ritmo, como de blues, no
es guaracha ni cumbia, parece blues, y esas personas
son de otra manera, no se enganchan en su vivencia,
marcan con otro vaivén los pasos, igual al que ya
muy cerca de la orilla mexicana, da el tipo del sombrero, y de nuevo la voz que se dirige quizás hacia lo
verde de los guapinoles, el ramaje de los morros
mulatos, a los quebrachos que florean la ribera.

—Sólo el Señor sabe los secretos.

Chorrea agua el viejo al afianzar las piernas
contra la orilla. Jala la cuerda para acercar la balsa
hasta terreno seco.

Ella se levanta y camina con cuidado por los
tacones altos y el vestido ajustado. Sin mirar al tipo
del sombrero raído, como si el movimiento fuera
necesario para el desembarco, alza la falda hasta la
mitad de las bragas, con la mano pide la mano de él
para apoyarse, siente lo rasposo de la piel, ella toca
suave, aprieta los dedos, y ni así el viejo la mira.

Sí, sí la mira, ella siente la mirada, pero de una manera diferente a como está acostumbrada a que los hombres la tasen. Antes de iniciar la subida a la pequeña cuesta de la ribera, oye la voz salida del espejo del agua:

—El maligno acecha en la oscuridad, devora a los necios y a las niñas que salen de noche.

Ella se detiene, vuelve el rostro hacia el sur, hacia Tecún Umán que empieza a prender alguna luz entre los tablones y enramados de las cantinas de la orilla, se escucha el ruido de la música, de las guarachas incendiadas. Palpa el sobre metido en la bolsa y después el dinero bajo el vestido. El viejo tiene el sombrero en las manos, la mira con ojos sin ritmo:

—Cuando el Señor lo ordene, las fieras regresarán al averno, de donde nunca debieron salir los malvados.

El viejo está metido en el agua. La cuerda es una víbora sobre el cuerpo. El río cubierto de decenas de balsas.

¿Por qué escogió esa desde donde el hombre, que ella sigue mirando aun fuera de la visión del agua al subir el bordo de tierra húmeda y caminar rumbo a la estación, con la mano derecha hace una señal en giros lentos sobre el aire?

¿Por qué escogió la balsa? Se pregunta y no puede contestarse mientras camina hacia el centro de Hidalgo y busca un restaurante con baño porque esnifarse en la calle le es muy desagradable, si las calles no tienen propietario, son como los peces del mar, andan por todos lados pero nadie los controla, y cierra la puerta, escarba el bolso, siente la paz y enseguida la frescura en el rostro con el agua fría del lavabo antes de salir a la calle que no es de nadie pero la ocupan todos.

El joven de cabello pintado de rubio, recargado en su triciclo taxi, vio entre las decenas de otros vehículos iguales al suyo que se desplazaban por Ciudad Hidalgo en busca de los últimos clientes del día, a una mujer morena, espigada, dura de tetas, que salía del restaurante del tío Oliverio. El rubito falso dio un par de pedalazos y avanzó hacia ella. Dobló el manubrio para cerrarle el paso a la mujer que frenó la marcha.

—¿A la estación, verdá señito?

Al subirse a la vagoneta y antes de confirmar que sí, que la llevara a la terminal de autobuses, Lizbeth vio de refilón al manejador con las plastas de la pintura dorada en los cabellos, la camisa abierta, el sudor corriendo por lo moreno del pecho lampiño, más joven que ella, con gorra beisbolera. No le quiso hacer caso a la mirada que el rubio le pasó por el cuerpo. Así como disfruta de algunas miradas hay otras que la carajean…

…cerotes y desde jovencitos muy tarzanes…

El triciclo avanza hacia el fondo de la calle llena de puestos de fritangas, moscas, hoyos, cartones coloridos, bolsas de plásticos tiradas por todas partes, charcos lodosos, perros con la cola gacha.

Lizbeth seguía pensando en la figura del hombre hundido en el Satanachia. En la mano girando en algo parecido a una bendición breve, casi igual de rápida que el brinco que dan las garcitas verdes antes de volar fuera del agua de la laguna de su pueblo, una loma antes del puente del canal que muy niña cruzó con su padres para después por años vivir en el barrio del Chorrillo donde salió hacia el norte, trepando por la barranca de Centroamérica, al sur de donde ahora vive, muy al sur de un país llamado México por el que avanza en el tramo final para colarse en el rabito de la frontera, en ese trocito igual de grande a un lunar de plátano machacado en la selva de los lados del autobús cargado de personas tensas, sin hablar, porque todos saben que kilómetros más delante está El Palmito y la detención para revisar los papeles y los sustos y las cochinadas que hacen los gringos en las celdas, piensa en lo que hacen los gringos y no es diferente por lo que pagan los clientes, pero lo de los gringos le es odioso, algo sucio en las manos pecosas, en el reclamo descargado desde la altura de una soberbia que ella odia, como odió el olor a mierda en las oficinas de El Palmito que todos temen pero Lizbeth tiene ya la seguridad de los varios viajes anteriores, la mirada que cala situaciones, porque ahora el estómago repara con más fuerza durante el paso de regreso a Tecún aun sabiendo que nunca ha habido retención, pero es que los paquetes que lleva son cada vez más grandes, si ella en el pueblo reparte a otras que venden y dan cuentas porque la ganancia se infla más que los globos de las ferias en la ciudad de Panamá, unos globos coloreados que se elevaban sobre el mar, se mantienen arriba de los edificios blancos, astillas de lujo en la noche, así tienen que ser las ganancias, elevadas, si con ella trafican algunas de las muchachas, Katia, la María Félix, Camelia, Zoraida, otras más, sin mayores dificultades, ni siquiera con los tatuados que para nada se han metido con ella y con el negocio, al contrario, han sido prudentes compradores, le mandan recados para que les surtan porque necesitan a la blanquita del alma, al polvito del señor, aunque Peredo, que es uno de los muchos que le hacen la competencia en el negocio, le diga que meterse con esos tipos es andar jugando con las babas del diablo, y ella que debe tener razón, pero si hay más demanda hay más camellos, le dice el cerote Arte, nada de don, es un maldito cerote mamacallos de los poderosos, y si hay más camellos hay más dinero y más rápido se podrá regresar a ciudad de Panamá a poner un negocio de bingo, un cabaret de lujo o una casa de cambio, le llama tanto la atención una casa de cambio que gana dinero nomás por cambiar billetes detrás de un mostrador y no como cambian el dinero en la plaza de Tecún unos cachucos mugrosos con los billetes debajo de los sobacos los cerotes carajos esos, una casa de cambio y después al norte, a Miami, porque los que conocen dicen que la ciudad de Panamá parece un Miami chiquito, y en Estados Unidos puede poner un negocio de lo que sea, y Miami está abierto a la imaginación del que quiere ganar dinero, como lo ve por la tele: las avenidas grandes, las palmeras iguales a las de su pueblo pero muy cuidadas, los autos brillantes, los vestidos de las mujeres, el mar azul, las playas llenas de gente sin trabas en la mirada, con aires de ser muy felices, en las playas de barcos de velas limpias, ay cómo le duele todavía no conocer esa ciudad de Miami que acapara a los que tienen ganas de subir en la vida y no quedarse oliendo una selva que no conoce al retomar el autobús el rumbo nocturno hacia Tapachula después de haber pasado la revisión en El Palmito y ninguno de los agentes echarle la luz de las linternas o siquiera mirar a la morena jovencita, pasajera del 4A, que al parecer no le interesa nada de lo que dentro del autobús sucede, ni mueve la cara por las voces implorando auxilio, ni por la gente que están sacando pa joderla, ella va pegado el rostro a la ventanilla, mirando la oscuridad de la carretera en la que un aguacero de catarata pinta millones de puntos.

Lizbeth conoce la lluvia, en su país zumba como gato montés encelado, barre las ciudades, encrespa el mar de la bahía y llena de agua las calles, pero frente a la lluvia del Soconusco, la de Panamá se queda enana. Es como si el agua quisiera golpear al calor para matarlo de una vez por todas y rabiosa sabe que jamás lo va a lograr. Un torrente que quiere castigar a los culpables de la ira del mundo. Esa es la lluvia que atormenta el techo del autobús que avanza igual a carguero hollinoso en el canal de su patria por las calles de Tapachula hechas mar y río y olas y torrentes que quieren tumbar al camión e impiden ver lo que afuera sucede, que cubre de vaho los cristales y mete otra preocupación a la gente que se levanta de sus asientos, sube y baja el cuerpo buscando un ángulo mejor a la mirada, limpia las ventanillas, murmura rezos mientras el conductor hace que el transporte avance despacio en medio de las olas que forman los cauces de las calles, empedradas algunas.

Lizbeth conoce las lluvias del calor, de niña brincaba por abajo de las gotas que le servían a su madre para aprovechar el torrente y pasarle jabonazos que le espumaban el cuerpo, hay que sacarle provecho al agua, hijitos, le decía a ella desnuda y a los hermanos de calzones diminutos...

…¿por qué a ella la desnudaban completa y a sus hermanos les ponían unos calzones como taparrabos?…

…y con el retumbo de las gotas chorros contra el techo del autobús que lento sigue su camino en las calles oceánicas, le entra el olor del jabón de coco, las manos de la mamá, los gritos de gusto, el sol en el cielo limpio, el ardor de la espuma en los ojos y mira la señal del hombre metido en el otro río, le ve la mirada bajo el sombrero de palma, y con la señal hecha lentitud en el trazo entra a la terminal de autobuses sin que el aguacero haga bajita su fuerza.

El don de majada no está. No distingue su gordura, su camisa floreada ni su ademanes. La gente se apretuja en la sala de espera de la estación de autobuses. El agua sigue cayendo con redoble furioso y hace ríos en las calles. Ningún cerote mexicano usa paraguas, las lluvias se dan como diluvios y nadie usa paraguas. Nadie del grupo de personas que se apiñan en las esquinas esperando ya no que escampe, sino que el agua de los ríos callejeros baje de nivel. Si no se mojan por la lluvia se ahogan al pasar la calle, pinches cerotes.

El retiznado Burrona no está.

Lizbeth brincando charcos, soportando miradas, proposiciones y repegones de mojados cerotes, va y viene por la estación. Trata de ubicar al retejodido criado de los don entre los autobuses echando gases bajo el goterío grueso del agua, entre la gente empapada sin usar paraguas. Tampoco ella tiene una sombrilla como a su mamá le gustaba cargar los domingos al salir de misa, Lizbeth se siente caminar tapando los rayos del sol con la sombrilla roja, va cantando guarachas, Lizbeth se ve niña y cómo el cuerpo se le endurece bajo el vestido empapado y le importa un carajo que se le unte, que se le derrame de los pechos brillantes por la lluvia. Que disfruten los cerotes, la miel no se hizo pa los monos araña que no saben ni siquiera usar paraguas.

Sabe a dónde debe ir, es asunto de agarrar un taxi, siquiera en Tapachula no hay triciclos en lugar de taxis, en lo que aborda uno le van a salir hongos, el agua sigue y la gente corre por las aceras para no meterse a la corriente de los arroyos, y ni el malparido cerote ni su gordura aparecen.

Pese a lo inútil del movimiento, Selene Artigas, quien prefiere le digan Lizbeth, extiende la mano para pulsar que la lluvia ha bajado de tono. Ya no es tan fuerte el desplome de agua. No va a seguir esperando a un tapir con dos patas; pregunta el rumbo a la plaza central; en todos los pueblos la plaza principal es el resolvedero de asuntos, no ve por qué no pueda suceder lo mismo en la de Tapachula. Alguien, más preocupado por escapar de la mojada, le indica el rumbo. No está lejos. Lizbeth se da cuenta de que, pese a las muchas veces que ha estado en esa ciudad, no la conoce. Ha pasado de un sitio a otro sin caminar por las calles. Sólo verlas desde las ventanillas del autobús o de las de los autos, el del Burrona, el de los amigos del general o del licenciado Cossio, pero no conoce los olores que salen de las tiendas, de los merenderos, los vahos que afloran de los comercios y la mirada de la gente que no le clava preguntas ni siquiera cuando se quita los zapatos de tacones afilados y con ellos en la mano y la maleta pequeña con la ropa, alzada la falda igual que le mostró la tanga al viejo de la balsa, apretado el dinero con el antebrazo, corre hacia la plaza principal, por entre la gente, la lluvia y los ríos de agua en la calle, corre. Fijándose en no pisar piedras o vidrios, los pies sin zapatos van sobre un zacate magullado cuyo olor envuelve el sonido de la voz de su madre hablándole a una niña llamada Selene Artigas.

Luna, como le dijo su padre.

Luna nueva.

Luna sin nubes.

Luna sin siquiera las manchas que tiene la luna.

Una niña luna que corre por una ciudad desconocida.

Que feliz va cantando al meter los pies en la corriente del agua encauzada por las aceras.

Baja las manos, la lluvia cae con menos fuerza.

Selene-Luna se refugia en el quicio de un comercio. No se ha puesto ahí para cubrirse del agua, que no puede empapar más a lo empapado. Se refugia ahí porque le falta un poco el aire, la aturde el agua sobre los ojos y piensa que no debe seguir corriendo sin saber hacia dónde se dirige.

¿Es eso en realidad? ¿Se habrá detenido ahí para tomar aire y continuar con la carrera sin importarle a dónde se dirige?

Ella bien sabe que no importa el lugar para donde corra, siempre será rumbo al norte.

¿Dónde está el norte?

Donde sea, lejos de ahí.

Donde la lleven las mangas de lluvia y las manchas de la luna.

A un lado, bajo un techo de madera y tejas rojas se refugia un grupo de mujeres indígenas. Están sentadas en el suelo. A sus costados juegan sus hijas. Todas mujeres. Juegan a reventar las pompas de jabón que una de ellas desparrama soplando a través de una rueda de alambre, sin ponerse de pie alzan los brazos y entre risas revientan las esferas.

Selene siente la necesidad de juntarse a las mujeres y por horas jugar con ellas, meterse en un globito de agua, mirar de qué manera se ve el mundo desde una esfera y después volar, pero tiene que seguir corriendo y para ello necesita descansar, recuperar la fuerza y seguir adelante.

Las mujeres morenas, sin edad, están sentadas en el suelo de tierra, bajo la oscuridad, las niñas ríen tapándose la boca, juegan con las burbujas. Selene Luna las mira y también sonríe bajo la mano pegada a los dientes.

En el local de junto, la luz y la música truenan, vociferan en las voces de los muchachos. Lizbeth-Selene se encuentra detenida entre los dos espacios. Luna también.

Al entrar al recinto ruidoso la visión de las indígenas se va diluyendo, las pompas jabonosas vuelan hacia las nubes oscuras, desaparecen. La panameña se cuela entre los que rodean la entrada al lugar. Todos son tan jóvenes como ella. El galerón es caluroso, con paredes pintadas de negro y una doble hilera de máquinas luminosas. Se escuchan las voces festejando, la música a tope, hasta la chica llega el olor del sudor joven. Los muchachos, casi patojos, se pegan a las máquinas que ofrecen batallas entre guerreros, entre monstruos, cacerías de malhechores negros o mestizos, carreras de autos y juegos de futbol.

Selene-Luna se ha escapado por entre la lluvia, se ha ido hacia el norte corriendo bajo de los laureles de la India que adornan la plaza principal. Selene-Luna ha estado con las mujeres indígenas que jugaban con sus hijas y con las esferas del agua jabonosa que adoptó como naves que la llevaran a volar rumbo al norte.

Es ahora Lizbeth quien recorre el local y sus juegos brillantes, se llena de emoción por tan variado número de opciones. El vestido mojado, sin zapatos, el cabello escurrido sobre los hombros, el maquillaje en manchas, Lizbeth con la expresión de sorpresa en los ojos se adentra en el local de las máquinas multicolores. Las va revisando una a una. Mirando a los jóvenes de ropas holgadas y grises en su accionar y manera de comportarse. En las pantallas aparecen seres rubios, hombres que disparan armas brillantes, castillos y lagos oscuros, hasta llegar a una máquina donde se detiene. El juego muestra a un grupo de jóvenes risueños y rubios bailando en un local inmenso adornado de luces que salen de todas partes. Abajo, sobre en el piso sucio del local, está una plataforma con cinco cuadros donde una jovencita real, no salida del juego, baila al ritmo de la música que aflora de la máquina. Lizbeth cambia la vista desde su propia vida hasta la chica real que baila golpeteando los pies en cuadros para mantener el ritmo que la máquina le muestra y le enseña al compás de la música.

—Dios mío —dice Lizbeth en voz alta.

—Dios mío —repite porque de pronto se dio cuenta, ahí ha encontrado la pista perfecta. No hay público grosero, borracho o ausente. Existe un gran gusto por ver a quien baila al compás golpeador de la música salida del aparato, lo nota en los rostros de los seres vivos y de los que viven dentro de la máquina. Ahí están. Ve sus expresiones jubilosas. No importa que no interpreten Marea Baja, ella sabe que puede bailar la música que lanza la máquina.

Sin darle importancia a los chicos que rodean el aparato, espera a que la joven que ocupa el escenario termine y entonces Lizbeth paga unas monedas, deja los zapatos y la bolsa en el suelo pero cuidando el dinero que carga por dentro prendido en el vestido; baila al trepidar de la música tecno marcando muy bien los pies descalzos dentro de los cinco cuadros que se iluminan con sus pisadas en esa habitación sudorosa, situada a un lado de la techumbre donde se refugian las indígenas, a un costado de la plaza de armas donde la gente, mojada y mojándose porque la lluvia no ha cesado, aplaude y mueve el cuerpo al mismo compás de una muchacha delgada, morena, de pechos brincoteados, que cubierta de agua y sudor, desenfadada baila frente a la máquina de ritmo, pisando con precisión cada uno de los cinco cuadros en medio de las luces que despide el local de juegos.

—¿Juegos? —preguntó el Burrona al bajarse ella del taxi y refunfuñarle al conductor que durante el trayecto le fue insinuando una fiestecita particular y de pronto Lizbeth le dijo que si no la llevaba rápido a La Noche de Eros lo iba a acusar de violación, el taxista se quedó callado y rápido llegó al cabaret donde el Burrona estaba ya en la puerta y al oír las disculpas le dice que los profesionales no se detienen a jugar como niños chiquitos, que la lluvia es parte de la vida en la frontera y no es pretexto de nada.

—Tú en los juegos y yo dando pretextos, o sea, no mi vida, aquí tú das todo y yo no doy ni las gracias, pa que no se te olvide.

Melchor Corona, el de nombre de Rey Mago, con voz suave señala que no es hora de reclamos sino de trabajo y que la chica pasara a cambiarse

—La noche es joven y las cuentas largas, así que mueve el trasero y a darle que la casa pierde.

Melchor Corona, moreno, delgado, le señala a Lizbeth el camino a seguir, frente al espejo se cierra un ojo a sí mismo, pasa el brazo por el hombro del Burrona y lo invita a tomarse los tragos pa ver si la panameñita es tan buena en esa cancha como lo es en la de su bebedero del Tijuanita.

Y la noche aún no se aprieta porque no llegan a ser ni las once cuando la voz del anunciador pregona la presencia de la nueva estrella...

...la panameña Lizbeth, llegada desde el Olimpia de Guayaquil, la patria del eterno Julio Jaramillo, de Guayaquil, para todos ustedes...

Con eso se quedó durante toda la noche, con eso de Guayaquil y de Julio Jaramillo porque así, al desgaire, al meterse la jeringuilla, al desnudarse frente al primer cliente, cantó algunas de sus canciones y fue lo primero que se le vino a la cabeza al despertar porque seguía oyendo aquella de no quiero verte triste porque me mata / tu carita de perla y no se qué más, tararea palabras que no recuerda pero sí la voz pituda, cachonda de Jaramillo, y le ve la cara en la tapa del disco que alguna vez tuvo, moreno el rostro, redondo, de ojos vivos, bien pacheco que era don Julio, no, este no es don, es Julio Jaramillo, sin el don que sólo usan los carajos dones...

...tararea mientras el calor le atiza un fuetazo en la misma cama que había estrenado horas antes con Melchor Corona, el Rey Mago y después con una hilera de clientes que alababan su cuerpo...

…ay mi vida, las tetitas duras que tienes…

…mejor decir que había estrenado ¿Marea Baja? No, estrenado ella la cama con el Rey Mago…

…ay sí, cómo no, como si fuera nueva en el negocio, ni la cama es nueva…

…ella piensa que nunca antes había dormido ni cogido en esa cama, en esa cama, no habla de otra, eso pa ella es estrenar, pa ella esa cama es nueva aunque fuera una pista de kilómetros de vergas metidas en las sábanas mugrosas que Lizbeth echa a un lado, tararea de nuevo a Julio Jaramillo, le da un jalón a la cerveza, aspira lo que le queda de la blanca, pero sin dejar de pensar que a lo mejor, sólo a lo mejor, debería poner otro número que no fuera Marea Baja, algo más cerca a la música de la máquina, mientras prepara la jeringuilla.

De veras, ¿por qué no pensar en algo parecido a la música que bailó la noche anterior en la sala de juegos?

La música que enfrentó con los cinco cuadros del ritmo, muy cerca de los globitos de agua con que jugaban las mujeres y sus hijas antes que el malcogido Burrona le echara en cara haber llegado tarde sin que explicara por qué él no había ido a la estación a recogerla, más bien, a transportarla, nada que suene a coger y menos a recoger, porque eso de recoger le da en cara con el maldito Burrona que ni que fuera el último hombre de la Tierra se iba a meter con él, se lo dijo también al Rey Mago que se ríe y le dice que esa acostadita con él es nomás pa calarla pero que el Rey, o sea, él, no anda de cusco con todas las viejas porque a él por sistema, salvo excepciones, no le gusta clavar la pichula al negocio que, bueno, van a tener mientras la novedad de la panameña ande de calenturienta en la cartelera de La Noche de Eros y después, mi nalguita del alma, cerca de las dos de la tarde nos vamos a darle horas extras en las citas que te vamos a programar, tú nada de preocupación, nosotros tenemos la base en los celulares, un taxista de confianza pasa por ti, te lleva y te espera o regresa por ti, pero que no le fuera a salir con que por andar de prendida le tirara al carajo el negocio, y ella trae la cabeza pesada, asiente, le dice al Rey que ella está puesta, feliz con la noche del debú y la alegría de la novedad y que no le preguntaran por Guayaquil, que ese sito le cala en el alma, y es porque no sabe dónde carajos está Guayaquil, y las tres rayas que se mete atrás del escenario y después la idas y vueltas al cuarto y las frotadas con la clientela y las fichas por los amaretos con agua mineral y los extras por las bailadas en privado, y al abrir los ojos siente que las paredes del cuarto se le echan encima y quiere dormir por días pero sabe que no puede hacerlo porque tres asuntos le andan picando el alma; uno, que a lo mejor le hablan pal trabajo extra del celular que le dijo el Rey Mago, y se mete al bañito estrecho, con las paredes pintadas de azul descascarado, y se pone bajo la ducha de agua fría y se frota y se frota el cuerpo y sabe que al vestirse y entrar al caluroso salón de La Noche de Eros, ahí, a un lado, pegadito a su cuarto que igual sirve pa coger que pa velar un cadáver, ella, Lizbeth, la panameña de nalgas celestiales, va a hablar al Burrona para los otros dos asuntos graves:

Que le lleve por una buena dosis de la blanca pa uso particular…

…y dos: pa hacer cuentas claras del dinero que ella llevaba por la venta en Tecún y que la noche anterior, por las prisas del aguacero y del debú, le entregó, sí, claro, el Burrona no se iba a ir de vacío, es necesario aclarar las paradas ahora porque más delante pueden resultar agraviosas y no puede ni quiere pleitos con la gente que la surte.

Y regresa al cuarto a donde va a vivir quizá una semana, a esperar a que el hijo de tortuga sifilítica, el cerote Burrona llegue, si es que llega, el maldito, con las dos horas que por teléfono le dijo tardaría porque ella no era la única que estaba en el negocio:

—No eres la única, o sea, hay muchas chicas que andan en esto, mi vida, muchas y en muchos lados, así que paciencia, o sea, que no te ganen las ganas de tu vicio…

…que don Arte pasará por el castillo de la niña Liz antes que la tarde se eche a correr por los pasillos del crepusano.

El Burrona no puede disimular la tensión que le producen las mujeres que trabajan ahí o en cualquier parte…

—Sólo los pendejos creen que el sida es un cuento chino, y no, o sea, si vieras los datos que tengo, te caes de nalgas…

…repite, insiste, lo hace en cualquier lado, no sólo en los puteros, lo discute en la reunions de La Mesa Redonda, ofrece las cifras que se manejan nada más en lo que es la faja fronteriza… los reafirma cuando hace gestos al escuchar que las mujeres que trabajan en los dos lados de la frontera son la base del negocio…

…ni madres, la base somos nomás nosotros, o sea, si no estuviéramos nosotros las guarras esas no servirían pa nada… o sea… nomás sirven pa parar las nalgas a la hora del reparto, o sea, que hay que verlas también como más compradoras que los clientes, o sea… además train la cola llena de veneno, porque esa madre con que infectan es veneno, veneno puro…

Y no acepta que a las que él llama malolientes sean la red del negocio, algunas que casi regalan los papelillos pa enrolar adictos, las que van de un lado al otro de la frontera, la red, pues, como dice Meléndez y afirma el lic Cossio a quien nadie le discute cara a cara, menos el Burrona que a la salida refunfuña como letanía:

—Pinches guarras sidosas.

—No son la red, pero sí el paño del entramado, las soldadas del placer —dice el lic— y de la distribución —recalca—; en esto no se debe despreciar ningún camino.

…hasta que no caen en el vicio porque entonces ya no sirven pa nada las muy apestosas, o sea, hasta que no se las lleva la chingada… sin decirlo frente a los jefes, sino en las reuniones con los colegas del oficio.

—En esto, los conductos no tienen etiqueta, a más corredores más ventas y de eso se trata —insiste Cossio cuando alguien pone reparos o le hablan de la proliferación del sida.

—Que usen condones, pero ni eso saben estos pendejos —repite Cossio—; en este asunto hay que saber brincar cualquier obstáculo.

El Burrona se va repitiendo lo escuchado al lic Cossio: construir es mucho más difícil que destruir, claro, eso cualquiera lo sabe, a ver, levanta una casa, o sea, es más difícil que el carajo, y a ver, tírala, eso es pan comido, o sea, hasta el malvado Moro lo sabe, se dice el Burrona mientras entra al deslavado Noche de Eros, que en la tarde es deshilachada linterna sin luz, con las sillas patas arriba y donde se notan las descascaradas en el yeso del estrado.

Pregunta a uno de los meseros.

Busca el cuarto de la panameña.

Sin tocar entra.

Odia a esas mujeres, echadas en la cama, pegadas a las revistas de monitos, con la tele sin apagar un solo segundo, tragando papas fritas, cacahuates, dulces, todo el día tragando mierda, hablan de cosméticos y de irse al norte, fingen rabietas y se carcajean sin saber la causa, echan el veneno por el coño, o sea, el maldito sida ese que algunos despistados dicen que lo cargan los maricas y no, es el montonal de mujeres que andan de güilas, y que todas sean güilas a él qué demonios le importa, o sea, porque en realidad todas son güilas, se salvarán su madre y las Nildas, alguna tía, su abuelita, alguna comadre, no, hasta esa ha de ser güila, o sea, pero que no enfermen a la gente las mierdas esas que pa lo único que sirven es pa andar de camellos las muy putas, o sea. Que no hay una que no haya odiado. Que no continúe odiando.

Entra a la habitación estrecha.

El abanico de pie revuelve al aire caliente.

En las paredes el pegadero de recortes de revistas con la cara de los artistas.

La virgen de Guadalupe en un rincón arriba de una veladora y los colores de la bandera mexicana.

El calendario deshojado abajo de una pintura con una pareja de indios besándose junto a unos volcanes.

Las ropas amontonadas en una silla o en el suelo sucio.

Ese olor que el Burrona aborrece: entre mariguana y pies, entre axilas y cremas, entre pedos y lociones fuertes.

Mira, mira el Burrona.

Lizbeth está sobre la cama.

Con los ojos puestos en el techo.

Mueve las piernas.

Canturrea: después de muerta amarte más.

Está casi desnuda.

Estira el cuerpo y el Burrona ve las marcas en los muslos.

El Burrona le mira lo oscuro de los pezones y la dureza del estómago.

Le repugnan los coños echando alimañas.

Le fastidian esas poses que quieren ser cachondas.

Siempre ha odiado a esas mujeres que se las tragan los vicios.

Como a la panameña que se extiende en la cama esperando que el Burrona llegue pa que le ponga enfrente un par de dosis que le hagan repetir su baile en la máquina de música, que fortalezcan el recuerdo de la mano del hombre del río haciendo una seña que ella supone una bendición, pero sobre todo pa que la blanca le entretenga la espera en las horas del cuarto donde está sobre la cama y escucha el ruido de la puerta y la voz chilluda del Burrona que no da las buenas tardes, sino:

—Vamos a platicar de negocios, o sea, rapidito porque tengo prisa y estoy de malas.

Y le mira la mirada, lo ansiosas que tiene las pupilas, lo desesperada que está la mujer..

…o sea, a ésta ya se la llevó la chingada…

Y sin acercarse a la mujer de la cama, rasposo le repite que tiene prisa.

Jamás ha sido tan cándido pa creer que el cargo de agente de migración dure toda la vida, esto es de un ratito cada quien, nomás se tiene una oportunidad de darle palos a la piñata, y si no se le sabe sacar provecho se va a quedar como cafeto sin dueño.

Sarabia no tiene por qué aferrarse a la cuesta de la burocracia, en esto las reglas son tan especiales que se marcan por la nerviosidad de Cossio; el puro sudor de las pelotas del Delegado; por los berrinches del general; qué van a contar los años ni la jalada esa del escalafón que los jefes se embadurnan en los zapatos, y si Julio quiere continuar en su trabajo un día más, hay que saber cómo capotear los pisotones, que en una parte de la jugada se da en plaza ajena, y otro tiempito en el territorio que es de uno mismo.

¿Y cuál es el lote de su propiedad? ¿De lo que se podría llamar la propiedad de Julio Sarabia? Muy simple, lo que le toque, mucho o poco, es suyo; a él qué le importa que otros se lleven a la buchaca la tajada del tigre, cada cual da la tarascada conforme la capacidad de su hocico, y Sarabia se toca los dientes, se afila los colmillos, mide la abertura de la boca, incapaz de compararla con la del general Valderrama o la del ingeniero Santoscoy, todas las bocazas de los que están arriba de su posición de agente migratorio que tiene que palanquear el ingreso con otros menesteres que nada tienen que ver con su trabajo que nunca se va a acabar porque los indos son irredentos... eso de andar pastoreando a los indocumentados... ¿cuándo carajos van a quedarse quietos en su país si andan como hormigas corriendo pa todos lados?...

...qué bueno que los carajos indos sean tan irredentos...

No se queja, qué se va a quejar, si estos vergas se estuvieran quietecitos en su país, el negocio se desploma. Abre la boca, la perfila contra el espejo de la camioneta estacionada a las afueras de Tapachula, el calor empapa la camisa negra, el sonido de las chicharras se mete desde la orilla del verdor oscuro de la selva a un lado de la carretera, cambia los ojos hacia las luces de la ciudad, los relámpagos se cruzan rumbo a Puerto Madero cuando faltan cinco minutos para las once de la noche en que deben llegar Calatrava, el Burrona y Meléndez, cabrones compañeros que le fueron a tocar cuando la cita con Alipio Gorostiza no es de las que el agente —el comandante, como a él le gusta que le digan— Julio Sarabia califique de tranquilita.

¿Qué se pude considerar tranquilo en el Soconusco?

¿Qué es la tranquilidad?

¿Atrapar camiones cargados de indos que a como dé lugar se quieren salir del escondite?

¿Tejer fino el hilado en el aeropuerto pa que nadie se de cuenta?

¿Poner las luces pa que las avionetas tengan dónde aterrizar?

A ver, que algún verga se lo venga a decir en este momento en que va a tener que pasarse toda la noche cuidando la carga que les va a entregar Gorostiza, y con el cachuco ese nada es tranquilo, hay que estar con las antenas más altas que las pochotas viejas. Necesita concentrarse pero no tranquilizarse porque así es como se debe trabajar, tenso, nada de sosiego que es cosa de camposantos, y él no quiere visitar cementerios ni a la hora de su muerte porque cuando él se muera se va a acabar todo…

…como chingaos no.

El Burrona deja su auto en la gasolinera de las afueras de Tapachula, tiene tiempo para llegar caminando hasta donde Sarabia lo espera, o sea, una caminadita no le hace mal a nadie, estirar los músculos pa sacarse la tensión porque esas comisiones de última hora le caen en pandorga, camina midiéndole el agua a los camotes, o sea que en estas jugadas no se puede ir como si fuera a misa, no, si el personal es de colmillo largo, el cabrón Moro trae siempre los cocodrilos alborotados en la panza y al ojaldrita del Calatrava desde que alaba tanto a los mareros le tiene una desconfianza que no le cabe en el cuerpo, pero no tiene de otra: jugársela como si fuera campeón del mundo y estuviera dando la pelea de su vida, o sea, tragar zapotes sin quitarles la cáscara, una raya más no le hace mal al tigre, y camina por la orilla de la carretera usando la linterna, siente que las prédicas de las adivinas del Avellano le están haciendo mella en la nerviolera que se le frunce en un algo nunca sentido, alza la linterna, no vaya a ser la de malas que un cábula lo confunda y lo pase a perjudicar, o sea, que si ya de por sí la vida es difícil, ayúdate que Dios te ayudará, y no ponerse al tiro pa que un güey lo atropelle y le rompan la madre, precaución en todo, más cuando se va a trabajar con el Moro y Alipio, vaya parejita que le fue a tocar, y como no tiene experiencia con Calatrava se va a tener que apoyar con Meléndez, que quién sabe cómo reaccione si es que las pintas se vuelven negras, o sea que la noche carga malos sones y mete la mano a la bolsa para acariciar el ojo de venado por aquello de traer coraza contra el malfario, soba el crucifijo del pecho, huele el hilito de ruda metida bajo la camisa y camina aluzando la carretera cada vez que escucha un vehículo, reniega de andar a esas horas de la noche y con lo que le falta por delante en lugar de estar con L tomándose unos tragos, oyendo boleros de Luis Alcaraz y lejos de este operativo que tanto recomendó el general porque si le fallaban se los iba a llevar el Chamuco si en el asunto está metido el montonal de gente, o sea, y el Burrona no dijo pero lo pensó, que no ha habido vez en que el asunto no esté difícil y anden en peligro los que se la juegan en el trapicheo si a la hora de la verdad no cuentan ni el grado ni la labia y menos las órdenes desde la oficina: que todo salga como ala de querubín, o sea, los jefes quieren resultados pa no alborotar la gallera porque a nadie le conviene un chilladero de grillos y otra vez le pican los nervios en la panza cuando ve la camioneta estacionada en el terraplén, apresura el paso porque no quiere que el pinche Moro se le ponga lebrón, menos esa noche en que escoltar la carga desde Ciudad Hidalgo hasta la bodega de más allá de Tapachula debe tener sus asegunes porque el Burrona conoce los moditos de los jefes cuando la operación es de cuantía, y por las indicaciones repetidas esta vez el asunto es de más peso que las otras, o sea que si el Burrona hubiera tenido más güevos hubiera preguntado: ¿cuándo ha sido facilito alguno de los asuntos que les encargan?

Ninguno, y menos si los camiones cargan el cerro de paquetes que han de costar el bonche de dólares y siempre dicen que es asunto de cuantía, o sea, eso siempre dicen, y a los jefes les toca la rebanada grande del gane, y al Burrona y a los de su forje les avientan las sobras, estos cabrones jefes que no se exponen como él caminando en la noche y lo que falta por venir que es lo peor, digamos, y está ya casi a un lado de la camioneta, de seguro que el Moro lo ha visto desde que salió de la hondonada, abre la puerta y sin saludar:

—Alipio es un costal de mañas el jijo de su pelona madre, o sea, así que no le voy a quitar el ojo de encima, ¿estás de acuerdo?

El Moro no contesta, sólo dice que el olor a ruda le cae en la mitad de los talayotes. Una cosa es una cosa y otra cosa es otra cosa, repite Calatrava, y si lo llamaron pa cooperar con los comandantes es porque la superioridad ya comienza a tenerle confianza y le están haciendo el paro pa darle respiro en eso de las transportadas de los pinches indos que nomás lo ponen a parir chayotes, camina por entre las veredas del parque central a esa hora en que sólo Los Equipales está abierto y los jotitos del pueblo se juntan pa las correrías que a él no le importan ni le vienen; mira al taxi estacionado junto a la casa de la cultura, se mete y dice al chofer que lo lleve rumbo al Suchiate y que él marca donde detenerse, habla sin alzar la voz, muy comedido porque entre colegas debe existir respeto, el auto avanza por las calles de Tapachula y Calatrava piensa que si les agarra la mañana se va a desayunar en el mercado, con la acción le entran las ganas de una buena comida, está seguro de que algo se está cocinando desde que el lic, que nunca lo había tomado en cuenta, lo mandó llamar y con mucha calma, marcando muy bien cada una de las sílabas como si estuviera dando clase a unos niños chiquitos, le dijo que si quería estar en el cuadro de gente cercana era hora que le entrara a los asuntos reservados pa los de confianza, y Calatrava le dice al chofer del taxi que siga pero que al pasar el puente de Cahuacán se vaya despacio y total, él no es tan maje de no adivinar de qué color pinta el rojo y lo que sea que suene, porque los hombres no se han de morir de parto y que si el Moro y el Burrona son veteranos ellos sabrán cómo cocinar el cochito pa que no les salga quemado, y dice que disminuya la velocidad, se va a bajar un poquito más adelante y le deja una buena propina porque entre colegas debe sustentarse la solidaridad, ve cómo el taxi hace la maniobra para regresar, Calatrava llega a la camioneta, abre la puerta y ve a los tres hombres que hablan y el Moro le ordena que maneje y que él le va ir diciendo lo que van hacer.

—Tú tranquilo, mi Cala, este asunto es delicado pero trais buenos padrinos.

El Moro se recorre al asiento contrario, Calatrava se pone al volante, saluda al Burrona y a Meléndez, arranca el motor, le va dando su caladita a la máquina, porque una cosa es una cosa y otra cosa es otra cosa, el Moro le dice que agarre pa Hidalgo, despacio porque tiene que tomarle el son a la camioneta grande, tipo Van, como a él le gustan, ocho cilindros, brava la camionetota, le va midiendo la potencia, eso es necesario, ponerse a punto con el vehículo que jala como mula en cuesta de arrieros, y con los controles eléctricos sube los vidrios pa poner el clima artificial pero el Moro niega con la cabeza, le detiene el movimiento colocando su mano oscura sobre la de Calatrava:

—Cuando se va a sudar mucho, es mejor el aire natural.

Calatrava baja los vidrios, huele el aire caliente, los aromas que se meten al vehículo, el ruido que viene de la selva y que nunca ha podido definir, un rumor de olas y soplidos, de árboles que se mueven sin que se vea el movimiento, los insectos le pegan en el rostro, se le meten a la camisa, y entonces muy quedito silba una guaracha de su época, de cuando le daba por el baile, de reojo le echa una mirada a Sarabia, el tipo va serio, con los ojos puestos en la carretera, Calatrava mira por el espejo retrovisor y observa los rostros de los que viajan atrás, serios también, atentos como si todos estuvieran manejando la camioneta que responde sin trabas, potente la cabrona, quiere comentarlo pero no es tan sonso pa no darse cuenta de que el horno no está pa bollos y eso significa que los comandantes andan con el fundácalo lleno de cadillos y detiene el silbido porque si ellos que tienen muchas horas de vuelo andan trincados de preocupación será por algo y ya no tiene ganas de chiflar sino que le digan qué carajos tiene que hacer aparte de manejar la camioneta que sigue rumbo al sur, pasa la desviación a Cacahoatán y toma hacia Hidalgo como le había dicho Julio Sarabia.

—Cuando llegues yo te digo, y no te emociones con la camioneta porque tú vas a manejar otro camión.

Sólo se escucha la respiración de los cuatro hombres como si anduvieran con una bronca desmañada cuando apenas si acaban de dar las once de la noche. Alipio Gorostiza al mirar el reloj hace un cálculo de lo que tiene que hacer y lo que falta para la medianoche que es la cita con los mexicanos. Estar en el Tijuanita y portarse como niño sin dinero lo pone de mal humor, si a él le refascina el boleo indiscriminado y el olor a coño joven, como de truchita fresca, carachos que el Tijuanita parece otro cuando Alipio no tiene afinada la marimba de los adentros, hay que saber medir los tiempos, no puede ni debe meterse unos guaros entre pecho y espalda, bailar echando tipo en la pista, echarse un clavado con una de las magallas, claro, a él le da gusto el disfrute con las putitas, pero sin sobresalto, dándole su meneo al meneo, eso lo sabe y se lo festeja la mayoría de las magallas, pero si no tiene tiempo pa entrarle al macaneo, no quiere andar con jodiendas que lo desgasten unos minutos antes de la hora buena, qué carajos, que las pirujas piensen lo que quieran, ya tendrá chance de ponerlas en su lugar, lo que importa es él, nomás él que tiene por delante una faenita sabrosa, y de refilón ve a sus acompañantes, al puñado de hijuelasmadre que parecen estar en otro lado porque con nada se emocionan estos, ni con el cuerpazo de la morenita, que se traguen sus silencios los carajos esos que nomás que cobre se pueden ir mucho a la pudrición, eso sí, después de lo que pase esta noche en que se va a dar el último amarre a una operación que ha costado un buen esfuerzo, uh, si desde que era patojo de este tamaño nada le ha costado tanto: encontrar ya no a un surtidor que de esos hay cientos, sino a uno que le diera buen precio y no le anduviera jorobando el alma, que le asegurara la calidad del armamento, puta, si sale calado el fusilerío le cortan los tanates todos los carajos que tienen metido el hocico en este asunto, que el vendedor le aceptara pagar sólo el adelanto si la competencia es muy fuerte, y después que los cerotes aztecas no le hicieran ascos, ay porque esos cagados creen que el mundo es igual al de ellos que andan viendo nomás a quien se pasan por la pinga y se trincan al que se deja, cerotes majes que se sienten los más alzados del universo, y en las conversaciones antes del arreglo Alipio tuvo que ponerles cara de mojón, agachar la cabeza cuando platicó con el tal Cossio, con el otro al que le dicen el Moro que es el conecte, el operador, pa decirlo pronto, y quedaron de acuerdo en cómo hacerle, puta que fue trabajoso cerrar el trato con los aztecas que a todo le ponen peros y zancadillas y ahora no va a perder el hilo metiéndose con las pisonas del Tijuanita y dejar en el aire el negocio, y ni pensar en lo que le iban a hacer los socios de la capital chapina y los cerotes aztecas, y por eso ni un guaro fresquito se va a meter hasta después de entregar la mercancía a los que el Cossio ese le dijo que iba a mandar pa que le entregara el cargamento nomás pasandito la frontera, ya después es asunto de ellos y si los retejoden él se puede lavar las manos, y pregunta la hora al Rogao que está como ido, el tipo no le contesta y vuelve a preguntar la hora, nomás porque sí, pa que estos carajos no le vean la cara de maje, y ni el Rogao ni el Motroco ni el Poison que fue el que sirvió pa contratar a los tatuados, ninguno contesta, y Alipio dice y se dice que van a dar las once y es hora de empezar a salir pa ir a buscar la troca, y la música disco se extiende en el salón, arriba del escenario una morena que Alipio conoce como camello de más o menos buena venta, a la que le dicen Lizbeth se desnuda coreada por los gritos de unos cipotes bien bolos que avientan sus gorras a la pasarela, y Gorostiza se promete que a la hora que termine, a la hora que sea, se va a dar un respiro en el Tijuanita y le va a obsequiar su penca a la panameña, o de plano se la va a llevar unos días de paseo ganoso, que al fin el dinero se hizo pa darle gusto al gusto, y la nerviolera le gana, cuando anda en esos rebanes le entran las ganas de mear y le duele la boca de la tripa, eso es natural, lo malo es cuando a los cabrones no les entra la pichoneada en la panza, ah, eso es porque ya están locos y no tienen el pálpito del peligro en la punta de los coyoles, y así siente el palpitadero en los brincos de las venas por estar sobre las once de la noche y falte menos de una hora pa verle la cara a los cerotes aztecas y sin más, a la pura palabra les entregue el camión verde, como le dijeron que lo hiciera, nada de dinero de por medio porque eso ya está arreglado allá arriba, pero el bisnes armado no le quita el peligro de que lo quieran madrugar, ponerle un cuatrote del tamaño del mundo, así tiene que cumplir las órdenes, ya después vendrá la ganancia con el lógico corte de quetzales, porque aparte de lo que él obtenga está lo que tiene que pagar a los cuidadores, en toda la frontera nadie mejor que los tatuados lo pueden cuidar, los mismos que ni mueven la cara como si estuvieran soñando con una carga de cocaína más grande que todos los carros llenos del ferrocarril juntos.

Calatrava conoce el camino, lo puede adivinar por el balanceo de la camioneta al entrar a un vado, la fuerza que tiene que imprimirle al motor para sin tosidos subir la cuesta, no quiere rebasar los setenta por hora porque el Moro le dijo que fueran calmados, si aún faltaban cincuenta minutos para la cita y Calatrava sabe que a esa hora en las calles de Hidalgo apenas hay triciclos, unos cuantos vendedores de tacos sudados, puestos de hot dogs, hasta los perros se han metido a sus escondrijos nocheros y en los burdeles de junto a la estación se reúne la gente que es parte de la oscuridad, y ese tipo de personas no anda olisqueando los puestos fronterizos, existe un horario para lo visible y para lo oculto, y a partir de las doce, como cuento de brujas, la gente se mete a sus casas y los que andan en la calle saben lo que van a hacer con su destino, y Calatrava no lo sabe a ciencia cierta, ya el Moro le dijo que iba a manejar otro transporte, y quiere imaginarse qué tipo de camión le van a poner pa que tripule, pa qué ponerse a adivinar el tipo de carga que va a llevar, pero no puede ser más que de dos etiquetas: la de armamento o la de droga, no hay de otra, pero con esos cabritos nunca se sabe, son capaces de meter una troca con la doble carga que él trae en mente, uy, el coctelito se va a componer con venas más negras que la pichula del diablo.

Sarabia mira las rayas blancas de la carretera que lo acercan a Hidalgo y mete la cara al aire que despide un olor a fruta podrida, sin mirar el reloj sabe que van de acuerdo al horario, muy preciso que debe ser pa que Alipio y su gente no le ganen la partida si está seguro que el jíjuela de Gorostiza no va a llegar solo sino va a traer sus apoyadores, claro, nadie es tan zopenco de plantarse solo en una jugada de este tamaño, y cuando la gente es de vario rostro no se les puede controlar la nerviolera, y eso es lo malo, la pijuda nerviosidad hace que los humanos se metan en terrenos del Chamuco a la menor provocación, lo mejor es que cada uno sepa nomás lo que le corresponde y se haga cargo de su encargo pero con una visión de todo sin saberlo a detalle, como debe andar el pinchoso de Calatrava que seguro cree que Sarabia lo puede todo y no alcanza a comprender que si a Julio le dieran a escoger iba a decir que lo mandaran al aeropuerto porque ahí las ganancias son gordas y con muy poquito riesgo, no en balde pallá comisionan a los protegidos de los jefes, al contador Rivadeneira que a todo le pone pegas, al doctor Cifuentes que es tan inútil y miedoso, el cuñado del general que también se cree milico, y toda esa bola de mascapitos que no saben lo que es curarse de los calambres a la hora en que se cuecen los mameyes, como va a estar esta noche en que el calor y los insectos parecen enfurecidos de que una camioneta con cuatro hombres armados vaya lento hacia la frontera y uno de los individuos, moreno y de nariz ganchuda, con ojeras marcadas, piense que si no fuera por la ganancia que va a dejar la jornada, mandaba al requinto chuchería a toda la gentuza esa, la que va con él y los chafarotes que de seguro andan custodiando al Alipio, y se metía a la casa de Ofelia a darse un baño con agua fría y después a dormir en la hamaca hasta que Diosito diga basta que es hora de comer tacos de borrego y beber unos guaros con harto hielo.

—Tranquilo —dice al conductor—, calcúlale pa llegar un cuarto a las doce.

Valdemar Meléndez asiente sin que la instrucción sea para él, viaja en silencio, si a la larga se va a hacer lo que Cristo diga y no lo que una bola de cabritos imponga, como si fuera tan torpe de querer que llueva cuando de allá arriba dispusieron lo contrario, Jesús sabe por qué puso a la humanidad en este mundo y cada quien tiene un papel asignado, y si Él lo colocó en ese camino no hay fuerza que sea mayor, Valde cumple las órdenes que en el servicio tiene la obligación de cumplir, que es la palabra del Señor repercutida en la voz de la superioridad, y de no ser así que venga Cristo y reclame, pero a ellos, no a él que cumple con su oficio de vida que es la ley de Jesucristo. Así es, porque ¿cómo le puede llamar a las instrucciones que se le han dado?: Órdenes. Y las órdenes se cumplen, no se discuten. Él no vino a este mundo pa arreglarlo, vino nomás pa vivirlo, sí, pero de acuerdo a los designios del Señor, quien en verdad da las órdenes, y ve cómo el Burrona se peina aunque el aire de inmediato le vaya a descomponer el cabello, pero así es la vida, tiene sus reglas que no se alteran, como ya el dedo del Señor marcó al Burrona, como lo hizo con Sarabia que nunca se ríe, jamás abre su corazón a la amistad, a lo que se conoce como amor al prójimo y no se busca con esto meterse en terrenos prohibidos, no, Valdemar piensa en el amor que Cristo tiene por sus hermanos, que es la humanidad entera, y mira a Calatrava atento al camino y no quiere hacer ninguna referencia al conductor porque apenas lo conoce, pero eso es lo de menos si las órdenes lo llevaron a compartir este trabajo con alguien como el chofer no tiene por qué despreciarlo o verlo de menos si Cristo pregona igualdad entre la raza humana, en la totalidad de la vida en el planeta, Jesucristo ha ordenado que vaya a servir las órdenes que le han dado, lo que tiene que hacer será, aparte de apoyar a su templo, será pa llevarle algo de felicidad a su familia, otra de las felicidades innumerables que Jesús ha regalado a los humanos es la familia, eso ni los más abominables descreídos lo niegan, y refresca el sudor sacando la cabeza por la ventanilla, aspira el olor que a rafagazos se mete desde la oscuridad de la maleza y los árboles, escucha los ruidos de los animales del Señor, y no le importa el resto de la noche, Meléndez va a seguir al pie de la letra las instrucciones de Julio Sarabia y no quiere ni debe saber qué implicaciones tiene el hecho de custodiar un camión de carga los cuarenta kilómetros que existen de Ciudad Hidalgo a las afueras de Tapachula, que es lo que le dijeron porque la palabra de Jesús tiene sus conductos pa poder escucharla y uno de ellos está en las órdenes que se dan en el servicio de migración donde Valdemar Meléndez trabaja gracias a que así lo decidió el Supremo arquitecto de su destino.

Al frente de los hombres, Alipio Gorostiza camina hacia el lado contrario del río. El sudor le empapa la camisa, se le mete a la trusa de colores, lo siente en los tobillos al pasar bajo los árboles del parque central, arrecia su derrame en el rostro cuando Alipio toma la Calle 6 hasta la esquina del tendajón de Curro Arrechi, que presume su españolidad aunque lleve toda su vida en Tecún, la tienda del Arrechingón, como en el pueblo le han dicho desde que era patojo, está cerrada, a esa hora nadie camina por las calles de Tecún Umán y sólo los borrachos tirados en la tierra respiran bajo cielo raso, los bolos de afuera están tirados pero no los que siguen la enguarada en los cabaretes de la Calle de las

Barras de donde Alipio salió hace unos minutos para avanzar hacia el sur, llegar al límite de las casas y tocar la puerta de una construcción de mampostería, a media calle de la carretera, donde los bolos del pueblo no saben que Alipio trae el corazón brincoteado porque no es lo mismo este asuntito que zambutir a una bola de guarapos indocumentados en un camión con doble fondo y mandarlos pal norte, esa es maniobra de todos los días y ya ni le causa tiritar, porque si los carajos peregrinos pasan la frontera es lo de menos, como si el calorón los manda al camposanto, ¿por qué orita tiene que imaginarse a unos cerotes cagados de hambre y sed trepados unos sobre otros esperando horas en la oscuridad y el calor requetejodidoso haciendo estragos? Pos a él qué vergas, no es su padre pa andarlos cuidando, lo carajo no es pasar, ¿quién es el sonso que no puede pasar del otro lado del río? Cualquier balsero los cruza sin hacerla de rascabullas, lo difícil viene después, enfrentase a los zoquetes mexicanos que son más enquistados que las niguas, recorrer los miles de kilómetros que tiene ese maldito país, sortear garitas, aduanas, verracos que quieren sacar dinero a como dé lugar, tragar hambres a toda hora, eso es lo carajo, no meterlos a un camión y darles padelante, eso a toda hora del día en cualquier parte de la frontera, y el calor le agarra los entresijos, como que se hace más chorroso cuando la puerta de la casa se abre.

El Burrona, sin decirlo, muestra su desagrado por la orden del maldito Moro, siempre tiene que hacerles ver que su palabra es la que cuenta, pinche Moro, dice que las horas tienen sus minutos y no deben ni llegar tarde ni tampoco antes porque el que no sabe darle tiempo al tiempo vale lo mismo que un caimán colgado de un árbol, y Calatrava frena la camioneta y pregunta si levanta los vidrios y pone el aire frío porque el calor los va dejar surumbos y una cosa es una cosa y otra cosa es otra cosa, y el Moro que no haga pendejadas si ya le dijo que nada de clima artificial que es muy malo pa los bronquios y no quiere que a la hora buena les agarre la carraspera, y Meléndez reza dejando oír la voz como pa invitar discretamente a seguirlo, y el Moro ve el reloj, que nadie hable ni cante ni se ande con pendejadas que tienen que estar más buzos que iguana en palo ajeno, y Calatrava tiene ganas de salirse de la camioneta y caminar pa que las piernas no se le entuman, y el Burrona se peina sintiendo en los pies la metralleta que algún día espera usar hasta que se canse de echar balazos, y el Moro que nadie fume ni se salga del vehículo, le encabrona andar pastoreando a unos vergas que no son profesionales, huele el aire y el calor se mete en los pliegues del paliacate arrugado y húmedo y no quiera manotear con la mano libre pa quitarse el arremangadero de insectos porque siente seguridad en la culata de la cuerno de chivo, y Meléndez intuye que el Moro sabe que alguien de su misma gente está vigilando sus movimientos porque Jesús siempre ha dicho que cuando uno pide ayuda también debe hacer algo por ayudarse, porque a poco cuatro tipos solitarios pueden ser responsables de lo que se imagina va a pasar, y Calatrava siente que es una idiotez estar ahí como truchas sin agua y siquiera le dejaran poner el clima artificial, y el Moro no despega los ojos de los resquicios del panorama buscando a dónde carajos están los otros, esos vergas que nunca aparecen pero que dan el reporte y que en última instancia, pero ya en la última última salen a capotear la bronca que se supone deben resolver ellos cuatro, y Meléndez frunce la boca en lo que el Moro sabe que es un rezo, y Calatrava en su casi desconocimiento de lo que van a hacer aunque lo suponga, y en el pinchoso del Burrona que por dinero le quita el pozol hasta a su misma mamacita, y Alipio, antes de hacerlos subir a la parte trasera del camión color verde, entrega unas ropas a los tres hombres que lo acompañan, pantalones y camisas color caqui.

Sin pedir explicaciones, los maras se lían el atuendo. Sólo han mirado al Rogao, que les dice sí con el movimiento de la cabeza.

Gorostiza se sienta del lado del volante, jala aire por la nariz, lo hace como si le estuviera oliendo el coño a las chiquitas de los bailaderos.

El camión emana un olor que Alipio identifica sin problemas, es el mismo de un lado de la frontera que del otro: es olor de cuques, los milicos jieden igual en todas partes, el olor a cuque se le mete entre las ropas. Maneja, ni modo, el color verde del camión y el olor a soldado es parte de la noche, ya sabe de dónde sacaron el transporte, nomás le taparon las insignias, pero si revisara bien, segurito halla el trapicheo, da lo mismo si el transporte pertenece a los chapines o a los aztecas, son los mismos escorpiones. Embraga la primera y avanza hacia el norte. Tomará, lo sabe, la Avenida 1, que lo llevará directo al puente cruzando por un costado de la plaza de armas.

Falta menos de media hora pa las doce y aunque sabe que todo está arreglado, que los de la garita guatemalteca quitarán los toldos que cubren las cajas de plátanos, aceptarán que los tres hombres de camisolas de color caqui son los cargadores de la fruta y sellarán los papeles sin mayores trabas, siempre existe un diablo que quiera meter la cola en el puchero, ya no tanto de este lado en que los jefes controlan cada movimiento, sino del otro, cuando el camión verde pase el río y tenga que entablar plática con los agentes mexicanos, esos son venados sin valla, pueden estar con el humor maligno y echarle mierda al pastel, o pueden andar con el espíritu alegre y nada pase, o estén aceitaditos pa que el humor no se imponga sobre los avatares de la maniobra, eso ya lo sabe, como está seguro que saliendito del puente lo van a estar esperando los carajosos que se van a encargar del camión en México, el Moro, seguro va a estar ahí el Moro, y ese no es de palabras, es carajo con el alma de zorrillo rayado, avienta malos olores o se escapa sin poder seguirle la huella, esos son los peligrosos, los calladitos, los que matan iguanas sin bajarlas del árbol.

El Moro dice que la camioneta se estacione bajo un enramado… a la mera hora se les van a calmar las ansias a estos vergas; el transporte tripulado por Alipio avanza hacia el río por un lado del parque central de Tecún… ya falta nomás una brizna pa dejarles el sapito bravo en manos de esos carajos; el Burrona pasa los dedos por la dureza del ojo de venado que desde Tepic le trajera L… la tajada bien vale la sudadera que se le mete a los ojos; en la caja de carga del camión color verde, los tres maras cuchichean… los minutos son menos que la vida; Meléndez tiene ganas de salir a estirar las piernas… si el buen Jesús lo ordena es por algo, ¿quién es él pa oponerse a los designios del Supremo?; los guardias de la garita guatemalteca alzan la cabeza mirando hacia el ruido y los faros de un vehículo que va hacia ellos, el sargento de mando, a propósito, claro, si así es la jugada... se fue a dar una descansadita a su casa; a Calatrava le está ganando la nerviosidad, mientras esté al volante de un vehículo sólo siente el machacón en las tripas; los oficiales de la garita mexicana están prevenidos que es noche de cruce, uno más, uno casi cada semana... mejor, cada camioncito hace que la buchaca se llene; Calatrava conoce muy bien la maniobra, él y el Moro son sarapes muy miados pa no conocerle las mañas a los asuntos, pero siempre se siente el pálpito del que tal vez se descomponga la paila y los de arriba, por querer vestirse de honrados pa taparle el ojo al macho y pavonearse frente a los altísimos jefes o los periodistas, hayan mandado a unos milicos o judiciales a que los fríen como cuerda de san Benito, eso siempre le calienta la cabeza al Moro, quien ve del otro lado del río, antes de cruzarlo, a un transporte que se detiene bajo la marquesina de las luces y los letreros que anuncian el buen viaje guatemalteco.

Alipio baja el cristal de la ventanilla, bromea, menciona las jodidas horas que tienen los patrones pa mandar cargas de frutitas como si no hubiera un horario mejor, pero es cosa de las jiribillas de los patrones que les vale pinga las desveladas, y los guardias revisan los papeles coloridos, sellan los documentos y mueven las manos pa decir que la frontera está abierta y sigan adelante, compitas; los guardias del lado mexicano andan con la sonrisa amarga, así son estos, nunca se ríen, siempre quieren aparecer como mal humorosos, calma, Alipio sonríe manso, con ellos no hace bromas porque nunca ha entendido sus insultos que no lo son y sus buenas maneras cuando le van a torcer el alma a un cristiano, que los entienda su puta madre, y dice buenas noches, que llevan una carga de plátanos pa Tapachula y los aztecas vestidos de blanco y verde revisan, ponen caras de malos, rabian, abren la caja, ¿y estos?: son los cargadores, nomás entregamos y todos nos regresamos, no se va a quedar ninguno, y los agentes mexicanos revisan sin cargar la mano en las cajas que ostentan un racimo de plátanos en cada una de las cubiertas, sellan los papeles y dan la orden de avanzar hacia Ciudad Hidalgo que está mansa, apenas con el ruido de la música de los burdeles dando la bienvenida al camión verde que puja al cruzar el trecho de puente y entrar a las calles con hoyos llenos de agua negra.

Los dos transportes se encuentran en la última calle antes de la salida hacia Tapachula. El chofer del que tiene el morro hacia el norte prende y apaga los faros al otro que aluza hacia el sur y hace lo mismo.

El Moro repite las órdenes: todos se van a bajar, él adelante, los demás un par de pasos a su espalda:

—Aquí el único verga que habla, soy yo, ¿entendido?

Alipio frena el transporte color verde y sale, retrocede hacia la caja y dice a los tres hombres de caqui que bajen, se coloquen a su espalda y no digan ninguna palabra:

—El único varón que aquí verbaliza, soy yo, ¿okey?

La espalda del Moro da al norte, la de Alipio al sur, los dos caminan al encuentro, tres hombres vestidos de caqui están junto al camión verde, los otros tres, pegados a la camioneta. Los seis avanzan siguiendo la huella de los que encabezan los grupos, el Burrona trae el arma encajada en el cinturón, el Rogao carga la ametralladora con ambas manos, Calatrava en la mano izquierda, el Motroco sostiene la Uzi con un lazo que cuelga de su hombro, Meléndez acaricia la cuerno de chivo, el Poison esconde las manos en la espalda.

Al Moro no se le nota el arma, abre los brazos y pela una sonrisa blanca en la oscuridad del rostro. Alipio también muestra las manos desarmadas, mueve la cabeza de arriba abajo mientras la risa se trepa en los labios delgados, casi sin carne. Los dos avanzan, sus hombres se detienen. Ni siquiera el ruido de las orquestinas burdeleras arrebata el silencio que permite oír las pisadas de los que caminan paso a paso como si no quisieran el encuentro. A las orillas, las ranas echan bocanadas crujientes y el olor a agua estancada se mete en los que están parados a los lados de los vehículos. Alipio le mide el cuerpo al otro. El Moro trata de ubicar la mirada del que está enfrente.

—Está completo todo —afirma la voz de Alipio, que suena como si tuviera eco en el sonido que choca contra lo caliente y los ruidos de la selva.

—¿De acuerdo a lo pactado, Alipio?

—Sin ninguna merma, manito, vos estáte tranquilo.

—Tú y yo somos de a pie, pa qué meternos en las patas de los que la chicotean, que no haya bronca.

—¿Quién la busca?

—Nadie, Alipio, nadie, nomás digo.

—¿Pos si no hay otro asunto?

—Ningún otro.

Los dos retroceden sin darse la espalda y hacen señas a los custodios. Meléndez maneja la camioneta para colocarla atrás del camión verde. El Moro se pega a sus dos compañeros y los tres con la respiración rápida, pero no sus pasos, van hacia el camión. Alipio y su gente se mueve para dejarles el paso. Calatrava levanta la vista al pasar junto a los otros hombres y uno de ellos, vestido de caqui, le susurra algo que después, ya al volante del transporte, hila en las palabras que se van acumulando.

—Ya andamos juntos por la vida, bato —le había dicho uno de los hombres de caqui.

También camina el Burrona, el pecho le duele de los golpazos, aprieta los dientes, en las manos trae la chorreadera de los nervios, los ojos de L reclamando que no fuera uno más de los borregos que nunca sobresalen, las ganas de echar gritos porque el miedo le punza la garganta… ¿y si saca la metralleta y les mete el carajal de plomo a esos podridos?, qué ha de pasar, si cuando pelen los ojos ya se los llevó la huesuda y le pega un reparo el estómago…

Un paso más hacia el camión, uno más y toca leve, muy leve, el perfil del arma…

…de una vez que suene el ruido… y siente que las manos se le ponen frías, que el calor aumenta y él tiene las manos heladas, qué larga es la diferencia entre dos momentos iguales, o sea, qué delgadita es la rama de los asegunes, porque si saca la matona y les avienta los pelotazos ya nadie le va a decir Burrona, nadie, y L lo va a mirar como si fuera Diosito santo… y el carajo del lic se va a quedar mudo el muy culero, y el Moro ya no le va a dar palmeteadas en las nalgas, y los cabrones tatuados se lo van a ir a contar a sus difuntos… trae la respiración que se le hace nudo en la boca…

…y va sacando el arma, muy lentamente para no aprevenir a los guarapos esos… pa que no le quieran madrugar el mandado… y jala aire, que no le vaya a fallar el pulso, nomás necesita tres movimientos, sacar la rociadora, darse una vuelta rápida y apretar el jale… y purrum, se van a ir pabajo los podridos…

…con mucho cuidado pa no dar ventaja comienza a sacar el arma, qué cortito es el espacio entre dos momentos, y la mano le tiembla pero eso ya no importa y de pronto le llega una voz que no identifica, una voz que se enrosca en las venas y petrifica el movimiento del hombre:

—Llévate la fiesta en paz, Burrona, no sigas.

Como si le pusieran hielos en los coyoles tensa las piernas. Cesa el nerviosismo de la mano, se congela en el antebrazo, se estatua en los dedos y el Burrona da otro paso, aprieta los dientes al darse cuenta de lo que estuvo a punto de suceder, con lentitud mueve la mano lejos del cinto; como si nunca hubiera escuchado ninguna voz, pisa marcando el camino para que vean que él está en lo suyo, que se va a meter al camión sin que algo trille la noche y el sonido de los grillos sube de tono, se le enrosca en la cabeza mientras la respiración del Moro suena fuerte en la oscuridad bajo las nubes.

Nadie escapa de hundirse en una guaracha, Nicolás, dime dime, más bien, don Nico lo sabe, está consciente de que con taparse los oídos no arreglaría nada porque el televisor le está contando una historia que no ve por las rayas que cruzan la pantalla y que ni siquiera Coquimbo podrá componer porque no es la antena lo que falla, es el calor y la pestilencia de su cuerpo lo que lo mantiene en su casa, con el techo detenido por morillos por donde se pasean los alacranes que desde arriba observan a un hombre sudado, con una piyama arrugada, mugrosa la ropa, aplastado a los pliegues de una hamaca, sobando una pistola mientras la noche avanza en un lugar del norte de Guatemala llamado Tecún Umán, también conocido como Tijuanita, Tijuana pequeña, igual al nombre de un cogedero de la Calle de las Barras donde alguna vez una morena de pelo crespo fue la reina, su nombre era Sabina, la anunciaban como la Sabia, y platicó una historia enredada de ires y quereres, de hombres que le recordaban a su hermano de nombre Jovany.

¿Existirá esa mujer?

¿Habrá existido?

A esa hora de la vida, don Nico nada sabe, nada le importa, a trozos le llegan las imágenes de cuando le sugirieron que como buena salida pidiera su jubilación, eso era mejor que poner su nombre junto a los hechos del Carrizal, eso le dijeron los del gobierno del centro, y también los malditos gringos que son los que dan las órdenes en la frontera, porque ya corrieron la suya desde el río Bravo hasta el borde del Suchiate y el gobierno en Babia o bien cómplice, y escucha la música que le hace dupla a los ruidos del televisor entre las palabras de los que lo interrogaron.

Oye las voces salir, revisa los rostros adustos de quienes lo cuestionan y señalan: lo mejor era no mover el detritus del chúcaro y firmar la jubilación, porque el escándalo debía tener acreedores, reales o no, tenía que tenerlos, así es la vida, y los inquinosos gringos se dieron a relatar las barbaridades de la frontera, las visas dadas con intereses desconocidos, la actividad de los polleros, la cantidad de muertos que cada uno de esos traficantes provoca, en fin, Nico, don Nico, la serie de anomalías que se han dado a lo largo de muchos años con el nombre y apellido del cónsul como lugar común. Y eso no era verdad, lo saben muchos que nada dijeron que el cónsul nunca tuvo que ver con los desmanes de la frontera, él se refugiaba en el Tijuanita, tenía que ver con las visas y nada más, eso lo saben en la línea fronteriza.

Y si lo saben, ¿por qué no lo defendieron?

No se dio ni un solo nombre de los que don Nico estaba seguro que podían saber algo. No se habló del general, ni de Cossio, de Lita ni menos del Moro, de los otros individuos como el desaparecido Burrona, de las autoridades municipales o de Ximenus.

Las rayas en el televisor marcan parpadeos en las paredes que lo llevan y traen por esos diez años en que buscó la tibieza de las féminas, eso fue lo único bueno, lo demás, amargo se le ha enquistado venciendo a la ternura de la nostalgia por las mujeres.

El amor fue lo que siempre tuvo en la coyuntura de los huesos. Eso lo repite don Nico: amor por la niña sin casa, amor por la chiquita buscando dulzuras, amor por tener cerca un cuerpo que le hiciera pensar en lo que no ha tenido, porque las caricias no le quitaron de la mente el orgullo de su cargo representado a su país, ahí, enfrentito y tan lejos.

¿Quién fue el que perdió en lo del Carrizal?

¿Los asesinos?

¿Los muertitos?

¿Los que estuvieron detrás de todo?

Él fue uno de los perdedores.

Pero antes de que se diera la matadera, don Nico jamás se enteró siquiera de un rumor preventivo. Eso lo puede jurar. Y puede asegurar que muchos supieron de su inocencia, varios por lo menos, en última instancia los gringos, y también esos le cargaron la mano. Sí, don Nico sabía que el balsero Añorve andaba muy pesaroso y a fuerza quería darle de palos al avispero, pero eso nunca fue novedad, en Tecún no falta quien ande de soflamero en las calles, pero de eso a los hechos hay buena distancia. Se fue enterando cuando le avisaron de la muertera, y por un momento creyó que si el asunto era del lado mexicano nada tenía que ver con el cónsul de ese país en Guatemala, en Tecún Umán para ser precisos. Precisión, eso necesitó, que alguien precisara que su relación con Lita era sólo de muchachas pizpiretas, eso era todo. Que nunca tuvo que ver con contrabandos de nada, aunque en las investigaciones jamás saliera la palabra contrabando. Que sugirió, nunca de una manera directa porque no era tan torpe, que en la frontera hay un permanente contrabando de armas y de drogas. Que el tráfico con indocumentados es pan de cada hora. Que el cónsul informó a tiempo de las sectas religiosas.

Pero lo que nunca pudo decirles antes de firmar la jubilación, y no se los dijo porque no se lo permitieron, fue que el asunto sangriento del Carrizal no fue por líos de religión, sino trampas que los malditos acostumbran. La Mara Salvatrucha no existe, le hubieran contestado, son mamencias de los desocupados que quieren ensuciar la frontera pa que los inversionistas no traigan dinero.

La gente del gobierno insistió en que no existe tal conjunto de canallas cobijados en una organización llamada Mara, y si no existe eso, pues menos pueden estar coludidos con las autoridades. Lo hubieran tachado de manipulador, o por lo menos de mal informado, de estar desviando las líneas de investigación para el rumbo de la imaginería popular.

La guaracha, Nicolasa, dime dime qué te pasa, y él podría contestar que lo que le pasa es que está solo y no puede treparse a la cola de un alacrán y picar a los malditos ni escapar de su casa, por eso tiene la pistola, que nadie le robará otra vez porque ya le robaron el cargo y la vida. Ya debe apagar los ojos y pensar en otra si el título no se lo podrá quitar nadie, ni sus pensamientos, ni en dibujar a Sabina en los artilugios de los alacranes.

Don Nicolás Fuentes es el cónsul de un país enorme que de noche en noche un ferrocarril trata de cruzar cargando sombras que buscan otra frontera, eso lo sabe el cónsul, siempre será cónsul y nadie tiene el poder de quitarle el cargo, y no puede ir a lamerle el carcañal a su sobrina Catalina a un sitio como Querétaro donde nadie lo conoce, ni le van a festejar sus devaneos, ni a contarle su vida como lo hace Sabina que sigue bebiendo con más furia que antes sin fijarse lo que contiene el vaso, Nico, después de que ella se fue al baño, la blanca la ayuda a mover esa bola de cabellos metidos en la garganta de la catracha.

El sombrero panamá bate el aire y don Nico le dice a la hondureña que mejor se vayan a su casa a seguir charlando, pero la hondureña quiere estar ahí, en medio del jaleo del Tijuanita porque la soledad le punza el resuello, y entonces el cónsul sonriendo propone ir a beber al cuarto de Sabina Sabia, como la presenta el guanaco Peredo, y ella no hace caso, sólo jala la manga blanca del saco de don Nico y mueve la cabeza:

—Nosotros dos ya estamos muy palomeados por la mano del Señor, don Nico.

Y sigue con la historia de Danilo Corazón de León al que se le salió de los adentros cuando tuvo la certeza que el cerote era un carraquero correvedile de doña Lita y que nunca se iba a llevar a Sabina como mujer propia.

—Los hombres nunca se apartan de la resolladera diaria...

...y se mete de golpe otro trago...

...vivir con los grumos pegados a los presentes le tuerce el destino a cualquiera.

Nadie es capaz de cambiar la raya del porvenir, ella lo sabe ahora y le pega en el alma reconocerlo, porque no tiene salida aunque disfrace la turbulencia, pero en aquellos años la juventud atolondra, Nico, hace que las cosas se vean de otro modo y cuando menos se piensa ya el brinco no tiene regreso…

—Hay que ir palante en el túnel porque una turba de carajosos vienen como jabalíes y hay que correr pa que no la aplasten, don Nico.

Y el cónsul mueve la cabeza, corta el aire con el mover del sombrero en las manos, interrumpe a la catracha para decirle que por favor no hable de juventud cuando ella es una niña y Sabina se encrespa:

—Las niñas tienen juguetes, amigos en la escuela, se bañan en tinitas, sueñan con hadas, hacen su primera comunión…

Las otras en cambio camelan en las esquinas, aguantan bailes en casotas abandonadas, son atrapadas por gringos falsos que invaden pudores, por gringos reales que pagan las mentiras…

…que no le venga con cuentos mayas el cónsul si él no tiene que soportar ni el calor ni los malos modos de los que creen que pueden comprar la risa que fue perdiendo cuando ella apenas levantaba así del suelo, soportaba el olor del hermano y sus papás estaban vivos en su casa del barrio Suncery, años antes de que la tuvieran presa en la cárcel de San Pedro.

—Aunque lo dudes, Nico, yo no conozco la risa buena, nunca me ha salido del alma…

…no se puede engañar al alma, cómo va ser posible, si el alma es sólo de una, no tiene más repartideros, y Sabina de un manotón tira al suelo un vaso sin hacer caso al mesero Ruperto que desde lejos le grita:

—Qué pasa, bata, no te pongas creisi.

Sabina mueve las manos mojadas de cerveza y pregunta, se pregunta, se talla los ojos, se cuestiona por la vida de sus padres, que si…

...¿el pelmazo de don Nico no se ha dado cuenta de lo que ella quiere decirle, a poco cree que toda la malcaraja noche se ha pasado sólo en chilladeras vanas?...

—Vete pabajo de lo que te estoy diciendo...

...que no le resulte igual a los cerotes de las gorras beisboleras...

—Descubre lo que quiero contarte...

...que oiga lo que quiere decirle, que ella no tiene salida, está marcada como vaca de engorda desde que supo lo que Jovany había hecho pa ponerse dos de sus malditas lágrimas...

—¿No te das cuenta de lo que quiero decir?

Lo de doña Lita es lo de menos, si no hubiera sido ella, alguna otra caraja se aparece pa meterla al negocio...

...es abrir los perniles y al carajo lo demás...

...y no importa ni el sida ni los amaretos, es saber que no tiene más casa que el Tijuanita y que por allá afuera anda su hermano, y le tiene miedo...

...no sabe cómo va a reaccionar si se le pone enfrente...

...si le pide que se acueste con él, que cojan como locos, a lo mejor ella le dice que sí, que lo único que le importa es olerle el sudor, que le meta la pichula hasta lo hondo del cuerpo y así no tenga voz pa pedirle cuentas por lo que les hizo a su padres, la maldita sinrazón de haberles dado luz verde pa ponerse un par de lágrimas y darse el lujo de que la clica lo admire por ser más el más cabrón de los cabrones del mundo.

—Cómo voy a querer que me cambien el nombre si es lo único mío.

Los alacranes no bailan, caminan con prisa sin rumbo, el excónsul…

…nada de ex, él, será siempre cónsul…

…trae en las tripas el ronroneo de un gato montés, la pistola se asienta sobre el pecho, arriba de la camiseta sucia, sobre la piyama arrugada y lamparosa, la música guarachienta de la Calle de las Barras sigue terca en tocar…

…Nicolasa, dime dime que te pasa…

…y a él le pasa la vida, los amores que nunca tuvo, porque amor no es trastocarle las asentaderas a las que buscaban una visa, una vida, a las muchachitas sabrosonas que le mandaba doña Lita, que siempre arrastró un batallón de niñas a las que se les iban cambiando los ojos de súplica por los de rencilla.

Don Nico estuvo siempre solo, recluido en una oficina olvidada, nadie de la Secretaría le hizo caso cuando avisó de los yanquis que mandaban en la frontera, ni lo tomaron en cuenta salvo cuando el escándalo por la emboscada en el Carrizal llenó de rayos a los noticieros y vino gente extranjera a preguntar, a entrevistar a cualquier cristiano, a decir las mentiras que le obligaron a firmar la jubilación cuando todos sabían que él nada tuvo que ver con lo que ni siquiera sabía, y si el líder de los muertitos era mexicano, el cónsul de Tecún Umán no tenía la obligación de saberlo, nadie de su entorno lo supo antes, ninguno de los tres empleados, quizá el Moro sí y por eso se fue por un tiempo, o el Burrona, que desde semanas antes de lo del Carrizal había desaparecido de la frontera y de Tapachula…

…que Sabina dijo apenas conocer de entrada por salida, unas fiestas privadas y eso es todo, porque doña Lita las trae muy controladas, el día se hace de minutos, baile, acostadas a granel, las fichas por el amareto, la venta de los papelillos, las pasadas del río cargadas de paquetes, las caminatas en las calles de Hidalgo regalando muestras de la blanca pa juntar adeptos....

...Así qué tiempo se tiene pa platicar con una misma, nomás échele a rodar la mollera...

...el tiempo tiene otro conteo: días de sol machacante o de nubes que barruntan agua, el de la paga de los trabajadores, las temporadas en que a la gente como que se le alborota la terquera de irse al norte: semana santa, los meses de la canícula, pasadas las fiestas de diciembre; ese es el marcador de la vida de la catracha, porque poner un merendero es trámites de puro cuesta arriba si no tienen papeles, ni acta de nacimiento que nadie le podrá enviar desde San Pedro si el nombre de su pueblo no quiere ni mencionarlo una vez más nunca en su vida...

—¿Los trámites pa el salón de belleza? Son la misma vaina...

...ella no tiene el carácter pa ir de puerta en puerta, mamando más de lo que ya mama en las jornadas del Tijuanita, como fue lo mismo en el Monavento y lo será si alguna ocasión le dan contratos en Tapachula.

—Todas las que ponen su salón de belleza o un merendero, se hacen gordas...

...se las dan de felices y no es cierto, se hacen ventrudas, olvidan los bailes que es el único momento de libertad, aunque los cerotes griten...

—No existe humano que no traiga la mala calentadera en las tripas...

...pero eso lo conoce, tiene el control de la llave de la calentura, y sabe cómo y en qué momento regularlo o de plano apagarlo, lo que no soporta son los demás trabajos, de cocinera aunque sea de negocio propio, de peinadora metiendo los dedos en los pelos ajenos, o del peor que conoce, en el que caen ríos de sureñas, pero en especial inditas chapines, meterse de criada con los riquillos de los pueblos cercanos a la frontera, servir de esclava a familias de cerotes, jamás nadie la va a ver aguantando a hijos de sidosos mexicanos...

...primero se corta las venas que meterse de criada, tampoco encadenarse a una cocina a preparar comidas pa extraños, aunque sea suyo el negocio, si ni siquiera sabe cómo cocinar un pollo con hojas de plátano, unos huevos fritos, unos porotos aguados...

—Carajos que no sé, en el jale del dinero no se tiene tiempo de cocinar...

...ella lo único que sabe es meter la cuchara al plato y darle pa dentro a lo que sea sin importar cómo macaneos se condimentó el puchero o se alineó la fritura...

...y eso pa qué trifulquera le sirve a ella, que se prohibió meterse a la cocina aunque fuera propia...

...si los hombres tampoco lo saben, no entienden de recetas, Nico.

—Las que no sabemos ni una mínima de esas vainas estamos muy opcionadas a que en la comida nos claven los males de yerba y nos enloquezcan...

...a los hombres la magia de la enyerbada los hace ardurientos, de mala entraña...

...a las mujeres las empinan pa servir de esclavas...

...y eso no, no quiere, no acepta verse tripuda, vendiendo comida, ni haciéndole permanente a las demás, pintándoles las uñas, menos de criada, como si no supiera que los pueblos de la frontera están llenos hasta el borde de negocios de esos…

—La competencia es peor que entre las bailadoras…

…y menos que se llene de hijos, odia a los hijos, nunca quieren a sus padres, se la pasan en las calles llenas de lodo, andan viendo cómo salirse de sus casas, ella no busca tener hijos porque apenas si se aguanta solita, cómo va a tener la paciencia pa tener hijos…

—Si no hay prudencia, pos pa qué tenerlos…

…pa qué apapachar niños que salgan malvados, niñas putas que no tienen respeto por nada, cipotes que se cogen a las hermanas, papás que se pedorreen y penquen a las mamás, que nunca reclaman y nomás rezan pa que se acaben los sufrimientos, no, pa qué…

—Pa qué joderle la vida a los patojos, si hay gente que no tiene bien centrado el pensamiento…

Sabina Rivas, la catracha, baila en la silla, con el vaso de bebida en la mano levantada danza ondulando el cuerpo, yergue el tórax para mostrar el perfil de los pechos brillantes por el sudor y las luces del Tijuanita que despide el trueno de la música; invita al cónsul a que se levante para bailar, pero el hombre con cuidado retira la mano de la mujer que tiene la pintura del rostro corrida, como si hubiera caminado bajo la lluvia.

Ella entonces alza los ojos hacia el techo oscuro del galerón y así, sin siquiera poner la boca hacia el suelo, como si estuviera rezando, sin esfuerzo en las arcadas, vomita. El líquido oloroso a revoltura de tragos corre por los cachetes, mancha los hombros, ensucia los pechos, baja hacia el abdomen, inunda los muslos descubiertos. Sigue vomitando como si en el estómago llevara una fuente de amaretos. Como si el vómito explotara después de haber retenido los líquidos desde que una mañana saliera de su casa del barrio de Suncery de San Pedro Sula, donde años más tarde alguien le platicó que habían enterrado a sus padres sin ella saber en qué cementerio estaba la cripta, o si reposaban en tierra bendita.

Don Nicolás Fuentes huele su cuerpo a vomitada de borracho. Al mover la cabeza hacia abajo, ve a las cucarachas avanzar por varios frentes. Caminan hacia él. Otras veces habían salido, pero no en tal cantidad que no le asusta sino observa con curiosidad pasiva.

El compás de las guarachas foráneas y el ruido del televisor son parte de la habitación donde sólo se mueven las cucarachas que no detectan ruidos ajenos a los que por horas han invadido la casa del cónsul…

…nada de ex, que tiene cuerda para rato…

…aunque el hambre le jale la panza y la boca se haga de papillas secas…

…y con ese vibrar de música lejana y la estática televisiva, las cucarachas se hacen parte del decorado, que ahora en el piso se mueve al contrastar con el baile de los alacranes que desde arriba comandan la escena.

¿Cuántos animales podrá tumbar con los disparos de la pistola?

Tiene que usar el arma antes que el sueño lo venza.

Antes que las imágenes de los diez años se hagan bruma y pierda la rabia por la injusticia.

Antes de que la voz de Sabina lo regrese de golpe al tiempo en que le gustaba vestirse de lino y pasear tocado del jipijapa hat.

Siempre todo fue antes todo.

Ahora huele su ranciedad sabiendo que su patria está tan lejos como sus recuerdos.

¿Existirá su país?

¿El Satanachia corta naciones?

¿Las une como cordón de muerte?

Nicolasa no es un ritmo, es un tono de vida que se arrastra como cucaracha.

Como alacrán untado a los morillos.

Nadie le robará de nuevo la pistola que mira con los reflejos de la luna que se glorifica sobre el río.

Nadie le robará la pistola porque ya es de noche, noche plena y don Nico es parte de la oscuridad.

Como la noche aquella del Tijuanita.

Aquella, la de las confesiones que ahora no precisa si existieron.

No coordina si ocurrió en una sola sesión, o es voz que se recuela desde el tiempo y nada existe sólo él en medio de animales que caminan como si la casa fuera propiedad de ellos y don Nicolás un simple visitante que está a punto de tomar su jipijapa y marcharse.

Marvis mastica chicle a redoble de mandíbulas, lanza escupitajos gordos al suelo del patio de la casa en ruinas, cerca de la estación del tren.

De nuevo repite que los cachucos tienen la pinga igual de templada que el más templado, y que la nacencia se da por pura lotería porque la neta está en la clica que lo ampara y que aquí todos valen madre menos los de la Mara 13...

—Y si este puto bato anduvo de soplón con la ley, es parejo que le demos luz verde —alguien dice, el mismo que apoya sus palabras golpeando al hombre que está acostado.

Pero lo que a Marvis le rejodetea es que sea un guanaco quien le vaya a poner en la madre al chapín y no él, y con rabia le pega otra patada al que está en el suelo...

—Se está cagando de miedo el puto este...

Pa darle en la madre a los cachucos está Marvis, que es guatemalteco, pa eso está, y que el chivato ese no le ruegue a nadie, que aquí no se ruega...

Marvis no ruega, exige porque es su derecho de paisanaje y carga el caladero de vergüenza que un cachuco como el cerote ese haya sido el hocicón rajado con los tiras mexicanos, que es lo peor que puede suceder.

Con lo que Marvis odia a los putos mexicanos tan retobados y cabrones que nunca respetan a nadie, menos si son chapines, por eso Marvis quiere ser quien le tumbe el alma al tipo que está rodeado de una veintena de tatuados, en silencio, esperando la decisión que se tome porque el hombre agotó las explicaciones y las súplicas y apenas tiene fuerza para respirar, si ya se le salió todo el valor por los puñetes en la cara y los rodillazos en el estómago y el dolor en las costillas que no lo dejan meter el aire porque las siente rotas y desde el suelo ve a ráfagas a los tatuados seguir las palabras de un tipo flaco, muy joven, que antes de hablar se había quitado una capa gris que tiró en el suelo manoteando mientras lanzaba escupitajos que un día les llenaría la carota a los putos mexicanos que se sienten dueños del mundo y si no se ha agarrado a uno es porque no les ha llegado la hora a los vergas del carajo esos, pero pa calmar el gusto ya tiene a este cachuco que anda de esclavo de los cerotes mexicanos, y le asienta otro patadón en la espalda al tipo del suelo que le va a pagar a Marvis lo que le falta por hacer a un par de mexicanitos a los que ya les trae puesto el ojo a los muy putos que espera nomás se descuiden o tengan los güevos de pasarse pal lado de Tecún Umán.

Poliéster le tira otra patada al que está en el suelo. Le grita que el camino de los rajones es irse pabajo y que sea el Marvis o cualquier otro, pero de esta no se salva ni que le lleguen los angelitos de los rosarios.

El hombre, tirado entre las hojas que huelen a podrido, se queja apenas. Como apenas recuerda el momento en que lo atraparon. Sabe sí, que está del lado mexicano. Que hay una remota posibilidad de que lo salve la policía. Piensa en su país tan lejos y tan apenas cruzar el río que a esta hora va perdiendo brillo por la noche que anda cerca.

Poliéster sabe que cuando no haya luz nadie se atreverá a meterse a quitarles el gusto de cobrarle a este cabrón lo que les fue a decir a la parvada de patos buzos que son los policías mexicanos que nunca salen a dar la cara sino se andan escondiendo en los cañaverales y joden a los que pueden, con más ganas a los paisanitos salvadoreños del Poliéster que hartas ganitas le trae a estos soplones que no respetan a los de la Mara Salvatrucha 13 y que lo irrespetuoso se paga, muy carito se pagan las traiciones.

El guatemalteco tirado en el piso de tierra desde que un trompazo en la cara lo tumbara, ¿cuánto hace?, no sabe, minutos, horas, entre los testereones del miedo y los choques del dolor distingue, a unos metros, otro bulto; no se mueve, quizás esté amarrado, no le ve el rostro ni el cuerpo, ve los trapos oscuros que lo cubren. Quizá muerto. ¿Por qué muerto? No puede pensar en la muerte. ¿Será alguien igual a él, o será uno de los tatuados que duerme?

Arriba de un pedazo de vidrio que el Wisper primero lavó, relavó, secó y contrasecó, forma delgadas rayas de cocaína y mira la oscuridad del cielo. Para él los de su clica la están haciendo de pedo retardado desperdiciando la fuerza en carajas palabritas dulzonas. Apenas escucha la música que sale de los burdeles que rodean la estación. Pa que tanta vuelta con el puto bato cachuco, a esos hocicales se les da luz verde sin tanto jeringollo. Igual que al otro carajiento, nada de mensajitos, a los dos hay que darles pabajo.

Desde algún lugar cercano, haciendo segunda a las palabras que Marvis terquea, los cuchis gruñen y remueven el lodo. Se oye el chapalear en el chiquero y el sonido áspero de los animales.

Las uñas mugrosas y largas del Wisper jalan la primera raya, espulgan el resto del polvillo que se ha quedado en la nariz y lo frotan en las encías. Se lame los labios. Siente que la fuerza le invade los tendones.

Muy poco viento llega del Satanachia, apenas refresca el calor de los que siguen dentro de los muros desmoronados de la casa, pero mete el ruido de las guarachas y de algunas risas y palabrotas que cortadas calan la noche.

El Wisper huele el sudor clavado en su ropa. Se mete la segunda raya y siente que sólo Dios padre es capaz de tener tanta alegría. Sin moverse de su lugar les grita que ya el tren va salir, que dejen el chachareo de mierda pa otra ocasión más próxima, porque si no esta va a valer pura verga de víbora mansa.

El pitido del tren brinca desde la estación y suena a rebato entre los que continúan en la casa abandonada. Todos levantan la cara. El del suelo también. Sólo el cubierto de trapos sigue en la misma posición.

El Liro camina por los vericuetos del traspatio de la casucha de palma invadida por ramas y olores descompuestos. Habla con uno y se carcajea con otro. A los de adentro les grita que ya es mucho pedo y tiene hambre. Cruza los maderos que formaron una pared y se detiene junto al bulto. Sin esfuerzo, en una centella sin distancia, le pega con el pico de las botas de color plata en las puntas.

El Spanky empuja al Bogsbony, le exige respeto: los soldados no le rezongan a los superiores ni le alzan pelo a los chivatos, y le enseña al guatemalteco que está en el suelo; con un gesto señala al otro, al bulto inmóvil; recalca la diferencia de años entre él y Bogsbony; le gruñe y de un tirón le quita el toque que el chiquillo fuma; le pega un jale hondo y lo devuelve.

El Bogsbony mira la delgadez de sus brazos, sabe que alrededor de la pichula apenas tiene pelos, cuenta los meses que le faltan pa cumplir los catorce años, que lo cipote no se le quita de la cara, y le dice al Spanky que la vida loca no tiene segundos y ya él tendrá el tiempo de tener más años y acepta el pitillo, lo embadurna con saliva, mete el humo hasta lo hondo.

El Pijotas echa de gritos y vivas a la Mara 13 y amenaza a todos los cabrones que no se le hinquen a la hora de los elogios, cabrones, y medio abraza al que tiene al lado, bailotea, se bate a carcajadas roncas.

La vibra tensa a los que siguen esperando que Marvis o el Liro hagan algo diferente a lo que han hecho en la última hora después de que agarraron al chapín, muy despreocupado, caminando hacia las lanchas, y no cabrón, el que fue de rajón tiene que pagarla.

¿Pa qué fue de hocico largo con la judicial mexicana a decir que unos de la Mara Salvatrucha 13 habían asaltado a su hermano? ¿Qué tenía que decirles que le robaron los ahorros de su vida y casi lo matan a golpes? ¿Pa qué anduvo de farolero diciendo que iba a levantar la denuncia y le pusieran enfrente las caras de los cabrones asaltantes porque él los iba a reconocer con los retratos?

El Marvis repite que a la 13 ningún jijoeputa la brinca porque le dan pabajo, y le tupe otro golpe al tipo del suelo cuya respiración en tirones cortos se nota en el y venir de la tela sucia y rota de la camisa.

Hasta el sitio donde se apiñan los tatuados se escuchan los rumores de los que desde la estación están próximos a brincar tras el tren y ya avanzan por todos los sitios para tomar su lugar y desde ahí comenzar la corretiza para subirse al convoy.

Marvis le grita al del suelo que se levante el puto o le va a clavar la daga hasta la espalda. Ya nadie reclama que sea el Marvis quien le dé luz verde al cachuco rajado.

El Wisper ha terminado con las rayas de coca, se relame el interior de las encías y siente que la felicidad es más larga que la noche.

Poliéster prende un cigarrillo de mariguana y después de tres chupadas hondas lo circula con el Liro, el Bogsbony y el Pijotas y por allá se prende otro porro y por este lado donde se halla el Spanky salen los chochos que rolan entre los hombres que hablan a gritos, se empujan unos a otros, se abrazan, beben cerveza, se miran las figuras tatuadas en el cuerpo.

El sonido del silbato se escucha fuerte, corre por los techos de palma de las casas, por las azoteas de construcciones nunca terminadas; se despliega por las callejuelas de piso arenoso, se mete a lo desvencijado de los restos de la casa donde la oscuridad y la tonalidad de la luna barniza de ráfagas a los hombres que arrastran hacia afuera al que está cubierto, y también al guatemalteco que se queja y se deja llevar batiendo el suelo con los pies sin zapatos.

El grupo camina poniendo la cara en el norte. Hacia atrás está el Satanachia. No hay más golpes. Los dos fardos son arrastrados abajo de un cielo que le da de vueltas a la lluvia.

Uno, silencioso, como muerto.

Los quejidos del otro no van más allá de las piernas que lo rodean mientras se sigue caminando para el lado contrario de la estación del ferrocarril; con las nalgas y la espalda, el hombre va pulsando el piso sin determinar hacia qué punto se dirigen, sin saber que no era rumbo a la estación, sino hacia la selva que se inicia ahí, muy cerca; hacia los relámpagos de una tormenta que seguro se da más allá de El Palmito, quizá sobre Tapachula, pero esto no lo ve porque las estrellas se le han nublado en la cabeza, los aires se mezclan con sus ayes, el miedo le quita la posibilidad de orientarse en medio de la oscuridad, del dolor, de las manos que lo jalan, de los pies que caminan rodeándolo.

Por un momento su cuerpo se junta con el del otro que también es arrastrado. Lo siente como amigo. Es parte de su desgracia. Es otro como él. Y le pierde la visión porque el dolor en las costillas le gana al aire.

El Wisper desparrama su alegría con jalones y trompadas a los bróders que lo siguen al frente de la clica que avanza a un costado de las vías del tren en la mitad de la oscuridad que los maras cortan como si llevaran linternas.

Al chapín le duele todo el cuerpo. Siente lo hinchado del rostro y los crujidos en las costillas rotas. Quiere rezar en voz alta pero el aire entra a gotas, algo por dentro le ha desinflado los pulmones. De reojo busca al otro, cubierto de trapos oscuros, y ya no lo ve cerca. Reza por él, no por el otro. Las manos de los hombres lo levantan cada vez que sus pies quieren asentarse en el piso. Los olores de la noche se mezclan con los suyos, que le saben amargos, y reza para que el Señor lo despierte de eso que está pasando. En la selva el tiempo es el sufrimiento que marca el camino. El silencio de los tatuados señala el momento en que su cuerpo se niega a avanzar porque el dolor se le mete a las raíces de los poros y quiere que lo dejen en paz, que lo tiren lejos donde no pueda verles las leyendas marcadas, las telarañas enredadas en la espalda.

Dios sabe que él lo único que hizo fue escuchar la voz de un lanchero mexicano que le dijo que quedarse callado era faltarle al eterno y fue con la policía para contar que un par de tatuados le pusieron una pistola en la sien y le habían quitado su dinero acumulado por varios meses, eso fue lo que hizo, reclamar a la policía mexicana que lo ayudara y esperó días dando vueltas a ver si los uniformados le regalaban razón, viviendo en la banca del parque donde el lanchero se sentaba a platicar, a decirle que la corriente del Suchiate tiene muchos recovecos, igual que la ley con reglas escritas, que se debían conocer otros pasos, las rutas adecuadas porque las de la ley son las más pantanosas y tienen cruces diabólicos con los perversos, hay caminos que dan mejores resultados, y ya no supo por dónde seguir porque el lanchero insistía en que todo trato con la policía era inútil, si son lobos de la misma manada, y entonces si no era con la policía con quién iba a saldar la cuenta de él y la de su hermano que se quedó como ido después de lo que le hicieron, y siente que han llegado a no sabe dónde, lo asientan en el suelo sobre las piedritas filosas que se usan junto a las vías y todo está negro, las luciérnagas se han espantado, lo dejan solo con el dolor y con el murmullo de los hombres a los que apenas divisa, delineados contra la negritud del cielo, como árboles torcidos que meten sus ramas a la quietud del camino.

Al guatemalteco se le atora el aire cuando vuelve a ver al que está tapado, sin moverse. No le puede distinguir la ropa ni alguna parte del cuerpo, pero le entra en los pálpitos que es su hermano. Y no se pregunta por qué lo supone, es una especie de rumor que ha brotado en el rayo de oscuridad lo que le hace abrir los ojos y saber que es su hermano y no otra persona.

Marvis ve hacia el sur, el pueblo está cerca pero no mira ni una farola, lo enramado de la selva no le permite traspasarla, pide silencio para escuchar el silbato del tren llegando desde el sur, el sonido sale como si de un momento a otro el ferrocarril fuera a llegar hasta donde Marvis dice que los bróders tienen ojos de gato y los putos soplones tienen en la cara la luz verde.

Estiran el cuello buscando el olor y los sonidos. Frenan el paso.

El guatemalteco siente que al detenerse el dolor se ha refugiado sin lanzar coletazos. Trata de ver de nuevo al bulto que apenas distingue entre los cuerpos que están a su lado. No puede ser su hermano, pero al pensarlo algo se le recuela diciéndole que sí lo es.

Bogsbony canta regué a media voz. La música es parte de su felicidad. ¿Quién es el puto bato loco que no trae la musicalidad como calambre en la vida loca?

El Pijotas prende el cigarrillo que llevaba en la oreja, junto al arete dorado, que se soba, y hace la segunda al canto, brinca y finge darle de golpes a los que lo rodean. ¿Quién es el puto bato loco que no regala su vida por los bróders de la clica 13?

El Liro, a modo de tocador de sus barrios altos de San Salvador, cuadruplica las percusiones sobre los bloques de madera que sostienen las vías. ¿Quién es el puto bato loco que no vive todo lo que un minuto vale?

Marvis odia a los mexicanos, pero más rencor le tiene a los cachucos que van de soplones con los cerotes aztecas. Se acerca al chapín del suelo y le dice que los cerotes mamapichulas mexicanas andan peregrinando de a doble por la luz verde. ¿Quién es el puto bato loco que no quiere limpiar de traidores la frontera?

Wisper se chupa las encías por donde ha pasado el dedo bien pintado de cocaína. Él no tiene país. Él es de ahí, de junto al Satanachia. Hoy es hoy y el mañana se puede ir más allá de los cementerios abandonados. ¿Quién es el puto bato loco que no trae a la blanca como la religión en la iglesia?

A la voz bajita del que tararea regué se le pega una segunda que se hace tercera y después coro. Despacio, lento, a contra ritmo, la música en la oscuridad se hace de todos.

Un canto que se queda junto a las vías del tren, con fronteras de selva y durmientes, de oscuridad y sonidos que ellos detectan y muestran al cambiar el ritmo de la misma música que se hace densa, salida de la voz de los caños de adentro, porque la música, esa, la que se bate en la noche junto a las vías del tren, es sólo de ellos y sólo para ellos.

La clica 13 canta alrededor del guatemalteco que reza en otro tiempo musical; la Mara canta rodeando al que ha sido liberado de los trapos. El hombre tiene los ojos cerrados. La clica sí sabe lo que va a suceder. Lo sabe tanto como conoce los sonidos del tren, su clave de pitidos, sus olores que traspasan lo intrincado de los árboles, los varios silbatazos con que el tren anuncia la salida de la estación.

Los cantos se hacen más hondos.

Bogsbony fumando brincotea.

Spanky repercute la música como tambor en los golpes a su estómago.

El Pijotas brinda por los valedores de la clica 13 y traga un puño de pastillas.

El Wisper canta a los gorgoritos de felicidad que no le caben en el cuerpo.

Se mueven alrededor del guatemalteco tumbado sobre la gramilla del terraplén, cerca de las vías que siente en su mano, hierro caliente donde se duplica, como los cantos, la temperatura del aire que deja pasar los golpetazos del avance del tren que no se ve pero el chapín percibe en el fragor de las vías.

Marvis está a un lado de los dos hombres. Patea al dormido. Le echa un líquido en el rostro. Lo jalonea para despertarlo. Lo arrastra. El otro mira al de al lado y a su niñez en ciudad de Guatemala. Las calles del centro. Los dos jugando a las canicas. Comiendo helados en el parque. Corren junto a los columpios. Reza y ve que su hermano abre los ojos y también lo mira. Abre la boca. También canta. Los dos murmuran cantos desentonados de los otros cantos. La noche se hace de música disímbola que persigna al ojo de luz que parte la oscuridad en medio del ruido de las máquinas del tren que pujan feroces hacia adelante, hacia donde están los hombres.

El grupo de tatuados se coloca del lado derecho de la vía. Unos ayudan a Marvis, que levanta al chapín golpeado. Los otros apoyan al Bogsbony, que sostiene al que hasta hace unos momentos no se movía y ahora se revuelve, lanza gritos, insulta, pide perdón.

A su hermano, el dolor en las costillas le tumba el aire. Le fatiga el dolor y grita débil, implora sin fuerza.

El tren ya está muy cerca. Su mole divide las nubes y la luz del faro delantero traza una intensa raya sobre las vías y los insectos que se cortan en el aire.

Con una odiosa lentitud el tren entra al terreno del grupo de hombres que aguardan en la orilla. El maquinista los ve, sabe que es tierra de migrantes y todos quieren subirse al ferrocarril. Él con sus dos ayudantes viaja en la cabina con clima artificial, bien cerrados por dentro. Que corra el mundo y los culeros migrantes se suban si quieren. El maquinista no es policía ni agente migratorio. Que los pendejos esos hagan lo que quieran, se hagan engrudo con la tierra, como se hace el grupo que divisa entre los vaivenes del movimiento del convoy. El maquinista los mira al irse acercando y la luz del faro a ráfagas despierta el perfil de los árboles y matas. Ha visto tantas cosas que no se va asustar por las locuras que una bola de desarrapados está haciendo en la selva, y por más que hagan lo que hagan no hay fuerza que detenga al par de máquinas que arrastran lo que se ponga enfrente y por el espejo retrovisor ve cómo el primer grupo hace movimientos alrededor de algo, ya no puede mirar, pero sí al segundo grupo que está ahora a punto de ser dejado atrás por la cabina de mando y al pasar los ve de refilón porque no quiere disminuir la velocidad y el grupo es de tatuados, entre todos sostienen a un hombre.

De nuevo el maquinista ve por el espejo y alcanza a mirar cómo un cuerpo es lanzado hacia donde el espejo ya no alcanza y el maquinista sabe lo que ha sucedido pero él no puede cargar las desventuras del mundo si apenas puede con las suyas, con las jodas que le ponen los nuevos patrones chilenos, y mira hacia el frente porque el viaje es largo y hasta la mañana siguiente, cuando estén a punto de salir de Chiapas, se puede decir que la trepadera de los migrantes va a disminuir un poco, porque de los que ahora van colgados en los carros de atrás, apenas un puñito va a llegar siquiera a los límites de Oaxaca, y ve la noche y se va adormilando con la temperatura agradable y el ir y venir de las ruedas sobre los hierros platinados de las vías y sabe que por ahí deben haberse quedado los jodidos que el grupo de tatuados rechingó, cabrones maras.

El tren se acerca y las voces redoblan sus amenazas.

—Pinche puto, mírale la carita a tu bróder…

Lo obligan a ver lo que le van a hacer al que hasta hace uno momento dormía. El guatemalteco herido levanta la cara y ve hacia sur, el tren pasará junto a su hermano unos segundos antes que llegue hasta su propio cuerpo.

Uno y otro están a menos de cincuenta metros.

Le grita algo y el puñetazo en la boca acalla un sonido inútil.

Aunque lo pastoso de la boca le recuerda los momentos del sueño, ahora está alerta, ve a su hermano del lado contrario por donde el tren avanza. Algo le quiere gritar pero el dolor en los brazos y piernas se lo impide.

Ya despierto escucha el sonido de herrajes, en los oídos se trastoca el ruido pero sabe que es el tren que avanza en la noche. Lo tienen agachado y se da cuenta de que el ruido tensó a los captores que lo levantan y vuelve a mirar a su hermano que mueve la boca, grita.

Grita y espera el golpazo pero no, nadie le hace algo y entonces vuelve a gritar cuando ve al hermano con unas cuerdas atadas a sus extremidades que lo tensan como piñata, el subir y bajar de un machete sobre el brazo derecho. Gritan los dos hermanos con diferente voz. El golpeado intenta zafarse de sus captores, le van a tronchar el brazo al hermano, reza a gritos.

Al pasar el tren rumbo a su lugar ve al filo del machete caer con más velocidad que el avance del convoy. Ve de refilón la espalda de su hermano, cómo se desploma y se queda tirado muy cerca de los otros carros que siguen pasando, acercándose, y entonces la luz del faro se le echa encima, ya está casi a su lado, oye el estruendo de los motores, siente al tren en los golpetazos en el estómago, el chicotazo del aire meterse a los pulmones antes de que las manos tatuadas lo lancen bajo las ruedas que no se atoran ni patinan con el cuerpo que se hace tiras y trozos y desgarros y desprende chorros y revoloteos de sangre y las ruedas siguen tercas hacia el norte, siguen.

El maquinista no quiere ver más que hacia lo oscuro de las vías. Se siente protegido por el faro de luz que corta los malos presagios. Más delante, quizá la migra detenga al convoy y los que van colgados se vayan pabajo como el que tiraron los maras. De refilón echa una mirada hacia los espejos retrovisores, pero la noche y el barrunto de lluvia tapan la historia. Falta tanto para beber un menjulep en los portales de Veracruz, comerse unas jaibitas rellenas, qué carajos, él no puede sudar calenturas ajenas, carajos que no.

El chorro de petróleo líquido que se lleva más de la mitad de la botella le cae al corte del brazo y el Spanky dice que con eso es suficiente. Brusco le ata un torniquete; a fuerza, sosteniendo la cabeza caída, le mete un trago de mezcal al tipo que está ovillado. Poliéster le dice que cuando tenga ánimos y güevos puede ir a recoger algo de lo que haya quedado de su hermano si el puto bato tiene fuerza; el Wisper le grita que si Dios lo ayuda, puede llegar al Satanachia a decirle a todos los vergas que quieran oírlo que a los que tratan de imponer la ley a la Mara Salvatrucha 13 se los carga Judas.

Y lo dejan tirado, con el dolor que se duerme en cada trozo de su cuerpo, con ese sopor que le va entrando y no le permite pensar más que en la llegada de alguien que le quite la dolencia estancada como agua podrida y que no quiere abandonarlo; está en medio del silencio y no quiere aceptar que su brazo derecho, el suyo, Jesusito, no está pegado ya a su cuerpo y que la sangre regada en las orillas de las vías es de él que llora y ya no reza porque sabe a Dios tan lejos como la altura del cielo, oscuro, sin estrellas, rebotado de lluvia hacia el norte, hacia donde el tren va avanzando.

Llora en el silencio de un color gris de selva sola por su hermano bajo el tren. Solitario llora sin detenerse. Puja en medio del sorbido de los mocos. Sin que el dolor se aquiete, con la mano trata de detener el chorreadero de sangre en el brazo apoyado en la tembladera del cuerpo.

Está en el mismo !ugar en que lo dejaron y el brazo le punza porque sin tocarlo siente aún tenerlo. Tiene que salir de ahí pero sigue en el mismo sitio sin saber que los tatuados se han marchado rumbo al sur.

Están entrando a Ciudad Hidalgo, a un lado de la estación ahora solitaria, caminan rumbo al río.

El guatemalteco del terraplén en la selva, apretando el muñón, quiere caminar rumbo al sur sin saber que los tres grupos de mareros se deshacen antes de las primeras casas del pueblo, casi junto a la deshabitada donde los tuvieron, ¿horas antes, minutos antes?

Nunca nadie le dirá que el Wisper, Liro, Bogsbony —pa que vayas aprendiendo, cabrón— y Marvis tomaron hacia otro rumbo, apartándose del grupo que siguió hacia las afueras y sin mirar atrás, escogió un lejano punto del río para cruzarlo.

El guatemalteco, desangrándose aún con el torniquete y el chorro de combustible, siente que de no erguirse y hacer un esfuerzo para salir de ahí, se va a quedar con los restos de su hermano.

Y aunque camine, aunque se salve, no podrá enterarse de que cuatro mareros al separarse del grupo caminaron pegados a las sombras de los árboles para evitar la rueda de luz de las farolas hasta llegar a una calle de Ciudad Hidalgo.

Se untan a la paredes. Brincan de sombra en sombra. Se refugian bajo un guapinol mustio. Hablan en voz baja. Se escucha algo como un cántico.

De esto, como de lo demás, el que chorrea sangre en la selva no podrá enterarse.

Que el Wisper tiende los trozos de ropa ensangrentada a la puerta de una casa.

El chorro del aerosol marca señas alrededor de los hilachos.

Prenden una vela marrón dentro del placazo del aerosol.

A la mañana siguiente nadie se atreverá a quitar nada de la puerta.

Nadie del pueblo dirá nada.

Como los cuatro que, en silencio, caminan hacia el rumor del Satanachia.

Wisper sabe que la felicidad llega en las noches.

Liro que es hora de cantar.

Bogsbony que es tiempo de dormir.

Marvis trae la rabia aún metida en las venas.

Todos saben que a la mañana siguiente Ximenus, con la mano derecha sobre el crucifijo, olerá los trozos de ropa y sangre.

Confirmará lo que desde la oscuridad de su consultorio vio junto al tren y las vías.

Constata el pago de aquellos que quieren jugarle contras a la Mara Salvatrucha 13.

Nadie debe olvidar que todo aquel que se atreva a descubrirlos, se va pabajo.

Se van pabajo los renegados que quieran soplarle a La Luz del Universo.

Palpa Ximenus la ropa, huele la sangre seca.

Alza los brazos para pedirle a la Luz Divina que ampare a los que en la noche son celosos guardianes de su fuerza.

Ximenus sabe que la estación del ferrocarril ·está en calma.

Que en los dos pueblos el sol cala la tranquilidad del día.

Y que el agua del río, tachonado de balsas, sin detenerse corre hacia el Pacífico.

Primero fue un par que Añorve calificó de desamparados, no de iracundos; esos fueron los primeros. Los dejó que durmieran en la casa pensando que quizá la segunda noche no regresarían, pero regresaron. Eran salvadoreños, tata dejó de lado la leyenda que asegura que los guanacos son levantiscos, ciclotímicos, hurtientes; en pocas palabras, de escaso fiar, y la dejó de lado porque la gran tontería es clasificar a la gente por su nacencia: ¿qué podían robar ese par de salvadoreños hundidos como perros apaleados?, ¿qué vida podían quitarle? Él sabe que lo único que tiene está por venir, y si el buen Dios le puso como escollo insalvable a los guanacos, era porque así lo había decidido Él, y contra la ley del Señor nadie puede. Entonces lo tomó como un presagio: si los guanacos lo tuercen era que el Señor estaba de acuerdo en que Añorve se fuera de esta vida; si lo respetan, es que por lo menos su venganza no tiene la oposición divina, aunque tampoco su anuencia.

Los dos tipos, callados, no lo miraron de frente y aceptaron que el dueño de la casa de carrizos era don Añorve, como insistieron en llamarle hasta que el balsero les dijo que prefería le llamaran Tata, a secas, y a partir de ese aviso sin discusión alguna lo cumplieron. Bulmaro uno, Catrín el otro. A veces no salían de casa, se entretenían en contar algo que silenciaban al percatarse de que Añorve los escuchaba. No se tostaba la altanería en sus ojos. Tomaban sus alimentos lejos de la mesa que ocupaba el dueño, pero siempre atentos a lo que pudiera ofrecerse. Ellos trajeron al herido, que también era salvadoreño, Pichi de apodo.

Los panes se duplican, se triplican, se hacen carretadas, porque después del Pichi llegaron otros, hondureños y nicaragüenses y entre ellos organizaron la forma de acomodarse para vivir alrededor de la casa situada en ese paraje de las afueras de Ciudad Hidalgo, respetando la hamaca de Añorve, quien empezó a pensar que la niña Anamar ayudaba a la gente a descansar en el sitio. Eso le gustaría a la niña, que los hambrientos tuvieran por lo menos dónde dormir sin que los animales de la selva les mordieran las piernas. Y los comentarios de los primeros visitantes se columpiaron entre los guanacastles, los guapinoles y quebrachos; se anidaron en los zacatales donde se esconden los pinolillos que se enquistan en el cuerpo; se ondularon por los mangos y manglares; allá en los cafetos de la falda del volcán Tacaná, las palmeras de la costa, los laureles de la India de la plaza de armas, los platanales de hojas tranquilas; se hicieron murmullo entre los que manejan los triciclos, entre los que viajaban del sur, con las vendedoras de servilletas bordadas; con la gente del mercado; atrás de esos primeros visitantes llegaron otros más y fue entonces que al balsero de sombrero viejo le dio por contar de sus días de niño, la tranquilidad de la frontera; de las fiestas familiares; de que las carreteras llevaron gente de todos lados y que el ferrocarril se convirtió en el embudo del diablo y de lo abominable de los asesinos que barrían de miedo todo el color de la selva. Repartió su tiempo entre el trabajo en la balsa, su vigilancia mientras camina, y en hablar con los que ahora vivían en su casa, no dentro, sino en lo que alguien podría llamar patio, un descuidado terreno con el grosor de hojas en el suelo.

Por primera vez en mucho tiempo las ganas le volvieron al cuerpo y sin festinar nada, porque ya la luz de la alegría no andaba dentro, tuvo una serie de sueños que le marcaron la llegada de una diferente época. Los humanos nunca son iguales, aun cuando el sol los muestre igualitos —camina de regreso a la casa—; las arrugas pueden ser las mismas, pero no lo que se carga en el almario, porque eso sí cambia. ¿No será que está echando fuera lo que en su corazón se anidara la misma tarde en que encontró a su niña tirada con la boca abierta buscando el aire del Suchiate? ¿Importa si lo que siente es nuevo o viene pujando por salir y apenas se ha dado cuenta? Qué importa, él sabe que su único camino es seguir lo que las voces del río le dicen a cada momento, ya ni siquiera de vez en vez, no, es continuo el reciclar en sus oídos, lo que debe decirle a los que viven o visitan su casa de carrizos; el Suchiate le dicta palabra a palabra en esas horas en que junto al cauce Añorve se sienta y lo mira de cerca, toca sus aguas de una manera diferente a cuando las trabaja porque junto al paso del armadillo él, el hombre pez, mueve las piernas y jala a aquellos seres que en algún momento puedan ir a vivir cerca o bajo su techo de palma, a escuchar sus palabras. Dos discípulos: uno al que le dicen Catrín y al otro Bulmaro, ayudan al maestro a sentarse, a poner su sombrero sobre un trozo de árbol que sirve de banquillo, a pedir silencio cuando ambos guanacos saben que Tata va a empezar a contar su palabra, y después acuclillarse a su lado sin dejar de verlo, como lo empezaron a hacer los demás, aun cuando los salvadoreños no lo instaran.

Añorve no dice más de lo que sabe, habla sin entender la razón por la cual la gente que lo rodea lo escuche con tal silencio. Cuenta del sonido del río, de las horas del sol, de sus días de niño, del sabor de las frutas, del rencor de los tatuados, del miedo de la gente, del calor del verano, de las lluvias sin tregua, de las calles de los dos pueblos, de las hadas que engañan, de los que matan, del dolor de los sacrificados, de su mirada puesta a lo largo de los días en los escondites, y de las marcas en los pantanos. Después se queda callado y ellos también. Y así al otro día y al otro, en que llegaban más personas que si bien no se les podía dar espacio en las cercanías de la casa, sí tenían cabida para agolparse, igual a los círculos de los planetas, para escuchar las palabras del viejo. Al terminar la charla, los peregrinos se marchaban para regresar al día siguiente, cuando alguien, que no se supo quién era, colocó la primera veladora al inicio del camino de tierra que llevaba a la construcción de carrizos.

Bulmaro y Catrín empezaron a organizar las sesiones:

—Son muchos, Tata, y todos quieren oír la voz que les da calma.

Y Añorve aceptó que lo nunca calculado se estaba dando. Bien a bien no entendía la razón de los visitantes para estarse horas esperando el momento de escucharlo, si lo único que hacía era contar su vida, nada más. Ni siquiera mencionó a la niña Anamar, no dijo de la dulzura de su mirada ni de su sacrificio, por lo menos no recuerda haberlo dicho, pero una tarde alguien puso el retrato de ella recortado de un periódico en el nicho de un árbol, el más grande cerca del río, una pochota cuyas ramas protegían a la casa, y a poco ahí se centraron las veladoras, los exvotos, los papelillos pidiendo dádivas, se hincaron los visitantes que después de escuchar a Tata se despedían del retrato de la niña que sonriente, con el cabello cortado a trazos, los miraba desde su posición de fronda.

Bulmaro y Catrín avisaron de la primera veladora encendida que alguna persona colocó en un trecho plano de la raíz de la pochota y bajo del retrato deslavado de la niña. Añorve se persignó y moviendo las manos en una especie de bendición a los dos hombres que esperaban con la cabeza gacha, dijo en voz baja que era natural si algo sucediera sin saber el cuándo, pero que si alguien pensaba que la Niña, así, ya sin decirle por su nombre, si la Niña tenía méritos para ser rezada, él no se iba a oponer sino a agradecer que la gente no la olvidara junto a ese río tan olvidadizo de lo que ha visto.

Entonces cambió el tema de las pláticas y la forma de llevarlas a cabo. Iniciaba la jornada hincado frente al retrato adornado con flores frescas que primero colocaron Bulmaro y Catrín, después la gente cargaba en ramos de olores diversos y en seguida él hablaba sin seguir una idea sino al puro comando de alguna gracia divina, porque el hombre del sombrero roto fue cambiando la voz para encaminarla a las bondades de la Niña saturando con ello las sesiones, sin que la corriente del río cambiara, sin que las noches se hicieran más largas, sin que el calor bajara de tono; igual que siempre. La gente escuchaba la maravilla que eran los ojos de la Niña. La finura de sus manos. Su entrega a los habitantes de ambos lados del Suchiate. Ella siempre se opuso a que al río le llamaran Satanachia porque era el nombre con que el demonio tentaba a los ribereños. De la caridad entre los desheredados. Sus consejos. Sus penitencias impuestas por ella misma, no para pagar pecado alguno, que ninguno tenía, sino para ofrecer su dolor al altísimo. Sus prédicas por el amor al verdadero Señor del Cielo. El disponer de sus efectos personales para donarlos a los migrantes. Todo esto contado en las sesiones bajo la pochota sin que la voz de Tata fuera ampulosa, sino como parte de una vida santificada al amor del prójimo, como fue la vida de la Niña, sin estridencias, sin falsas poses:

—Así era ella —repetían los dos salvadoreños.

Una de esas tardes sin nubes, en que el calor ondula la visión, llegó un carro de policía. El ruido de su motor sonó insolente en el lugar apartado del pueblo. Los peregrinos detuvieron sus rezos viendo cómo del auto se bajaban cuatro tipos que sin preguntar algo se metieron al terreno yerbajoso de la casa de Añorve y se dieron a revisar todo, a ver de cerca la cara de los que esperaban la palabra de Tata, de los que hincados oraban, olfatearon las veladoras, tocaron las flores, le miraron la fotografía de la Niña, leyeron algunas de las peticiones que enmarcaban el altar y se marcharon. Al parecer eso fue todo, pero al día siguiente, igual de caluroso que el anterior, con los mismos olores podridos de la selva, los cuatro agentes se comportaron casi igual pero durante mayor tiempo: leyeron uno a uno los exvotos, tomaron fotografías del altar, de los alrededores y de la gente que rodeaba a Tata. Lo hicieron sin interrumpir, y antes del anochecer abordaron su auto ruidoso y se fueron rumbo a Ciudad Hidalgo.

—Son los zopilotes que vuelan buscando —dijo Bulmaro, y quienes lo oyeron aceptaron que la bondad siempre tiene un rabioso que la niega, o lo peor, la agrede.

Y entonces, como respuesta a la visita indeseada, porque a ese sitio sagrado sólo tenían acceso aquellos que llevaban el sufrimiento a cuestas y sin duda los policías denotaban desprecio por la humildad, se armaron las sesiones de rezos, controladas por los guanacos cuando de pronto, sin saber la razón y el cómo se dio, la gente se organizó en coros y llegaron los cantos comandados por una hondureña a quien se le conocía como la Sabia, y que desde unas semanas antes se incorporara a las visitas a diario, y después dormía bajo la pochota gigantesca, cuyas ramas tapan la furia del sol a la hora que clava su calor de las dos de la tarde, porque la tal Sabia dijo haber compuesto una serie de cánticos alabosos a la vida de la Santa Niña del Río, como a partir de ese momento, hasta el final, y muchos años más tarde, se le llamaría en todo el Soconusco y sitios más alejados de esos lugares del poder de sus milagros.

A partir de la segunda inspección de la gendarmería, la gente como que despertó del último letargo porque las visitas se hicieron más iluminadas, continuas y rezosas; la Sabia no se daba reposo improvisando coros, forzando la voz, llevando el compás con los desentonados mientras los dos

guanacos, ahora acompañados del Pichi porque solos no se daban abasto, entregaban fichas de colores
para que los peregrinos tuvieran sitio sin que por el
momento se permitiera a la gente doblar turno para
evitar que el desorden se apoderara del lugar, que la
gente empezó a llamar la Ermita del Carrizal, y
mientras se decía ese nombre, se persignaban enco-
mendándose a la Santa Niña del Río, porque la
Ermita era el hogar de la Santita.

Y así se le quedó, la Santa Niña del Río, y la
catracha a quien le decían la Sabia, joven, de
crenchas indomables y cubierta con un sayo hasta
los tobillos, armó una serie de letras que iban desde
el amor que las aguas del Suchiate tienen por sus
hijas, hasta la vida ofrendada por el bien de la gente
de los alrededores, poniéndole a las letras melodías
que algunos creyeron confundir con música disco
o con guarachas de viejo cuño, pero que en voz de
los peregrinos sonaban como cánticos adecuados
para glorificar a la Santa Niña del Río, como inclu-
sive Tata se refería a la niña que dejó de ser dolor
particular para convertirse en el fin de sus oraciones y la razón de sus días, porque si bien dejó el
trabajo como balsero, no abandonaba los rondines
hablado con la gente y hurgando en los misterios
del comportamiento de la Mara Salvatrucha mientras pensaba que la adoración por la Santa Niña del
Río era lo que el Señor había dispuesto para que el
recuerdo de ella se mantuviera en la memoria de
todos.

Y si bien la Sabia y los tres guanacos se hicieron tan indispensables que no permitían a Tata preocuparse por el control de una procesión fluyente,
Añorve jamás dejó su papel de patriarca indiscuti-

do, porque los cantos y los rezos lo elevaban a la calidad de representante en la tierra de la bondad de la Santita y por lo mismo era su palabra la única que podía escucharse en la Ermita del Carrizal adornada con papeles multicolores, globos, trozos de espejos que daban reflejos cambiantes por el curso del sol en la configuración del ramaje, heno que compraban en el mercado de Tapachula y un enorme retrato al óleo que un pintor de Huixtla trajo, siendo aceptado de inmediato porque a la Sabia le entró la ventolera de que al paso del tiempo se hacía necesario el cuidado mayúsculo de la fotografía del árbol, que era la única prueba viviente, no de la existencia de la Santita que eso estaba fuera de dudas, sino de cómo era en realidad la belleza de su rostro en esa expresión tan admirada por cada uno de los que tienen la dicha de poder verla de cerca.

Entonces llegaron los enfermos.

Llegaron cuando una mujer de Cacahoatán desparramó la noticia: después de hacer de rodillas el camino de Ciudad Hidalgo a la Ermita del Carrizal y ahí por varias horas orar frente a la pintura de la Santa Niña del Río, la Santita le hizo el favor de milagrearla de las dolencias de las piernas que desde muy chiquita le atormentaban la salud, eran unos dolores que se trepaban desde los tobillos hasta el muslo, ardores que nunca disminuyeron ni visitando a los mejores doctores alópatas, a mentalistas cuya fama era mayor, a las curanderas de la Congregación del Avellano que jamás le quitaron siquiera una pizca del dolor hasta que oyó de los poderes de la Santita y nomás de oír su nombre sintió una especie de descanso que si bien no fue retiro del suplicio, sí una como tregua al sufrimiento, que desapareció por completo cuando tuvo frente a sí imagen tan venerada, y pide que la Santita le cumpla el ruego para que ese sufrimiento tan doloroso jamás regrese, por eso todos los fines de semana irá a la Ermita a llevarle sus flores, a cambiarle el agua a los jarrones, a darle de comer a los peregrinos y a charlar con los otros a los que ya la bondad de la Santa Niña ha curado, como al peregrino de Coatepeque, Guatemala, que desde esa población se vino cantando salmos que nadie le había enseñado y resultaron ser iguales a los que inventó la Sabia y que sólo por eso, al hincarse frente a la Niña ésta le dio el don de la vista porque desde hacía años el peregrino apenas si miraba puros borrones; y qué decir del comerciante de jarcias llegado desde Paso Hondo, cerca de la presa de la Angostura, cargando un mal que le llenaba el estómago de acedias jamás curadas y le impedía comer siquiera caldo de gallina y de tan sólo entrar bajo la sombra de la pochota, aun antes de ver la pintura, tuvo una paz que le quitó la hinchazón del abdomen y el mal humor que siempre cargaba; o la señorita de Tecún Umán, y miren que ahí no les gusta agradecerle nada a los mexicanos, que desde niña se quejó de una rascadera continua y al primer rezo se le quitaron las manchas, y así llegaron también los enfermos de mal del dengue que por temporadas azotaba la región, era un montón de gente desorbitada, con calenturas altísimas, arrastrando los pies, esos y otros males fueron sino curados por lo menos mitigados, sobre todo los que portaban eso del dengue que tan maligno resulta.

Los tres guanacos empezaron a enlistar el nombre de los aliviados para que el borbollón de milagrerías no se quedara en la pura palabra de los agradecidos que alzan las manos al cielo entonando los cánticos que dirige la catracha, encienden copal y caminan alrededor del árbol y del cuadro porque la foto, plastificada para evitar la humedad, es guardada junto a un atado de papeles en el pecho de Tata Añorve, y así esos testigos en carne propia tuvieran nombre y apellido, lugar de origen, y dieran fe de que la Santa Niña del Río estaba ahí para llevar la felicidad a todo aquel que se lo pidiera con fervor.

El cabo Salmerón Dosamantes fue el encargado de comandar una nueva revisión al sitio donde según algunos vecinos se había dado la queja de que ahí se llevaban a cabo prácticas que más tenían que ver con ritos satánicos que con la espiritualidad que se merece la religión católica. La Ermita del Carrizal no contaba con permiso del ayuntamiento; los dirigentes del lugar, encabezados por un balsero de apelativo Añorve, jamás habían mostrado documento alguno que los identificara como aptos para administrar un centro de curación...

...así que, de no llegar a un arreglo, de inmediato se procedería a la clausura del local y la colocación de edictos que advirtieran a los visitantes abstenerse de seguir con esas prácticas por demás herejiles, dándose un plazo de tres días hábiles para cumplimentar todos los requisitos...

Tata supo del peligro que acechaba al culto de la Niña diciendo que el maligno cuenta con esbirros suficientes para hacer trastabillar a las Bondades de la Luz, y que por lo tanto era inútil tratar de cumplimentar los requisitos legales porque era mezclar detritus de zorrillo negro con agua del manantial de la Cueva...

…siempre lo podrido ensucia por más limpio que esté lo limpio…

Pero la Sabia dijo que el verdadero problema era de dinero y no de documentos, así que hizo una colecta entre los fieles y se fue a la alcaldía, donde pasó gran parte de la mañana para regresar con un papel en que se otorgaba un permiso provisional para que la Ermita del Carrizal pudiera funcionar como centro de acogida a migrantes, sin que dicho permiso permitiera la venta de alcohol y sus derivados.

Tata Añorve sintió que algo malo iría a pasar, no sólo por esa sospechosa atención que las autoridades tenían sobre actos que él jamás creyó que molestaran a nadie, sino porque, como si algún pregón les hubiera mandado ocultarse, fue notoria la ausencia de los mareros en los sitios a donde acostumbraban reunirse. Añorve investigaba entre los vecinos de los dos pueblos y los cuestionados fingían no escucharlo, o corrían diciendo que meterse a averiguar cosas de la Mara Salvatrucha era como buscar la muerte; tampoco lo escuchó la Santa Niña del Río, que no le mandó ningún mensaje que calmara la inquietud de Tata, por más que Añorve se alejara hacia el Tacaná y apartado de miradas indiscretas sacara la foto de la niña tratando de descubrir en su mirada algún indicio de lo que él venía presintiendo sin saber con exactitud el qué y el cuándo.

Y si de eso no sabía, menos de lo que más tarde habría de suceder: en otra mañana soleada, como si a los gendarmes les gustara el calor, de dos autos y una camioneta pick up, bajó un retaquero de agentes uniformados que sin explicación alguna sacaron a jalones a los fieles, pusieron listones alrededor de la propiedad de Tata y colocaron un cartel diciendo que las autoridades sanitarias clausuraban El Carrizal. Los peregrinos lanzaron gritos, las mujeres se colgaban de las casacas de los uniformados, el coro no dejó de cantar ni un solo momento, se mostró el permiso obtenido por la Sabia y al ver su inutilidad se elevó la imagen de la pintura al óleo, se amenazó con una revancha por parte de la Santa, pero no hubo retroceso, a macanazos los de la ley despejaron el área mucho más allá de la carretera. Una guardia de cinco policías se quedó en las inmediaciones de la propiedad, apoyada por un carro policiaco con radio, y entonces Tata, los tres guanacos y la Sabia, a pie, se fueron a Hidalgo y se registraron en un hotel. Esa misma noche Tata fue despertado por los toquidos de Bulmaro en la en puerta:

—Vea por la ventana lo que está pasando.

Añorve salió a la calle porque el griterío lo asustó. Frente a la presidencia municipal un enorme grupo de gente, portando teas encendidas, gritaba exigiendo al munícipe que saliera a responder de la infamia sacrílega llevada a cabo por sus esbirros. No había manera de detener a la turba, las puertas del palacio municipal estaban cerradas y protegidas por un piquete de uniformados aguantando insultos, tomatazos, golpes con lechugas podridas y huevos pasados. Alguien de los amotinados descubrió a Tata y la gente lo subió a una tarima, de alguna parte salió un micrófono que Añorve primero tomó con sorpresa y después, utilizando un tono de voz desconocida aún para él, habló del amor por el prójimo, del sacrificio de la Santa Niña del

Río y de su viacrucis, del poder de los soldados romanos y su insolencia avasallante. Entonces la gente empezó a golpearse con los policías, sonaron disparos, las granadas de gases envolvieron el entorno de la plaza y el correteadero de fieles y policías se dio en las calles cercanas, dentro de locales de videojuegos, en merenderos y atrás de los puestos de tacos. La batalla duró horas, y si bien no se manifestó con la violencia de los primeros minutos, no hubo tregua en la noche, que fue larga para ambos bandos. Tata fue escondido en casa de una fiel seguidora de la Santa Niña…

…qué honor, darle cobijo digamos que al nuevo San José…

…y por la mañana la plaza era un batidillo de mugre, el sol se ponía de réferi a la escaramuza que de nuevo empezó a gestarse por la tarde, hasta que una comisión de la presidencia municipal pidió una tregua para iniciar conversaciones. Los comisionados por parte de la gente de la Ermita del Carrizal fueron la Sabia y los tres guanacos, que despreciaron el hecho de estar en peligro de ser deportados por su calidad migratoria:

—Cualquier calvario es menor al de la Santa Niña.

Las pláticas se dieron en el salón de cabildos, fueron encabezadas por el secretario del ayuntamiento, quien a cambio de la pacificación completa y del retiro de los manifestantes se comprometía a no volver a trastocar la vida espiritual de la Ermita del Carrizal, todo esto por escrito, con sellos en el papelaje aceptatorio que los cuatro representantes de los fieles mostraron a la gente que lanzaba hurras y después cantos que la Sabia dirigía entre la larga y ancha corriente de personas, con Tata a la cabeza que dejaba que un buen número de creyentes le besara la mano, caminara en procesión hasta el reabierto lugar santo.

—Ni siquiera nos pidieron pasaportes —dijo Catrín.

—Una prueba más de la santidad de la Niña —insistió la Sabia, que entre palabra y palabra inventaba estrofas y las iba cantado:

—De esta gesta ya están saliendo las melodías: la noche en que los fieles tocaron la cruz, el cielo les regaló la luz…

—Dios sabe por qué razón se nos ha puesto a prueba —con voz baja dijo el Pichi, que desde su curación se ha vuelto más místico…

…pero también sabe por qué nos ha devuelto el sosiego…

La Sabia dijo que a partir de ese momento no podían bajar la guardia…

…la ley dice una cosa y hace otra…

…que deberían estar alertas a cualquier triquiñuela y por lo tanto Tata iba a dormir solo en la habitación de la casa y ellos tres afuera, cerca, pa estar listos por si una emergencia los hacía abandonar la Ermita.

Como si la intervención de la ley hubiera puesto una vacuna, en los siguientes días la afluencia de peregrinos fue en cascada. Los Cuatro Hermanos, que ya se les llamaba así a los tres salvadoreños y a la catracha de cabellos rizados, trabajaban desde el amanecer hasta la noche, porque en las madrugadas la afluencia de personas era mínima, distribuyendo estampitas con la efigie de la Santa, recogiendo limosnas, ordenando las filas, coordinando a los fieles durante las tres charlas diarias que Tata ofrecía con la misma parsimonia de siempre, sólo que ahora Añorve hablaba de que su Niña del Río, como sólo a él le era permitido decirle, levantaba la tizona de la luz contra las injusticias, cerraba el puño para que la perversidad lo viera, dejaba oír su voz para acorralar a la villanía de este mundo que les ha tocado vivir al lado del río que encauza a los desheredados, que son todos los que vienen del sur y han sufrido en carne propia las enfermedades del dengue y del sida que destruyen sin compasión a los humanos ya sea adultos o desde antes de su nacimiento, a aquellos que han dejado su hogar para caer en la explotación de los polleros, pero sobre todo, los humildes que padecen las horrendas maldades de los perversos que usan tatuajes, símbolo de los habitantes de las tinieblas, enemigos naturales de su Santa Niña y por consiguiente de todos sus seguidores, y que las pruebas señalaban que entre esos malditos llamados la Mara Salvatrucha y las autoridades existía un contubernio descarado y la voz de la Niña obligaba a destapar la cloaca en que se vivía en la frontera.

Al cabo de un par de semanas, el recuerdo del encuentro con la policía flojeaba entre calores y vahos de la selva, contrastando con las encendidas demandas para que la Mara fuera destruida, todo entre cánticos, rezos y ayunos a veces acompañados de golpes de silicio. Tata había adoptado la costumbre de sobarse de continuo el pecho y los Cuatro Hermanos sabían que Tata Mayor, como ya le decían entre ellos, buscaba el consejo de la Santita a través del pálpito en la punta de los dedos. Sabia, siempre cerca de él, entonaba cantos tristes que trataban de relatar esa imprecisión en el rostro de Mayor que a veces, cobijado bajo el sombrero roto, mirando los linderos de la selva como si estuviera esperando que algo llegara de por allá adentro, se tardaba en iniciar las charlas diarias.

—Espera que la bondad de la Niña lo inspire —corría la voz entre los fieles.

Pero Tata Mayor, el Nuevo San José, como era la dualidad de nombres que se le aplicaba, no estaba seguro de que su Niña le estuviera mandando mensajes de amor, por más que él así lo hubiera querido, porque los mensajes vengativos contra los maras y sus aliados llenaban sus horas discursivas. Sus tardanzas en iniciar las prédicas se originaban de un pálpito desconocido clavado en su alma desde la fecha misma de la reapertura de la Ermita y que lo hacía ver sangre corriendo por la selva, escuchar gritos de pánico opacando el rugido de los monos, sentir pegado a sus orejas el sonido de las balas sobre las romanzas de los coros de la Sabia. Esas visiones y sonidos lo mantenían con el ánimo sin luces y así aceptó hablar con el enviado del ayuntamiento.

—Viene en paz —le dijeron los Cuatro Hermanos—; hizo la petición de hablar con usted de una manera comedida.

El secretario del ayuntamiento, el mismo que encabezara la comisión por parte de las autoridades la noche aquella de los disturbios, vestido de oscuro, chorreando sudor, con la sonrisa lineal bajo el bigote ralo, caminó hacia Tata, casi se inclinó para saludarle, no le besó la mano pero hizo un movimiento que buscaba equiparar la ofrenda, preguntó por su salud y de inmediato dijo que le llevaba un recado del munícipe, que por favor no lo tomara a mal, pero que para la ciudadanía de Hidalgo era muy importante la salud del santo varón…

…de una persona que como usted vive en el temor a Dios…

…y habló de lo que se decía en el pueblo, de lo que la sociedad hidalguense platicaba en sus reuniones, y que corría el rumor que las sesiones piadosas en el Carrizal, corrigió, en la Ermita del Carrizal, se habían convertido en mítines políticos con tono de franca subversión…

—¿Cómo decirle? —aclaró el secretario ante el gesto de duda de Tata Mayor—: que de Dios y sus bondades se habla poco y mucho de venganzas y acusaciones que buscan desestabilizar el orden social, todo ello, actos contrarios a la paz que el Supremo y la Santa Niña deben predicar…

…actos de agresión contra las autoridades, contra visitantes extranjeros así como a indocumentados…

Esperó un momento quizá para evaluar lo que la noticia impactaba al antiguo balsero. Después le dijo que el señor presidente municipal, quien tanto lo estima, comenta que no existe nada más reconfortante que la incursión por las viñas del altísimo…

…en ese campo no hay límites…

…pero que para los asuntos terrenos, las autoridades legalmente establecidas por medio del voto popular tienen los elementos necesarios para aplicar las leyes y que sobre de estas nadie puede transitar y mucho menos si las injurias y falsedades están rompiendo la paz del municipio…

…de por sí la frontera ha tenido sus eternos problemas…

…y no era justo que alguien de la valía del santo hombre los estuviera sacudiendo.

—La divina voz del altísimo lo ha dicho: amaos los unos a los otros…

…y que si dentro del ámbito terrenal algo preocupaba al rebaño de la Ermita del santo varón, pues por qué irse por los senderos de la asonada, si las puertas de la alcaldía estaban abiertas a la hora que dispusiera el respetado amigo, así que debía tener mucho cuidado para no llegar a límites prohibidos, no sólo por el Altísimo, sino por las fuerzas del orden.

Y se fue por el camino, no sin antes insistir en que en la selva existen caminos que llevan a los precipicios donde la gente no regresa…

…que Tata bien sabía eso…

Los dos sermones que faltaban ese día y los siguientes de las sesiones de toda la semana y de la otra, abordaron el tema de las agresiones a los indocumentados, la impunidad, la mezcla entre rapiñeros y autoridades, la explotación a los que vienen del sur; relataron el avance de las enfermedades que inundan la frontera; insistieron en el descarado traficadero de armas y del consumo de enervantes: esos y otros males jamás serían aceptados por la —ya no dijo su— Santa Niña del Río, que como todos pueden notar está más triste que nunca al ver que su sacrificio ha sido inútil.

Ninguno de los fieles perdía palabra, asintiendo a lo dicho. La Sabia hacía cantar con enjundia al coro y los tres guanacos iban de fila en fila animando a los devotos a rezar con más fuerza, y el brillo de las veladoras doblaba a los rayos del sol, y Tata erguido, como si la fuerza le llegara del calor y del repiqueteo del relato de las torturas, de los asaltos en la oscuridad, hasta que llegó a los territorios de la maldad suprema cuando dijo que la fuerza de las tinieblas se da en la voz de un ente sin definición en la escala humana que confunde su estatura y su disfraz con las bajerías del averno, sin decir el nombre que momentos después de terminado el sermón, los Cuatro Hermanos susurraron como el de Ximenus Fidalgo.

Con variantes de tono pero no de fondo, las siguientes semanas hicieron que la gente acudiera escasa durante las horas del descanso nocturno y en grandes cantidades para escuchar las sesiones de la prédica, pero también para denunciar actos de bandidaje, asesinatos, violaciones, rapiña de los guardias, tropelías de los agentes migratorios, atracos de los polleros y la siniestra actuación de los tatuados, que nadie detiene sino son protegidos por chivatos y soldados, temidos por la ley y aliados de todo acto malvado, lo que hizo que los Cuatro Hermanos le comentaran a Mayor que quizá fuera mejor centrar sus esfuerzos en las tres sesiones de palabra antes que en el resto de la jornada.

—Por supuesto que sin olvidar nuestras obligaciones —dijo Pichi, secundado por los otros…

…y al no recibir respuesta creyeron que su idea había sido aprobada por el Santo Varón del Vocablo.

Así que la madrugada de los hechos, en la Ermita del Carrizal estaban sólo dieciséis personas incluyendo a los Cuatro Hermanos y por supuesto a Tata, que sin dormir, desde el calor que no mitigaba el reposar en hamaca, escuchó que ruidos ex-

traños a los conocidos de la selva se perfilaban desde el río al sur de su propiedad, lo hicieron incor-
porarse y salir de la enramada, cubrir su cuerpo tras
un ancho guanacastle desde donde pudo ver cómo
las sombras humanas avanzaban hacia la Ermita.
Tiempo después, con la idea que jamás lo abando-
naría, repasó el momento aceptando que en medio
de la desazón no pensó en nadie, sólo se dio cuenta
de que rumbo al río no se miraba más que la selva
solitaria, que rezó al retrato de junto a su pecho
sobado por la nerviosidad de la mano y dentro de
las venas se le clavó un temor inaceptable.

Eso lo supo y lo sabe.

Lo que jamás habría de saber, aunque lo sabía, es que los tres guanacos y la catracha de pelo
rebelde estaban dormidos, y que los restantes once
peregrinos también. Habría de recordar, como lo
hizo desde el momento mismo en que salió corriendo de la protección del árbol, aturdido por el ruido
y los fogonazos, que los asaltantes eran muchos, que
afloraban desde el lado de la carretera, y que él, antes de meterse a la corriente del río y dejarse ir conociendo las maneras del Suchiate, protegiendo en
el pecho la foto de su niña, pudo ver, a jirones ardo-
rosos y jadeados, que los hombres disparaban armas contra la oscuridad, contra los bultos en el suelo,
que acuchillaban a los inertes, que unos iban toca-
dos por kepíes en la cabeza, otros vestidos con ropa
oscura y letras en la espalda, y los más lucían tatuajes que bajo la luna brillaban remarcados en la piel.

Tiempo después lo recordaría,
en la escalerilla de la iglesia de Comitán,
en los caminos de la Frailesca,
en los fríos de San Cristóbal,

junto a las playas de Acapetahua,

lo llevaría en la mirada como si aún estuviera frente a sus ojos: la noche incendiada de tiros, de ráfagas en balacera sin freno, en los gritos de los atacantes, en el silencio de los que ahí se quedaron, los quince que la leyenda desparrama diciendo fueron masacrados porque Añorve no quiso leer los periódicos, que de hacerlo se hubiera enterado de las declaraciones: las autoridades, muy preocupadas por la violencia intra religiosa y las fratricidas luchas por la posesión de la tierra, cuyos resultados eran inaceptables en un estado de derecho, investigarían hasta sus últimas consecuencias, cayera quien cayera, dando los pasos necesarios para evitar tales desgracias...

Pero eso Añorve no lo leyó,

ni lo supo,

y de saberlo no le hubiera interesado; el alma tiene un agujero y la de él por ahí se había colado, como tampoco tuvo disposición alguna en decirle a nadie que él, por haber huido, por haber dejado atrás a quien dejó, era el único sobreviviente, y no lo dijo porque nunca supo de la mortandad y sí de su fuga a través del río. Jamás habló de ello ni de ellos. Jamás entonó los cantos de la catracha ni se inclinó frente a una veladora. Nunca lo hizo en los años que transitó por caminos sin término llevando en los ojos y en la memoria la noche en que la Ermita del Carrizal fue un tumulto de balas, de filos metálicos, de gritos de odio, de quejidos leves y de su escape por el Suchiate, que lo llevó al silencio.

Ofelia le lleva la mano, la guía para que roce apenas el borde de los labios del sexo de la mujer que hace gestos y se estira, jala hondo el aire y no permite que Julio meta el dedo, le frena la mano para que lo mantenga en ese frotar que a él le descontrola porque las ganas se le suben a la desesperación y quiere llenarse del cuerpo de la mujer y no mantener la frotación como única salida a los deseos de ella y no a los de él que van más allá del dedo, porque las ganas de venirse se le enrabian en el palpitar de la pinga, y Ofelia lo detiene, dirige el movimiento de la mano acorde a sus avances y rejuegos hasta que ella suspira más fuerte y echa fuera los llantitos de gozo y el olor que invade el cuarto de la casa de ella en Ciudad Hidalgo le dice al Moro que la mujer ha terminado una de las muchas veces que puede terminar y él aspira el olor sabiendo que unos minutos más tarde Ofelia le buscará lo levantado del miembro y se lo meterá en la boca, le ensalivará las venas y los pelos, fingirá que su boca es clítoris hasta que los humores dobles se hagan parte de la cama olorosa a los cuerpos y los líquidos, tan diferente al que agrio llena el camión verde, tan especial como lo es el sudor labriego revuelto con el de los cuarteles, y el Moro seca el sudor con el paliacate y olfatea, se le va el recuerdo de Ofelia, se endurece lo apestoso del transporte sin que lo sorprenda porque él ya sabe de dónde sacaron el vehículo en que viajan, es el olor de los guachos, sólo los soldados tienen ese olor y sin sorpresa confirma lo siempre sabido. Por el vidrio trasero mira al Burrona que va sentado en el piso, se medio abraza a una de las cajas de plátano, el cabello le cae sobre la frente y el tipo, contra su costumbre, no usa el peine.

...estuvo a un tris de que nos llevara la chingada, pinche Burrona tan pendejo, y recuerda el movimiento del hombre al buscar la culata del arma; por fortuna Sarabia no deja que nada se le escape y lo detuvo a tiempo, por eso está ahí, por eso ha durado los años sin que lo echen pa bajo... y espera durar lo que sea necesario... En este momento en que las cosas andan tan calientes en la zona ¿qué pretendía el Burrona?, ¿qué buscaba este pendejo? Si lo que trató el cabrón Burrona fue encontrarle la risa a la huesuda es que algo raro anda en la mente de este carajo y los chalados no caben en estas historias. Uh, si saca el arma, Alipio lo tumba, y si tumba al pinche Burrona entonces no iba a quedar chango sin agujeros, incluido el mismo Julio, ¿y quién iba a beneficiarse con ese desmadre?

Una pendejada de estas no puede repetirse, hay mucho que cuidar, conoce al Burrona desde hace años pero es imposible olvidar lo que en un tris estuvo que pasara, carajo, si el cabrón saca la rociadora no queda nadie vivo...

Mira al tipo que con la cabeza metida entre las piernas brincotea por el movimiento del transporte, se imagina lo que está pensando, Sarabia no es el único testigo de la imbecilidad del Burrona y si la trata de ocultar alguno de los otros dos por quedar bien iban a regar el chismerío con los jefes y entonces el culpable iba a resultar Sarabia y no, ¿por qué cargar con culpas ajenas…?

…pinche Burrona… Julio sabe que no puede quedarse callado, a güevo se lo tiene que decir al lic, que sin duda de inmediato se lo comunicará a Valderrama… qué cerca estuvieron del desmadre… el tipo ya no es confiable, porque si pa la próxima el Burrona lo acompaña, el cabrón Gorostiza va a poner muchos retobeos y eso es aumentar trabas al tejido y en esto se debe hilar muy fino, sobre todo en estos momentos en que la frontera está más brava que caimán en desyerbadero.

Calatrava maneja sin prisa, pulsando la fuerza del vehículo verde, la camioneta estaba de lujo y a este trasto le suena todo, vigila que la camioneta de Meléndez no se le despegue y el instinto le hace volver la cara hacia el frente porque un auto sale de pronto del camino de la izquierda, Calatrava tensa el cuerpo y pone el pie en el freno, con la mano libre busca el arma.

—Calmado, tú síguele, son nuestros.

El camión, metido en el emparedado de dos autos, viaja con la relativa calma de saber que van por suelo mexicano y que a menos de cuarenta kilómetros verán las luces de Tapachula.

Todo en orden pero el asunto no salió limpio, eso sería el reporte y los jefes preguntarán las razones, el porqué, lo que piensa, su opinión, y Julio no podrá callar, menos en estos momentos en que apenas van saliendo de lo del Carrizal… uf, los jefes siempre traen la piel muy sensible y lo del Burrona pesa más en estos días de trasiego continuo.

Pinche Burrona, son menos de la una de la mañana y el Moro, que en el espejo se mira las ojeras iguales a las que le saldrían de estar una semana metido con Ofelia, piensa que mañana, el mañana es hoy, más bien, dentro de unas horas, estará libre, va a regresar a Hidalgo pero con otros palpitares, los que él disfruta, quiere sentirse contento pero la mala sangre del Burrona le llena la mirada, al lic le retencabronan las pendejadas y el general no las perdona.

Alipio Gorostiza, cubierto por el enramado, ve arrancar a los dos transportes manejados por los mexicanos. La noche se ha hecho más oscura. Por lo menos ya brincó esta; atrás de él escucha la respiración de los maras, los huele; el calor se le mete en el sudor; siente que los piquetes de los zancudos se hacen más rasquiñosos. Se soba la panza y así, como si nada pasara, deja la mano muy cerca del arma.

—Vámonos —escucha una voz sin temblores, la escucha aunque sabe que es la suya, opaca, débil en el entramado del ramaje.

Salen de la espesura y caminan por el borde de la carretera hacia el sur, Alipio apenitas silba una guaracha sin que la mano deje el borde del arma; los zapatos raspan la arena del acotamiento, después se meten de nuevo al vertedero de las plantas y árboles rumbo a uno de los pasos del río. Pegados a la sombra de las casas llegan al borde del agua lisita, apenas se escucha el ruido de la corriente. Alipio Gorostiza ve una balsa en la orilla. La música de la Calle de las Barras llega en subidas y bajadas. Le falta muy poco pa estar del lado de su país. Se vuelve y entrega el fajo de dinero al Poison, que se lo guarda sin contarlo ni decir nada. Los dos hombres se miran a los ojos. Alipio nada dice respecto a las armas que los tres ocultan en sus ropas. Los ve caminar lento y perderse por la orilla rumbo al Tacaná.

No se pregunta la razón de que a esa hora una barca esté trabajando. Tampoco cuestiona que el viejo que la jala use sombrero en la noche, si Alipio arde en ganas de meterse al Tijuanita, buscar a la morena Lizbeth y echar fuera toda la nerviolera. Mira el agua pasar sin ningún ruido. Ya el peligro vendrá de una ocasión que no es la de ahora en que estuvo muy cerca del infierno si los propios amigos del gordo cerote mexicano ese no lo hubieran parado a tiempo. En esta época la gente anda muy pero muy nerviosa en la frontera. Con los aztecas nunca se sabe qué puede pasar. Apura al viejo al que no le ve el rostro porque quiere llegar antes de la una, que es cuando los chous se ponen de lujo. ¿Qué pinolillo se le habrá metido al azteca ese? ¿Era una locura solitaria o estaba en combinación con los otros? ¿Con quiénes? ¿Con los amigos del Moro o con los tatuados? ¿Con los jefes? Aquí no se puede andar de angelito creyendo en la lealtad de los custodios. Ni en la de los socios. Nomás en la pura firmeza de la mano pa soltar el carajazo cuando sea necesario.

Apresura al lanchero sin verle el rostro. El viejo, metido en el agua, sin hacer ruido ni provocar olas, camina hacia Guatemala.

En la frontera las casualidades nomás se dan en la lotería, cabrones aztecas algo debían tramar y no les salió, ¿pero qué?, ¿en dónde está la mollera de la jugada?, ¿será que los mexicanos están preparando algo pa la siguiente vez? Desde la mitad del Satanachia, vaiveneado por la corriente y las cuerdas que jalan a la balsa, Gorostiza amansa los palpitares, ya está en su país, empieza a escuchar con claridad la música de la Calle de las Barras, puede imaginarse el baile de alguna de las hembritas, casi mira las luces del bailadero. Brinca de la balsa, el ruido de la música es más fuerte, sube un par de pasos por el borde de la orilla y sin saber la razón vuelve la cara: mira al viejo que no se mueve, el sombrero le oculta el rostro, Alipio alza la cabeza y pone sus ojos en el norte, rumbo a Tapachula donde unos rayos juegan a los espadachines… ¿qué jugada traerán esos aztecas?…

El Moro también adivina las luces de la estación El Palmito, rojas y amarillas, que cruza sin que nadie los detenga, sin que los malditos gringos jodan la paciencia porque el lic tiene sus formas pa que los ojetes gringos anden con el hocico callado. Se le ha espantado el sueño, sabe que todavía tiene que dar el parte y no encuentra las palabras. En caso de que a todos los hagan pasar, sólo él, ninguno de los otros y menos el Burrona, va a decir cómo estuvo el asunto. El camión verde sigue hasta la ciudad vacía a esa hora, alumbrada en las esquinas, rumbo al norte pasa por las calles brillosas de la lluvia que ya no cae; siempre con los dos autos escolta llega al galerón pintado de blanco, donde el auto de adelante se detiene. Los hombres que guardan la puerta hacen señas. Sarabia baja y habla con ellos.

—Hasta aquí el viajecito, ustedes váyanse en la camioneta, yo todavía tengo pa rato, ya después cerramos los amarres.

El Moro ve a los tres hombres subir al vehículo.

El Burrona alza la cara y lo mira, con un gesto algo le quiere decir, quizás un ruego, un entendimiento, un favor que atempere el informe. Calatrava se sienta frente al volante que acaricia. Meléndez besa algo que lleva entre las manos y Sarabia sabe es un crucifijo o la imagen de alguna santa. Los ve irse antes de meterse al galerón donde escucha voces… pinche Burrona, que se lo lleve el carajo, mala etapa escogió pa sacudirlos con el puto berenjenal en que los fue a meter, el Moro es el único que en ese momento vale. Siente el olor a trago y el ruido de la música de bajo volumen, como el de una fiesta íntima. Algo le amarga la boca, quizá se lo podría quitar con el jale de una cerveza fría y después el tronido del fajazo de ron con mucho hielo. Algo le pica en la boca; el general se va a ponerse lívido al saber lo que estuvo a punto de pasar, y el general no se anda por las ramas del averigüe, se le van a amotinar los carajos murciélagos de la muina.

…pinche Burrona, ¿por qué a los pendejos les chorrea la debilidad a la hora buena?… ¿Ingenuidad? ¿Candidez? Sarabia no cree en las casualidades ni en la candidez, cuando algo pasa es que las cuerdas ya estaban tensadas pal amarre, nada de ingenuidades, como se siente él pensando que al Burrona le salió lo novato cuando el cabrón tiene hartas horas de vuelo en la frontera… ¿novato?, ¿candidez?… ni madres, algo cargaba y no le salió, de suerte que no le salió, si no orita estuvieran tragando lodo junto al Satanachia.

Un trío de hombres descarga el camión verde, Julio Sarabia camina hacia la mesa y las sillas del lado contrario a donde se encuentra el transporte. Eso de andar de empinaculo con la gente se le trepa

en el alma, nada de abrazos estruendosos ni carcajadas ni palmoteadas fuertes, le desagrada que se le
acerquen tanto, le molesta el olor de los hombres
cuando lo abrazan. Escucha los comentarios sin darles causa. Con la cara atenta pero sin hacerles eco.
De dos tiros largos bebe la cerveza de bote. Destapa
otra, bebe más lento y el calor no cesa. El mal sabor
en la boca siempre se le prende al aliento cuando
las cruces han estado cerca. La misma rechocosa
sensación de pestilencia se le metió en la boca cuando el enfrentamiento con los judiciales en lo del
camión de doble piso con los jodidos indos medio
ahogados y todo, pero bien aferrados a morir antes
que los regresaran. Igual de seco el resuello la noche
de la carga de chochos y la pinche avioneta.

    Ya con el vaso lleno de hielos, con un chorrazo
de ron revuelto en el refresco de cola, midiendo bien
los pasos y las palabras, se acerca a Valderrama y no
a Cossio. La bronca en que los fue a meter el pinche Burrona, uf, siquiera puede contarla. Y en voz
baja, sin mirarle la cara al otro, empieza a contar
cómo había caminado el asunto esta noche y aún
así, sin ver los ojos del general, sabe de sus reaccio-
nes por el movimiento de las manos, del cuerpo.
Sarabia termina el relato y Valderrama se aleja rumbo a Cossio, los dos hombres hablan cerca de donde está el transporte verde, solitario, ya sin que nadie
lo rodee sacando las cajas.

    Julio los mira y Cossio le hace una seña. Ca-
mina hacia ellos, ya sabe lo que le van a decir, la
cantaleta de que en este momento el Soconusco está
bajo la lupa, intuye lo que le van a ordenar, le dirán
lo que tiene que hacer mañana, lo que deberá hacer
esto y pasado lo otro, y la siguiente semana tendrá

que ir de nuevo a la noche, o dentro de unos días
irá al Palmito a recibir órdenes de los gringos, y
Ofelia lo espera en Ciudad Hidalgo y siempre será
igual, vivirá creyendo ser comandante y no simple
agente, sólo que ahora el Burrona y el Carrizal son
los nombres que los dos jefes pronuncian y Julio
Sarabia, a quien le desagrada que le digan Moro,
mueve la cabeza al recibir la orden como ha dicho
sí a todo y dirá sí todas les veces que sea necesario
decir sí porque la frontera es el único sitio del calor
del mundo donde puede decir que existe.

A doña Lita se el trepa la muinera cuando los negocios son ralitos, pero como se dice en la frontera: más vale gota que caiga y no sequía en abundancia, así que cuando a Felipe le sulfuran las recriminaciones orando sin cesar en su parroquia para que no se le subleven a toda hora las calenturas, aprovecha todo el tiempo pa no estar de ociosa, que los malos pensamientos traen peores consecuencias, y Lita, feliz por sacarle rajas hasta a los troncos verdes, redobla la faena con trabajitos que ella llama de balitas calibre 22, por ser de baja monta, pero que a veces dan más que los muy enredados porque los tiene que compartir con la caterva de carajos que de los dos lados de la frontera andan con la nariz metida en el ajo; así que le llamó por teléfono a Calatrava pa que estuviera en el lugar de siempre y se llevara una carguita de cinco pajaritos que buscan un nuevo nido, arregló lo del transporte en Guatemala hasta la frontera, olfateó el dinero, escuchó a los dos compas que se les notaba la desesperación por largarse y se dijo que como ese asunto debería haber miles y muy puntual, como es su costumbre porque la puntualidad es la base de todo, llegó al parque central, miró la estatua del prócer que nadie le ha podido decir el nombre, pa lo que le importa el viejo ridículo ese del sombrerito de pico y cara de mono almendrero al que le ponen pintas a cada rato, y sin sentarse en la banca porque a esa hora los tordos sin cesar cagan desde los laureles, doña Lita los vio llegar, primero a Epaminondas Escudos, después a la pareja de guanacos:

Yacueline y Tirso pa servirle...

...y por último a los dos guatemaltecos:

—Ella es mi esposa Rosa del Llano —dijo Dimas al grupito que estaba en la plaza como si estuvieran charlando.

Lita apenas les dio la mano llena de colgajos recitando que la voz del Universo había dado su consentimiento y con eso quedaba roto cualquier hechizo que la malignidad pudiera ponerles enfrente.

—Conmigo Dimas, atrás de mí las señoras, y al último tú y Tirso —le dijo a Epaminondas y caminaron hacia la salida del pueblo rumbo al sur.

A veces el sur es el norte, a veces no hay señales por donde se camina, las estrellas están ocultas y nadie sabe la ruta, las revueltas del río cambian las orientaciones y las calles del pueblo son iguales, salvo la de las Barras, donde la música despide rumores como los que se escuchan cada vez más débiles mientras caminan siguiendo a la mujer de piernas torneadas, y Dimas no quiere hablar aunque le piquen los deseos de preguntar en qué se iban a ir, por dónde, hasta qué punto, si no sería mejor dejarlo pa otra ocasión, mezcladas esas preguntas que no hace con lo que siente por su esposa que de refilón mira caminar despacio, con el bultito en las manos, si Rosa del Llano trae el vaho de los pesares, Dios aprieta pero no mata, y muy poco tenían en su pueblo pero ai la iban pasando, y si la Virgen les dijo

que serían pobres por qué contradecir sus manda-
tos, y la otra mujer dice que no debe preocuparse,
la otra cuyo nombre escuchó en la plaza, Yacueline
Marbán, de Tegucigalpa, también de ahí es Tirso su
marido, llegados a Tecún hace tres días, sin que el
esposo haya intentado antes ningún cruce, camina
sin hablar junto a la que dijo llamarse Rosa algo, y
Yacueline tiene el escozor del pálpito, que las noches oscuras como esa le causan alergias, y que su
marido es uno de los otros tres hombres y los hombres solos son cabezones, malpensados, y si no pasan en esta ocasión su marido le va a decir que se
regresen y Yacueline prefiere la alergia que le pica
en los brazos y en los muslos a regresar a Tegucigalpa donde no puede lavar una ropa más y esperar
que a Tirso le agarren los malos vientos y se quiera
ir solo porque ya no aguanta vivir en la casa donde
apenas caben los cinco contando a los tres hijos y
escuchar tronando a todas horas el ruido de los avio-
nes que un día, el menos pensado, se les va a caer
un aparato de esos en la cabeza porque los ve cómo
aterrizan y llegan hasta la orilla del precipicio antes
de dar vuelta, y Yacueline no puede resistir el calor
porque la rasquiña le bate el cuerpo y prefiere irse a
donde sea con tal no vivir en esa angustia de no
comer a veces dos días a la semana o esperar que los
mate algún soldado rabioso o se queden tumbados
con los ojos pelones y los cipotes tragando desperdicios, y mira apenas hacia atrás, siente la presencia
de los dos que caminan al parejo, su esposo seguro
que va pensando que es mejor el hambre que la
aventura tan terrible y Tirso sabe que si algo falla
van a sufrir en demasía, pero que eso es mejor a
seguir soportando la locura de Yacueline, la rasquiña,

los reclamos, los llantos de los niños, la terquedad de ella que dijo que

—O nos vamos a ganar algo pa comer, por lo menos pa comer, ya no pa otras cosa, o me tiro a la carretera a ver si no te corroen los remordimientos, ¿no te entra en la sesera que no hay humano que pueda vivir sin alimento?

Un hombre de sombrero ancho los esperaba en la esquina cercana a la carretera. Apenas los vio antes de hablar en voz baja con doña Lita quien sin responder se dirigió a los cinco:

—Aquí el señor los va a llevar hasta el cruce, por favor, cuando estén del otro lado le entregan la primera parte de lo que quedamos.

El del sombrero mostró un auto pequeño, estacionado al borde de una zanja.

—No respinguen, este mueble es pa llevarlos al borde, del otro lado ya lo están esperando.

El desconocido y la mujer hablaron junto al auto y después doña Lita les dijo que se apresuraran porque no podían hacer esperar a los del lado mexicano.

—No se me pongan nerviosos, nomás piensen que la Luz del Mundo está con ustedes.

Sin un abrazo o un apretón de manos, ni siquiera una palabra de despedida, Lita se fue metiendo a la oscuridad de las calles rotas. Ninguno de los seis podía ver a la mujer perdida ya en la noche, pero el sonido de sus colgajos se dejaba oír como si la tuvieran enfrente. El cuerpo de esa mujer llamada Lita era parte del pueblo, era nube metida hasta el fondo del silencio y Rosa del Llano pensó que si la mala fortuna la hiciera regresar a Tecún Umán años después, Lita, con la misma enjundia, seguiría moviendo los colgajos del cuerpo, dejando ver las piernas en su paso diario por ese pueblo desamorado.

—Kenedy —dijo el hombre del sombrero—, así me llamo, les explico de una vez: vamos a pasar por Talquián, ai mero del otro lado está el otro mueble, cuando lleguemos les digo el siguiente paso, pa qué preocuparnos dos veces.

Como la noche anterior, Rosa del Llano sintió atrás de ella el cuerpo de su marido, pero ahora no escucha la respiración jariosa del hombre sino el vaivén de su pecho, se acomoda entre las piernas de Dimas y de perfil mira el perfil al hombre, Kenedy, que maneja el auto, ella sobre las piernas de Dimas, atrás Epaminondas y la pareja de guanacos, que como los de adelante van en silencio que Kenedy disipó un par de veces:

—Aquí vamos seguros, seguimos en Guatemala.

o

—Tranquilos, no pasa nada.

A lo largo de la casi media hora el auto corrió en la noche sin que otras luces lo enfrentaran hasta detenerse en una curva del camino y el del sombrero decir que había llegado. Metió el vehículo al terraplén, debajo de los árboles de la selva, a un lado.

—Ydeay, mis amiguitos, ¿todo bien?

Cerró el auto para después encabezar la marcha por una vereda que Dimas no había notado, tampoco Epaminondas que dijo que la selva tiene caminos que sólo los aquerenciados conocen. Y de pronto, como salido de una flor, estaba el Suchiate, ancho, manso al parecer, oscuro, rumoroso, Kenedy bajó por una ladera y ellos lo siguieron, dijo que era necesario que se tomaran de la mano pa no perder el paso que él iría marcando.

—El río es como las mujeres, cuando menos lo piensa uno, desconoce.

El agua se metió entre las piernas de Rosa del Llano, ella tuvo la sensación de que un hombre ajeno al suyo le jurgoneaba las calideces y caminó llevando la mano de Dimas en su izquierda y la derecha en la de Epaminondas, que dijo que el primer paso era agradable y medio apretó la mano de Yacueline, que sentía su corazón brincarle más allá de la blusa blanca y jaló la mano de su marido que más se aferraba a la de Dimas y éste a la de Kenedy, que con el cuerpo doblado iba pisando con cuidado para que los desniveles del suelo no le fueran a dar una mala jugarreta y el río se dejaba ir en la corriente que a poco el guía fue sintiendo menos tensa hasta pisarla suave en la salida. Sin soltarse de las manos se detuvieron bajo las ramas de un árbol grande donde Kenedy les dijo que esperaran.

—Ya estamos en México, ahora sí deben abrir bien los ojos.

Los hombres se pusieron los pantalones y las mujeres se exprimieron la falda.

—No fue tan difícil —se escuchó la voz de alguien.

—No —contestaron Yacueline y Rosa.

El guía regresó acompañado de un hombre:

—Ora este es el bueno.

Después recolectó y contó con cuidado el dinero, lo introdujo en una bolsa de plástico, y sin siquiera despedirse con la mano regresó al agua. Su cuerpo se fue yendo hacia el sur, hacia los territorios de donde son ellos, los cinco que siguen la instrucción y caminan otra vez en medio de la arboleda y las matas y las ramas y los troncos sin hablar tras las huellas del nuevo guía, que de pronto hizo una seña trasmitida a los que iban detrás. Esperó un par de minutos y siguió el camino hasta llegar a otro de terracería donde una camioneta pick up se encontraba a la orilla con un hombre al volante, quien antes de que el grupo se reuniera ya daba instrucciones, que se fueran colocando atrás en la caja, todos acostados boca arriba, bien parejitos porque no quería apretaderos que causan desconfianza a la hora de las revisiones.

—Nomás no se me nervioleen, yo los voy a poner en lugar seguro, una cosa es una cosa y otra cosa es otra cosa.

Dimas y Rosa se acostaron en la parte cercana a la cabina, junto a ellos Yacueline, los otros dos a los costados más lejanos del conductor. Sin preguntar la razón vieron cómo el par de tipos les echaba una lona encima, pesada, gruesa, que los metió a una doble noche, después oyeron el ruido que quizá venía de los bultos arracimados dentro de la caja y que eran colocados a los lados de los cuerpos. ¿Será eso? se pregunta en voz alta Epaminondas, vaticina en voz fuerte:

—Nos vamos a ahogar, señores.

—Así se van a ir, tranquilitos —le dicen desde el exterior ya ajeno a la mirada de los cinco.

Yacueline creyó reconocer la voz del chofer. Sintió el peso de una caja sobre su cuerpo, no era excesivo pero molestaba, como le dijo en voz baja a su marido y escuchó decirlo a la otra mujer, a Yacueline, que no quiere quejarse para que el marido no reclame pero le tiemblan las manos al sentirse sepultada por una lona que le agarra la respiración, que la hace sentir como si estuviera metida en una tumba. La lona sobre sus cuerpos les impedía ver por qué rumbos iba la pick up, que echó a andar y comenzaron los brincos contra el piso de fierro, que no se amansaron por más que entre el cuerpo de los cinco y el piso de la camioneta estaban tendidas unas delgadas colchonetas, sino que fueron creciendo en su dolor, machacando con insistencia, gota que rompe acantilados, que se cuela con una furia sorda hasta dormir las piernas, clavarse en los pulmones, hacerse piquetes de acero, repercutirse en la nuca sin clemencia por el llanto de Rosa y los quejidos de Yacueline y los ayes carajientos de Epaminondas, por las puteadas dolidas de Tirso y los aguántese mamita de Dimas que empezó a perder el conteo del tiempo aun después de sentir a un camino menos hoyancoso pero que los huesos recibían como si siguiera la brincadera de la tortura y los quejidos suben de tono, rebasan la cordura, vencen la timidez de ser escuchados, ahora salen redoblados a tenor de los brincos, que por más modestos ya punzan como tablazos en el cuerpo.

Y sin poder ver…

…ah, cómo se hace necesario ver por dónde se camina, no hay cristiano que se conforme con la ceguera… no hay quien calle el dolor ciego… la lona pesa como manta del infierno… y nadie pregunta por dónde van… cuánto tiempo durará ese viaje ya perdido en el conteo de un tiempo inexistente… cuál es el rumbo que llevan… por qué parajes cruzan… ¿importará el sitio si ninguno de los cinco lo ha pisado antes?… por qué caminos avanza la pick up, ¿será aún de noche?... la voz de Epaminondas pregunta, el calor le hizo decir que para él la temperatura ya era de sol, y con eso trata de contar las horas que llevan en el ajetreo y la oscuridad...

Yacueline que aguantaran, que no perdieran la fuerza porque el tiempo no es el mismo en todos lados;

Dimas: que Rosa no se dejara ganar por el dolor;

Rosa manejó la voz por debajo de la lona que pesa como cruz del Gólgota, que debían rezar;

los brincos del transporte eran machetazos en el lomo, en los muslos, corrían por las otras partes del cuerpo que se empezó a dormir, a sudar, a reclamar en las tripas y debajo de la lona circuló un botellín de agua y unos trozos de tortillas y el calor se hizo denso y las ganas de orinar, los olores del hambre en los pedos que se meten furiosos en la nariz, en la boca; y la carencia de aire y el sudor que desguaza, y los gritos leves de Yacueline que se mueve, trata de hacer con su brazo un mástil que eleve un tanto a la lona.

Epaminondas alzó los brazos tratando de quitarse el peso de la cubierta de hule grueso, ya no le importa nada, grita rabioso que los lleven de regreso, que los metan a la cárcel, que los tundan a chungazos, si al fin y al cabo se iban a morir en esa tumba... y con las piernas trata de levantar el peso...

Los cinco se dan cuenta, lo dicen a gritos, algo los ata y es imposible salir; la lona va amarrada con cuerdas que de seguro van a su vez atadas a la carrocería de la camioneta; empezó a gritar el guanaco pidiendo ayuda, suplicando que los sacaran; Rosa a suspirar chillidos apretando las piernas para que el triquitraque del estómago detuviera al excremento corriendo por los mismos muslos a los que horas antes, quién sabe cuántas horas antes, el frescor del Suchiate había acariciado como amante.

El silencio bajo el peso de la cubierta de hule fue ganando terreno al miedo porque una como aceptación ante la imposibilidad de levantar la lona se metió en las voces y los malos olores y el calor insoportable aplastó a la rebelión que nunca tuvo ganancia por más que entre los cinco trataron de quitarse lo que los ahogaba y ahora los lleva a cerrar los ojos metidos en la pesadez del sueño que entra desigual en todos pero que los va cercando paso a cabeceada sin que el dolor les haga reaccionar porque los sufrimientos del cuerpo se ahogan en la falta de aire y en el pozo que la dejadez va construyendo.

Ahí estaba el verde del monte y la risa de los hijos cuando una garra le aprieta la boca y entonces Rosa del Llano levanta la cabeza y siente que está inmóvil, mojado el cuerpo, sin fuerza para moverse y percibe a su lado la respiración de Dimas y le pega la cara, le habla, le insiste, trata de gritar para que alguno de los otros le conteste y nada se escucha, reza, no sabe si está viva o todos son muertos en busca de espacios en otra tierra, si es el momento de aceptar que la muerte es sólo continuación de las penas pero menos agrias cuando de pronto siente que los pulmones se abren, penetra viva la bocanada de aire tibio, se quita las babas secas de las comisuras de los labios y ve el cielo, las lucecitas de las estrellas que son la paz de cualquiera, una nubes ralas y el olor de la selva…

…Virgen santa…

…y de nuevo jala a Dimas que abre los ojos sin reflejar la sorpresa gustosa, casi de gritar, que Rosa siente por saber que están vivos, como lo están los otros tres que se incorporan y jalan aire y toman de unas botellas que el hombre que está acabando de quitar la lona les entrega antes que el otro, el conductor, diga que están en Arriaga y ahí termina su parte.

—A salvo, ora sí, lo demás es por su cuenta, una cosa es una cosa y otra, otra.

¿Y dónde está Arriaga?, se oye la pregunta, ¿qué hay en Arriaga?, y el conductor alza los hombros:

—Ustedes deciden: nomás lleguen a Tepanatepec y de ahí parriba, pa la derecha rumbo a Cintalapa si quieren ir a Tuxtla. Los que vayan a Oaxaca, de ahí mismo de Tepanatepec se van pa la izquierda, pa lo que se denomina Santo Domingo Zanatepec.

—¿Estamos en México o en Guatemala? —dice Dimas; los nombres de los lugares son muy parecidos a los de cerca de su pueblo y así lo repite en voz alta.

Ninguno de los dos mexicanos contesta. Piden la otra parte del dinero porque tienen prisa pa regresar a Tapachula. Arriaga dice el letrero a la entrada y para allá caminan los cinco con el temblor que les llena el cuerpo, olorosos a mierda, con el pánico en la cara, el dolor en las tripas, lejos del Suchiate.

—Pero vivos —dice Yacueline antes de que Epaminondas deje correr las lágrimas que no quiere ni puede detener.

Y ahí están, sentados en una banca metálica, las plazas de los poblados saben igual unas a otras, ahí llegan los que no tienen dónde mirar las estrellas y ellos no miran, están calculando la distancia que existe entre los cinco y la frontera del sur; la miden por unas horas dentro de la pick up de las que no tuvieron conciencia exacta, quizá cientos de kilómetros adentro de México, cerca de Oaxaca, y faltan miles de kilómetros para salir de ahí, conocer la otra frontera, la de los gringos; las marcas en los rostros se ahondan, esa sensación de soledad, esa fatiga que se mete en las venas, escuchando a Yacueline decir que ellos agarrarían pa Oaxaca, que Epaminondas pensaba que lo mejor sería irse pal camino de Tuxtla, y Dimas que estaban hartos, muy cansados, y no era conveniente tomar una decisión en ese momento.

—Mi señora necesita una cama.

Que cada quien tomara la decisión que creyera pertinente porque un grupo de cinco levanta más sospechas y si bien llevaban recorrido algo del camino, todavía faltaba mucho. La despedida se dio sin recuerdos ni llantos, quizás una vergüenza que no acababa por salir como la que aflora en las mañanas después de una noche descarriada; con leve abrazo se dijeron adiós, apenas una palabras deseando suerte. Rosa del Llano vio la espalda de sus tres compañeros, caminaban muy juntos como si se estuvieran poniendo de acuerdo en algo, iban con paso lento, sin fijarse en lo de alrededor, eso fue lo último que supo de los tres antes de meter la cabeza junto al hombro del marido y decirle que estaban muy lejos de su tierra.

La tarde agarraba tonos rojos por el lado contrario al que los tres habían tomado, y por algo que no quiso explicarse, Dimas se fue rumbo al sol que andaba cayendo. Llevaban el cuerpo pegado a la ropa, el olor seguía terco ahí y en el aliento; la gente por las aceras andaba sin mirarlos. El calor se metía furioso, como reclamando la llegada de unos intrusos. Antes de entrar al hotel Dimas contó lo que les quedaba de dinero. Apretando la panza, una semana de gastos a lo mucho en ese sitio deslavado que muestra una recepción iluminada con un foco débil y un hombre que los revisa de arriba a abajo y con cara de hacer favores sólo por la fuerza, le mira los ojos hinchados a la mujer joven, de buenas trancas...

...lástima que esté tan sucia la prietita...

...y escucha la explicación del hombre que la acompaña, con los ojos bajos le dice que sufrieron un accidente en la carretera y le pone el dinero al frente para que no creyera el ñor que lo iban a sorprender, Dios lo bendiga... esos son los favores que el dinero deja pasar y les entrega la llave...

...un bañito y no hay remilgos con la prietita...

Los ve caminar hacia la escalera, estrecha, olorosa a desinfectante, entran a la habitación de abanico en el techo, de televisión pequeña, de cama con una colcha rojiza, de paredes sucias y sin cuadros, de calor aplastante, las cucarachas escondiéndose bajo un mueble de madera, y ella entonces, Rosa del Llano de Berrón, guatemalteca a mucha honra, madre de hijos cuya foto carga como medalla de la Virgen, se da cuenta de que la habitación es igual a la del Guadiana en Tecún Umán y la noche ya, y el calor aún, no se han movido al igual que ellos.

Su conformación viene de la planta sagrada del Yagé y de las piedras de Copán.

Ha mamado las veleidades de la bota Caucana, del Putumayo, y la greda de los cementerios.

Nebiros le ha obsequiado su cadencia.

Zader su mirada.

Adda-Nari su fuego.

Se ha ido gestando del nudo de las neblinas y del verde de las mantis.

Ahí, una parte de la majestad de Adonay.

La firmeza de Eloin.

El recoveco de los humus de Mitratón o Azrael.

Crencha de las Tres Personas.

Las mendicidades del eco del Justo Juez.

El siervo de Nebiros.

El huésped de la rosa y el lirio de Florencia.

Pariente zafio de Agaliareth.

El candelero de las Velasmarrones.

La Pecera de Artemisa.

Los Vestidos color de Lila.

La malva del murciélago.

Vive la existencia de los demás porque en su pecho caben todas las nacencias como la suya, lejos de este suelo que acuna al Satanachia y que ambos han adoptado como relleno de oquedades.

La pintura de su rostro es parte de un cuerpo cuya definición no tiene cabida en aquella con la que los humanos tasan a sus congéneres.

Los de ellos, porque Ximenus no es igual a nadie, como tampoco nadie puede mirarle los ojos en su altitud insospechada.

El tiempo es un registro que sólo su poder tiene la capacidad de medir.

Los segundos se han ido en la cuenta que el espacio dispuso para que la multitud cruce el dintel del infinito.

Existe sólo la memoria de los que obcecados buscan el otro lado que es el mismo, en una repetición de dobleces que construye el Satanachia en su paso perdido hacia su juntura marina.

Ximenus Fidalgo ha dejado que su cuerpo se amanse.

Mira los Cristos oscuros colgados en las paredes como sacrificio para ellos mismos.

Las imágenes también observan.

Delinea los brazos de las estatuas en esa posición de cruz adoptada para hablar con los iniciados.

Iniciados son todos.

No existe arbitrio en ninguno de los que imploran sus favores, sus fervores, sus dones.

Está ahí por razones más amplias que las dictadas por las leyes del mundo, que son apenas el volar de un guacoloro en las tardes del río: del Satanachia, que vigila el nombre de Ximenus Fidalgo.

El ser que tiene las manos y la vista en cualquier recoveco de la selva.

Entre la paciencia del cosmos.

A un lado de la óptica del planeta que detecta que hoy es noche de viaje.

Día de traslado.

Momento de huida.

Siempre existe un viaje.

Un cambio de panorama que es el mismo.

Un transporte ruidoso a hierros maltratados está listo a partir.

Un vehículo corre por rieles o carreteras.

Los senderos llevan caminantes.

Hacia sitios rabiosos donde se ocultan los escollos.

Hidalgo y Tecún vibran porque siempre es momento de viaje.

El ferrocarril entonará canciones de sonido bajo dando pauta al sueño de los insomnes, que no tienen el poder de cruzar la oscuridad de lo que no existe.

Los camiones ocultarán la muerte colectiva entre los pisos dobles.

Ximenus domina ambos lados de la frontera.

Que es su país.

Su reino.

El territorio de su incumbencia que no comparte con nadie.

Donde no hay secreto que se le oculte.

Ni mirada que se escabulla.

Ni jaguar que no humille sus rugidos.

Ni rivales que han partido cabalgando las olas.

Trepados en lomo del jabalí.

Y aunque no lo desea, sabe que ya es tiempo.

El suyo que es el único.

El momento de plantarse frente al espejo:

Mirarse el rostro.

Ir quitando una a una las capas de la máscara.

Despojarse del atuendo flotante.

Tumbarse los inmensos calcos.

Mirar su cuerpo único.

Pensar si en algún sitio alguien o algo está fuera de su pacto.

Frente al espejo observa los rostros de los que pueblan las orillas del río, del suyo.

De los que ya están ahí y esperan.

De los que van llegando con la esperanza colocada en el aire.

A los que Ximenus les ha cambiado la rosa de los polos.

El sur es el norte.

Y el norte no existe.

El tren avanzará sin llegar a ninguna parte.

Los otros transportes marcharán en los círculos del útero de la selva madre.

Ximenus sabe suyos los arreglos del alma ajena.

Aún no ha nacido quien pueda ocultarse bajo la rama de árbol alguno, ni en la sombra de los cafetos ni en la quietud de los manglares.

Bajo su mirada existe la vida.

La marea de un lado a otro jamás queda sin peaje.

Los cruces paqueteros pagan tributo a su silencio.

La música es clarín acechante de su comando.

Las enfermedades sus flechas.

Suyas son las razones de la paz en las drogas.

Del peregrinaje del hambre.

La morada del que no tiene futuros.

Desnuda su presencia.
Sin nada encima, no compara su altura con la
habitación.
Camina sin una sola ropa en su cuerpo.
Sin vestigios de maquillaje.
Con las manos junto a sus muslos.
Las sábanas son el velaje blanco del reposo.
Así se tiende.
Sin nada que cubrir.
Sin jamás dormir.
Bajo la mirada luminosa de los Cristos
que como Ximenus Fidalgo
y el Satanachia
conocen historias que no cesan.

OJEROSAS.
OLORES
RUIDOS
REFUGIADAS
MIRADAS FIJAS
VIVOREANTES
CASUCHAS
CUERPOS DOBLADOS
HUMO
ESPERAR el MOMENTO OPORTUNO r MORDISCO
ZIGZAGEAR.
MORDISCO
TENSION
CLAVANDO EL OJO
DESESPERADA.
PUJIDOS
DESFIGURAR el ROSTRO
PATADAS EN LA PANZA

LAMENTOS
AMENASAS
OFERTAS
TIMIDES.
SIESTA
ENVIDIA.
TERCO
" PERFORACION
COLGADO FRENTE r MORDISCO
HAMBRE

La Mara se terminó de imprimir en febrero de 2005, en Nuevo Milenio, S.A. Calle Rosa Blanca 12, Col. Ampliación Acahualtepec, C.P. 09600, México, D.F. Composición tipógrafica: Sergio Gutiérrez. Cuidado de la edición: Ramón Córdoba. Corrección: Rafael Serrano y Lilia Granados.

Y el INGENIRO QUE HIZO los CANALES
PARA QUE TIREN lo CUERPOS.